高1ですが異世界で城主はじめました24

鏡 裕之

HJ文庫
1134

口絵・本文イラスト　ごばん

目次

高1ですが異世界で城主はじめました

関連地図

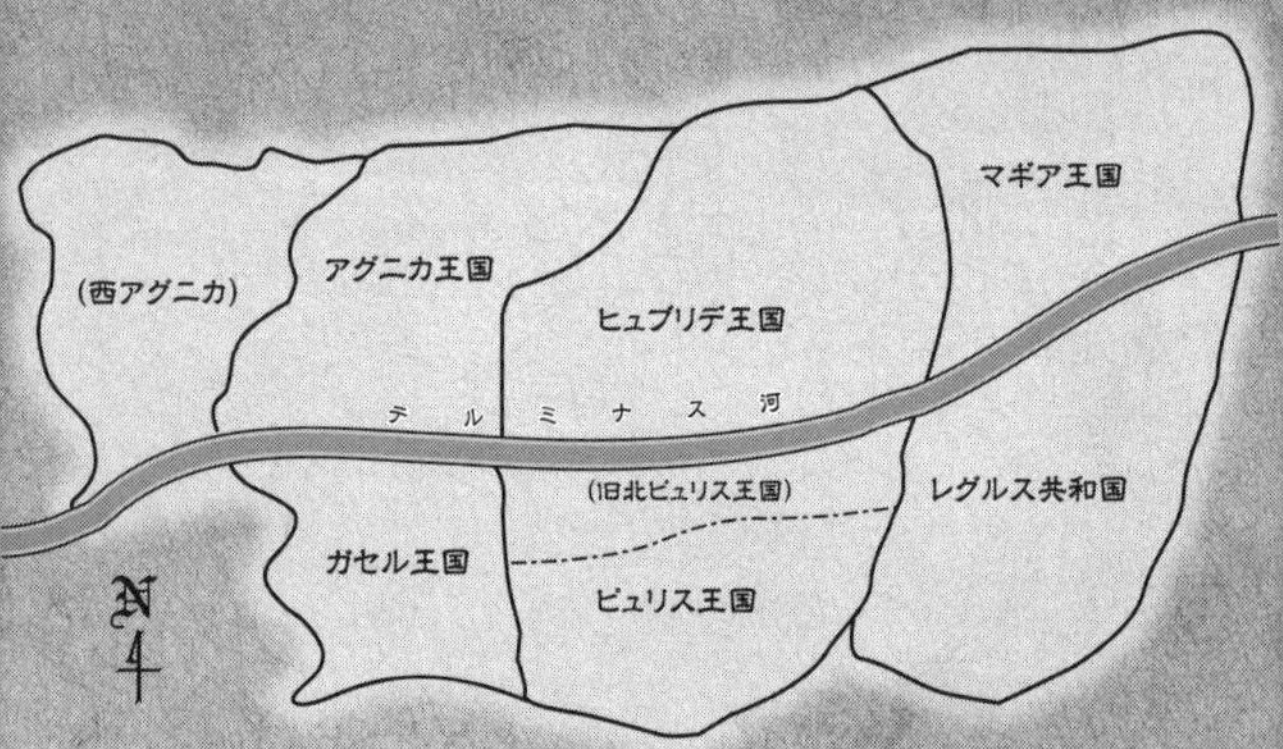

ヒュブリデ王国

ヒロトが辺境伯（へんきょうはく）を務める国。長く続く平和の中、順調に経済的発展を遂げたが、そのツケが回り始めている。

ピュリス王国

イーシュ王が治める強国。8年前に北ピュリス王国を滅ぼし、併合した。

マギア王国

平和を好む名君ナサール王が統治する国。50年前にヒュブリデと交戦している。

レグルス共和国

エルフの治める国。住人はほぼ全員エルフで、学問が発達している。各国から人間の留学を受け入れている。

アグニカ王国

ヒュブリデの同盟国。

ガセル王国

ピュリスの同盟国。

序章　バビロスへ

乾燥したピュリスの赤い大地が、地平線を埋め尽くすように広がっていた。ほぼ平坦な大地を、水分の少ない赤い土が覆っている。

赤い土の大軍に挟まれて潰されそうになりながら、帯のような緑地帯が南方へと直線的に延びていた。赤い大地の圧殺を必死に弾き返そうとしているように見える。挟まれた緑地の中にはエルフが切り開いた二本の灌漑水路があり、その水路の間を一本の街道が走っていた。

南北を貫く街道を行くのは、五十人ほどの騎兵集団だった。

先頭を突き進むのは、本と剣を描いた青い紋章旗――ピュリスの智将メティスの紋章旗を掲げた騎兵である。

誉れ高き旗持ちの後を、腰に剣を提げ、槍と楯を持ったピュリス人の騎兵六名がつづいていく。

護衛の騎士たちである。自分たちの主を護衛しているのだ。

護衛の後ろで黒い馬に跨がり手綱を握るのは、白無垢のV字ネックのドレスに身を包んだクールな爆乳の美女だった。

普通の女ではなかった。ただ馬に揺られているだけでもオーラが漲っている。だが、それにしても美人であった。

黒いロングヘアに、クールな茶褐色の瞳。

推定Hカップ以上の胸は今にもこぼれだしそうである。下半身もなかなか立派だった。健康的な、筋肉質の太腿が白いスリットから覗いている。

ピュリス王国が誇る智将メティスであった。アグニカ国最大の港サリカ港を偵察して故国に帰還、首都バビロスへ南下している最中だった。

大きな鳶が空を横切るのが見えて、メティスは空へ顔を向けた。

儚い、薄い水色の空だった。たっぷりの水で青いインクを薄めるだけ薄めて刷毛で描いたような、儚い薄い色合いをしている。爽快さよりも、虚無と希薄が広がっている。遥か南には、少し憂鬱そうな鈍色を帯びた雲が浮かんでいる。

南――メティスが仕える主君、ピュリス王イーシュが住む首都バビロスの方角である。

（陛下に芳しくないことを申さねばならぬ……）

潜入したサリカ港でメティスが見たものは、あまりうれしくないものだった。少なくと

も、攻め入るには不都合なものだった。

テルミナス河をひっきりなしに航行する、何隻ものゴルギント伯のガレー船。港をうろつきまわる千人の騎士。

サリカが落としづらいのはメティスも聞いてはいた。だが、噂以上だった。サリカ伯ゴルギントは、二十隻の大型ガレー船を擁していた。さらに小型のガレー船を二百隻、小舟を数百隻抱えていた。大型のガレー船に四十人、小型のガレー船に二十人、小舟に三人が乗るとして、約五千人の兵がいるという計算である。それを私掠船として抱えていたのだ。しかも地上には千人の騎士がいる。

ゴルギント伯は傲岸不遜な男。

自分に助けを求めようとしたガセルの女商人シビュラを容赦なく殺害させた男。

自分の恩人、ガセル王妃イスミルを挑発しつづける男。

自分とガセルの大貴族とアグニカの大貴族とヒロトの四者で決めた裁判協定を無視しつづける男――。

鉄槌を喰らわせねばならぬ相手である。

イスミル王妃と亡きシビュラのためにも、自分の手で是非叩きのめしたい。すぐにも鉄槌を喰らわせたい――。

そう強く思っていたが、テルミナス河にはゴルギント伯の私掠船がうようよしており、港にもゴルギント伯の兵が千人ほど詰めていた。

攻めるには厳しい港町。

トルカのように一日で落とすのは不可能だ。今すぐ鉄槌を下すのは、さすがのメティスにも無理がある。自分が持っている駒では、叩きのめすことは難しい。

（イスミル殿下に、ご恩をお返しできぬかもしれぬ……シビュラの仇を取ってやることも……）

第一章　清濁の世界

1

高い塀と正門の向こうで、白い両翼を広げたように左右の翼棟が延びるエンペリア宮殿――。

黒い塀の向こう、宮殿の奥には、ヒュブリデ王国の中心がある。中心の名前は、王の執務室と言う。執務中は、常に四人のエルフの兵士が入り口を固めている。

執務室を彩るのは、緑色の壁だ。部屋の真ん中に細長い大きなテーブルがあり、周囲を真紅の椅子が取り囲んでいる。

枢密院会議は終わったばかりだった。青い上衣とズボンに身を包み、いつもならからっと明るい表情を浮かべている高校生っぽい青年は、少し放心したように口を開けていた。

異世界にやってきた高校生、清川ヒロトである。今はヒュブリデ王国の国務卿兼辺境伯だ。

ヒロトは少しの間ぽけっとして、肩で息をついた。それからぽりぽりと頭を掻く。

「おい、ヒロト行くぞ」

と白いシルクのシャツに黒いズボンを穿いた金髪のミディアムヘアのイケメンが声を掛けた。

ヒュブリデ王国国王レオニダス一世である。レオニダス王はもう執務室を出掛けている。ヒロトは慌てて椅子から立ち上がった。

視線で背中を追いかけたのは、書記から羽飾りの帽子を受け取ったばかりの黒髪の爆乳美女だった。

髪の長さはミディアム。

双眸は青い。鼻はツンと細い感じではなく、丸みのある鼻頭が特徴的である。母性的な女の象徴だ。

美女は、青いワンピースドレスを着ていた。胸元は深くV字に切れ込んで、豊かな胸元をさらけ出している。

ヒュブリデ王国財務長官、フェルキナ・ド・ラレンテ伯爵であった。かつてヒロトと敵対し、今はヒロトの味方となった大貴族である。

（最悪は免れたわね）

それが、枢密院会議を終えたフェルキナの素直な感想だった。

会議の元を辿れば、三カ月前に遡る。きっかけはアグニカ王国とガセル王国の間の、裁判協定の成立だった。

2

アグニカ王国とガセル王国の商取引のトラブルは、山ウニが元で発生している。ガセル王国では、子供の健康祈願のために山ウニというでかい実が必要で、それがガセル本国で採れなくなってアグニカ王国からの輸入に頼らざるをえなくなった。

アグニカの商人は今こそ儲け時だと暴利を貪りに掛かった。それにガセル王国が反発、銀不足に突入。ピュリスとともにアグニカに侵攻した。

両国の交渉に当たったのがヒロトだった。山ウニに対するガセル側の高関税をアグニカに認めさせ、ガセル・ピュリス軍は引き上げた。

ところが、その後もアグニカの商人はめちゃめちゃなレベルに山ウニの値段を釣り上げ、再びトラブルが勃発。ヒロトが介入し、不当な値段の釣り上げに対して、ガセル人がアグニカ側が開設する交易裁判所に訴えられるようにした。

交易裁判所は、アグニカ国内のトルカ、シドナ、サリカの三港に設けられたが、サリカだけが裁判協定を無視。他の裁判所ならば不当な値上げと判定されたものが、サリカの交易裁判所では正当とされ、ガセルの女商人シビュラが抗議。そのシビュラを、サリカを仕切るアグニカの大貴族ゴルギント伯は殺害させた。姉につづいて抗議した妹のカリキュラも殺人未遂の目に遭わせた。さらにゴルギント伯は偽の犯人をでっちあげ、処刑してみせた。

本来ならば、正義の鉄槌が下されるべきだった。ゴルギント伯は不正義を働き、虚偽をこしらえたのだ。

ヒロトとフェルキナとラケル姫は、ピュリスと共同で艦隊を派遣することを主張。ゴルギント伯を力で威圧して裁判協定の遵守を誓わせようとした。

だが、そうはならなかった。

ゴルギント伯はヒュブリデに使者を派遣し、「裁判協定関連で自分を批判しない、そして有事にはサリカに派兵するのならば、たとえ戦時中でも明礬石の安定供給を約束しよう」と持ちかけてきたのだ。

明礬石は、高級染め物には不可欠の材料である。衣服を美しく水色に染め上げる水青染めは、ヒュブリデの外貨の稼ぎ頭となっている。

明礬石が手に入らなければ、水青染めはできない。そしてヒュブリデは、明礬石をアグニカに頼らざるをえなくなっている。

果たして枢密院顧問官の一部は、甘い飴に飛びついた。宰相パノプティコスは、大法官、書記長官とともにゴルギント伯との秘密協定の締結を主張。とっておきの秘密情報を暴露して、ヒロトたちの主張を打ち砕いた。

曰く、ピュリス王国のメティス将軍がヒロトに激怒してヒロトからの手紙を捨てた、よってメティスはヒロトに協力しない、共同での艦隊派遣は成立しない――。

土俵際に追い詰められたヒロトは、警戒の網を張ることを提案した。ゴルギント伯は虚偽を真実と言い張る男で、信用できない相手である。よって、伯が出した案に修正条項を加えるように打診する。ゴルギント伯側が検討している間に、メティス将軍との共同での艦隊派遣を模索し、伯を揺さぶる――。

大長老ユニヴェステルがヒロトの提案に同意し、なんとかヒロトの案は採用された。

（あれがなかったら、終わっていた……）

そうフェルキナは思った。

薄氷の勝利ならぬ、薄氷の引き分けであった。ゴルギント伯の美味しい提案が即時に了承されていたら、詰んでいた。最悪の事態になっていた。

ただ――。

（急場凌ぎにしかならないわね）

正直、状況は芳しくない。一発逆転とはいかない。優位はゴルギント伯や宰相パノプティコスにあり、劣位はヒロトにある。

「フェルキナ」

声を掛けたのは、フェルキナが支援をつづける姫君だった。

古代エジプトの姫君のような、黒いボブヘアをしている。前髪は一直線に切り揃えられていて、その下に美しい切れ長の目、長い睫毛、そして細く際立った鼻筋が異国情緒な美しさを煌めかせている。

亡くなった北ピュリス王国の姫君にして、今は顧問官のラケル姫である。

「メティスが手紙を捨てたというのは本当なの？」

と、フェルキナに顔を寄せてきた。

「わたしが潜り込ませた間者も手紙にそう書いていたので、間違いないでしょう。カリキュラが襲撃されたのはヒュブリデが艦隊を派遣しなかったからだと、いつになく厳しい言葉を向けていたようです。激怒しているのも事実です」

「あんなに仲がよかったのに……」

とラケル姫が絶句する。メティスは、ヒロトが最も懇意にしていたピュリスの将軍だった。会っているのは軽く十回を超える。メティスはヒロトがこの世界にやってきた記念すべき二周年の式典にも参加している。

でも、人間関係とはそういうものだ。利害が一致しているのは点接触か面接触が起きている限定された時期だけで、時期が終わると離れていく。一生涯つづくというのは、ほぼない。王と重臣にしてもそうだ。

「ヒロト殿はメティスに会えないの？」

とラケル姫が心配そうに小声で尋ねてきた。

「恐らく。共同での艦隊派遣の模索は最初から頓挫しています。宰相の指摘が正しいのです」

「ゴルギント伯は――」

とラケル姫が口を開く。

「そのことにすぐ気づくでしょうね。ヒロト殿の模索は決して実を結ばない」

と重ねてフェルキナは否定した。

「でも、秘密協定について条件を詰めるのは必要です。あの男は信用なりませんから」

とフェルキナはつづけた。

「わたしならあのような者と手は結びません。悪魔（あくま）と握手するのと同じです」

とラケル姫が厳しい口調で言う。

「誰（だれ）もがそうです。でも、政治は清廉潔白（せいれんけっぱく）だけで行えるものではありません。世界は清と濁でできています。理念としては清の方がよいとわかっていても、現実的に濁を呑（の）むしかないことがあるのです。それが政治の世界です」

とフェルキナは諭（さと）しにかかった。ラケル姫は首を横に振（ふ）った。

「それでも間違ってるわ。ヒロト様の方が正しい。ゴルギント伯には鉄槌を喰らわせるべきなのです」

第二章　ゴルギント伯の使者

1

映画に登場する黒幕の支配者のように、左目に黒い眼帯を着け、全身を黒ずくめで覆った髭の男は、まだ王の執務室に残っていた。身体は細いが、眼光は鋭い。

ヒュブリデ国宰相パノプティコスである。

気分は悪くはないが、よくもなかった。追い込みきれなかったというのが、正直な気持ちだった。

（ヒロトめ、うまく逃れおったか……）

会議が始まる直前にメティスが手紙を捨てたという情報を手に入れることができたのは、僥倖だった。これでヒロトを打ち砕けると思った。

だが、打破寸前で逃げられた。辿り着いたのは最悪の結果ではないが、最善の結果でもない。ヒロトの案を完全に葬ることができなかったのだ。

ゴルギント伯は、取引相手としては危険？

それは百も承知だ。数年前に伯がヒュブリデを訪れた時の悪評も、自分は聞いている。その時、自分は被害に遭っていないが、たとえどんな相手であったとしても、必要であれば手を結ばねばならないのが政治なのだ。政治は時として感情で決まるが、時として感情を乗り越えることを要求される。今がその時だ。清濁併せ呑めずして政治家は務まらぬ。

ヒロトはそれを忘れている？

いや。

あの男ほど、清濁を併せ呑む者はいない。今回も深慮遠謀を張りめぐらせているのだろう。

（模索と強調しておったが、ヒロトめ、まさか成立に自信があるのではあるまいな）

少し不安になる。不安になって考えてみる。

（いや、成立不可能か……）

会議が終わった後、ヒロトは口を半分開いて頭を傾け、髪を掻いていた。余裕という様子ではなかった。ヒロト自身も、なんとか凌いだという感じだったのだろう。

客観的に見るなら、状況はヒロトにとって芳しくない。メティスはすでに偵察を敢行している。戦争へ向かっていると見て間違いない。メティスはゴルギント伯をフルボッコしにかかっているのだ。しかも、いつになく感情的である。その人間に対して、共同で艦隊を派遣しようと提案して同意を得られるのか？

否である。

派兵のできぬ国と共闘など、ピュリスに利のあることではない。

（それでも、万が一のことを考えて手を打っておくか？）

少し考えて、心の中で首を横に振った。

（余計なことをすれば、ヒロトに逆に利用される。ゴルギント伯の提案受託を永遠に葬り去られる）

せめて、共闘が成立した場合、ゴルギント伯の提案を取るのかメティスとの共闘を取るのか、決めておいてもよかったのではないか、とパノプティコスは考えた。

いや。

それこそ藪蛇でメティスとの共闘を取ると決められていたかもしれない。いたずらに余計なことをせぬのが、ヒロトに対してはよい処方箋なのだ。

（必ずヒロトは行き詰まる。ゴルギント伯は護衛船の増加を呑むはずだ。それでヒロトは詰む）

2

レオニダス王とともに謁見の間へ向かいながら、ヒロトは意外にからっとした表情を浮かべていた。王の執務室ではかなり打ちのめされている感じだったはずなのだが、別人格のようである。

ようやく落ち着きを取り戻した？

そういうわけではなかった。

会議が終わった後、口を半開きにして頭を掻いたのは、お芝居である。したり顔を見せると、必ずパノプティコスが手を回してくる。それを防ぐために演技したのだ。

もちろん、百パーセントお芝居というわけではなかった。

追い込まれていたのは事実である。特にメティスの案件は予想外だった。まさか、メティスが自分の手紙を捨てているとは思わなかった。かなり動揺してしまって、もう少しのところでゴルギント伯の提案が受託されるところだった。

最悪の状態は避けられた。自分の仕える王が悪魔と手を結ぶなどあってはならぬことだ。

ただ――状況としてはとりあえずでしかない。受託の時限爆弾は解除されても解体されてもいない。ゴルギント伯がガレー船三隻の条件を呑めば、ヒロトは詰んでしまうのだ。

（でも、今の状況でも悪くはない）

未来はある。充分に反撃できる。色々と問題はあるが、道筋は見えている。これは反撃の第一歩なのだ。

目指すところはメティスとの共闘の成立とその実行である。

そう。

成立だけではない。

実行だ。

（とにかく共闘を成立させて、共同での艦隊派遣を実現しなきゃ）

実行以前、成立以前にそもそもメティスに会えない？

そこは心配していない。

手紙を捨てた？

捨てられても可能性はある。否、捨てたのなら、可能性はある。可能性がないのは、手紙すら読まなかった時だ。

問題は、どうやって会うかではなく、どうやって成立させるか、そして成立後にどうするかだ。

（説得の方法は後々考えるとして、まずは成立させた後だよな……）

後の方が重要だった。

共闘が成立すれば、ゴルギント伯の提案とメティスとの共闘とどちらを取るのかという問題が発生する。

枢密院では議題に上らなかった。誰もが失敗すると思っていたからだ。だが、共闘が成立すれば、どちらを取るかという話になる。

ヒロトとしては、メティスとの共闘を優先させるという結論を得たい。メティスとともに圧力を掛けて、ガセルとアグニカの戦争を防ぎたい。防ぐことが明礬石の安定的確保につながり、ヒュブリデの国利を守ることになる。

ただ、パノプティコスも大法官も書記長官も猛反対するだろう。ユニヴェステルはわからない。紛糾するのは確実だ。

もし王がゴルギント伯の提案を取れば、最悪の結果になる。メティスとの関係は完全に終了する。メティスは二度とヒロトを当てにしないだろう。ピュリスとの関係も冷え込むだろう。ヒュブリデの、近隣諸国への影響力も低下するだろう。ガセルとアグニカの紛争は制御不能となり、ヒュブリデは振り回されてアグニカに利用されるようになってしまうだろう。

それは絶対に避けねばならない。

（メティスとの共闘が成立したら、確実に絶対に実行する形にしたい）

先を読んで、枢密院で議題に上せるべきだった？

ノーだ。

ヒロトが口にすれば、パノプティコスが全力で潰しに来るのは間違いない。共闘成立がどんなにｉｆの話だと思っていても、パノプティコスはメティスとの共闘が成立しないように妨害するだろう。かつて敵対していた時のように――。

（どうするかな……）

正面突破だけが、唯一の方法でも正しい方法でもない。

政治は、正義なしでは生きていけない。だが、馬鹿正直でも誠実さだけでも生きていけない。姑息な手段や卑怯な方法を考える脳味噌も持ち合わせていなければ、裏を掻かれてやられる。

（正面突破が無理なら、姑息と言われても裏の手を使うしかないか……）

共闘が成立した場合についての決断は、まだ王は下していない。王から決断の言質を取れればありがたいが、今道すがら持ちかけたところで王はゴーサインを出すまい。

あきらめる？

まさか。

目指すゴールがあるのなら、それを合法の範囲で追求するのが人間だ。今だめならば、近未来にゴーサインを出させればよい。

そんな機会がある？

ヒロトはジゴルのことを思い描いた。

これからヒロトと王はゴルギント伯の使者、ジゴルと接見することになっている。

あの男には隙がある。

これから自分はジゴルに密かに罠を仕掛けることになるだろう。自分は尻尾を出したと思わせて、暴言を吐かせることになるだろう。その結果、ジゴルは意図せずしてヒロトに道を開くことになる——。

3

高い茶色の腰壁と地味なアイボリーの天井の部屋で、緑色のマントを羽織った恰幅のよい騎士が待っていた。

齢は三十歳ほど。

イケメンではなく、渋い顔だちである。燻銀と形容するのがふさわしい、地味めだが味のある顔だちだった。

ゴルギント伯が使者として放ったアグニカ人ジゴルである。枢密院会議の結果を待っていたのだ。

果たして枢密院の結果を待つことにしたのは失敗だったのか、と自問する。

否。

自問する意味はない。ヒロトが枢密院に諮るという態度を示した時点で、「その場で決裂」という戦略は失敗していたのだ。破綻させるのならその前、

《ゴルギント伯に対しては、次のように約束することを望む。サリカ港において裁判協定が直ちに遵守されること。それが加えられることを強く望む》

とヒロトが突っぱねた時にすべきであった。

止めの太刀を放てたのはあの瞬間だけだった。その二つ後に枢密院に諮る話を持ち出されたのだ。

言葉の剣士としては立て直しの早い男である。さすが雄弁をもって知れ渡った男だ。相手として不足はない。

（枢密院は呑むか。それとも――）

自分の――そしてゴルギント伯の――狙いは、ヒロトの失脚だ。ヒロトが原因で決裂さ

せること、それが原因でヒロトを失脚するように仕向けることだ。

第二の狙いは、提案の受託である。ゴルギント伯にとって有利な提案を、ヒュブリデに呑ませること。

第一の目的実現は、今もなお狙っている。第二の目的実現は充分に可能であろう。

ヒュブリデは腰抜けだ。

国内最大の明礬石の鉱山が採掘不能になったため、アグニカに頭が上がらない状態になっている。ヒロトは強硬派だが、宰相や大法官は違う。提案を呑むだろう。

もし予想に反して艦隊を派遣すると言ってきたら？　ヒロトが主導権を握ってそう言う可能性はある。

こけおどしは通用せぬと言ってやる？

言ってやりたい気分はある。ヒュブリデに実力行使が難しいのはわかっているし、何よりも自分にとって世界で一番なのはゴルギント伯なのだ。王になったばかりの若造レオニダスではない。

ただ、言うことによってレオニダス王を激怒させて本当に艦隊を派遣させては、意味がない。もちろん、派遣されたところで臆するゴルギント伯ではないし、ゴルギント伯からすれば痛くも痒くもないのだが――。

ノックの音がジゴルの思考を遮った。つづいてエンペリア宮殿の衛兵が入ってきた。エルフの近衛兵ではなく、人間の兵である。

「陛下がお会いになる。謁見の間へ」

来たな、とジゴルは胸の裡で北叟笑んだ。

（受託の話を聞こうか）

4

謁見の間でヒロトから告げられた答えにジゴルは戸惑った。承諾か拒絶か。どちらかの二者択一だと思っていたのだ。

だが、与えられた答えは、ヒュブリデ側からの三者択一だった。

（我が主を揺さぶろうという魂胆か？　それとも、できるだけ利益を引き出そうという魂胆か？　いや、利益を引き出すのなら、裁判協定の遵守はいらぬ。本当は遵守の方が目的か？）

深読みをして考えてみる。だが、ヒュブリデ側の意図は見えない。

「主君はわたしが申し上げた条件での締結を望まれている。条件を付け加えるというのなら、拒絶と考える」

とジゴルはひとまず撥ね除けにかかった。

無礼なと反発する？　拒絶するのなら軍を派遣すると強がってみせる？

ヒロトならやりかねない。反発したら、やり返すだけだ。

「これは異なことを申される」

とヒロトはすぐさま反応した。

「そもそも、協約とは一方が一方に対して行う命令ではない。ましてや貴殿がお仕えするのは大貴族。レオニダス王はヒュブリデの王だ。王に対して他国の大貴族が命令するのか？　そのような無礼が許されるのか？　ゴルギント伯の使者ともあろう者が、そのような無礼を働いてゴルギント伯の名を穢すのか？」

とヒロトが名誉に訴えて出た。

ジゴルは沈黙した。序列を持ち出し、ゴルギント伯の名誉にアピールするのは、ジゴルにとっては予想外のアプローチだった。

無礼を働くのなら報復があると思え——。

ヒロトならその路線で来るのではないかと思っていたのだ。もしヒロトが高圧的に迫ってきたら、即座に退室して今度こそ決裂を決め込んでやるつもりだった。だが、これでは決裂に導くのは難しい。

ヒロトが言葉をつづける。

「協約の条件はしっかりすり合わせるべきだ。護衛船をつけるとジゴル殿は話されたが、果たしてどの規模の護衛船なのか。商船を改造したものなのか、それともガレー船なのか。ガレー船と商船ではまるで違う。ましてや小舟となれば、もっと違う。提示していただいた条件ではそれがわからない。わからない以上、詰めるしかない。それは相手を信用していようといまいと同じだ。それでも詰めないまま了解しろというのは、協約でも協定でもなく、ただの命令だ。アグニカの高名なる大貴族の使者がヒュブリデの王に対して命令するのはいかがなものかと思うが」

ぐうの音も出なかった。冷静な、理詰めの返答だった。我が主君を信じていないのかと噛みつくこともできるが、同じ理屈で返される。

相手はヒュブリデ王。

自分は大貴族の代理。

同格ではない。格上の相手に対して命令することはできない。それは外交コードとして無礼に該る。

強硬な、高圧的なテンションで戦うのは少し難しそうだ。

「自分は我が主君の願いを伝えたまで。一言一句変えずにご了承いただくのが我が主君の願いだ。充分ご了承いただけるものと信じている」

とジゴルは少しテンションを落として答えた。

「船の規模や数について明記されていないのに、なぜ今ここで合意できるのか？　そのようないい加減な合意をする王が、果たして信頼できるのか？」

とヒロトがさらに追及する。

「変更は我が主君は認めない」

とジゴルは突っぱねた。このラインは譲れない。

「では、決裂させたのは貴殿ということでよろしいな。このたびの提案は王と枢密院によるもの。王と枢密院による提案を、貴殿が拒絶して話を決裂させたということでよろしいな。その旨、女王にもリンドルス侯爵にもグドルーン女伯にもお伝え申し上げるが、それでよろしいな」

ジゴルは沈黙した。

目的はヒロトのせいで決裂させることである。自分の側が理由で決裂させるなど、論外である。

その上、決裂の事由がアストリカ女王やリンドルス侯爵やグドルーン女伯に伝えられた場合、主君はノーダメージでいられるか。

ゴルギント伯は、アグニカ王国において半独立国家のような感じである。女王やグドルーン女伯に色々言われる筋合いはない。

それでもだ。

グドルーン女伯は、ゴルギント伯は何をやっているのかと怒るに違いない。リンドルス侯爵に知られるのもまずい。なぜ交渉を突っぱねたのかと主君ゴルギント伯が咎められることになる。アグニカ国内での主君の立場が悪くなる。

修正なしで条件を呑ませるのは難しそうだ、とジゴルは考えた。ヒロトを失脚させるという目的もあきらめるしかない。

「では、我が主君に伝える」

そう返事すると、

「締結の暁には、協約が守られることを我々は強く望んでいる。もし守られなかった場合、我々はあらゆるオプションを、武力行使の選択肢を考えざるをえなくなる」

とヒロトは告げた。

（尻尾を出したか！）

ついに決裂の好機を見つけたり！　こんなところで、わざわざ尻尾を出すとは、辺境伯も愚かなり！

ヒロトを失脚させる可能性が突如として降って湧いたのだ。今ぞとばかりにジゴルは目を剥いた。

「メティスと共闘するとでも申されるつもりか！　我が主君を脅迫するなら、明礬石は永遠に手に入らぬぞ！　貴殿はできることとできぬことを弁えになることだ！」

できることとできぬことを弁えろとは、武力行使などできぬくせに生意気を申すなという意味である。貴族会議の決議のことも、王の船が燃えたことも、ジゴルは知っている。もちろん、主君のゴルギント伯も承知している。

「何だと⁉」

レオニダス王がかっと目を見開いて口を開いた。もしジゴルがヒロトの心を覗く目を持っていれば、ヒロトが胸の裡で北叟笑んだのを見ることができただろう。

しかし、ジゴルにその目はなかった。しかも、ジゴルは自分の失言に気づかなかった。ジゴルが目にしたのは、王が口を開いて怒号を発しようとしたこと、だが、それよりも早くヒロトが澱みなく反論を繰り出してきたことだった。

「できることとできぬことを弁えろと申されるのなら、なぜ我々に派兵を要求されるのか。貴殿はご自身の言葉がわかっていらっしゃるのか？　我々はメティスとは一言も口にしてはいない。なぜメティスとお考えになるのか。そもそも、約束を違えぬようにと念を押すことのどこが脅迫なのか。最後の念押しも、王と枢密院から了承をいただいた上で伝えている。自分個人の念押しではない。貴殿は喧嘩腰すぎるのではないか？　それとも、キレて、国務卿が原因で提案が葬られたということにしてこい、そうして国務卿を失脚させてこい、二度と裁判協定が争議の元にならぬようにしてこい、メティスと共闘せぬように釘を刺してこいとゴルギント伯から命令でも受けられたか？」

淀みのない反論にジゴルは沈黙した。

言葉のつづけ具合、連続具合からして、明らかに狙っていた言い回しだった。自分はカウンターパンチを狙われていたのだ。

やはり相手は辺境伯――ヒュブリデ王国随一の切れ者だった。

ろくに武力行使ができぬとわかっているくせに、なぜ派兵――武力行使を求めるのかというのは、まったくその通りだった。

痛いところを衝かれた上に、自分の意図も目的も完全に見抜かれた。見抜いた上でヒロトは自分に対していたのだ。

（全部見切った上で処していたということか……⁉）

だが、知っているなら、なぜ自分を挑発――？

考える間もなく、ヒロトが揺さぶりを掛けてきた。

「決裂の原因を我々に押しつけようとはなさらぬことだ。我々はカリキュラの部下たちの興味深い証言も、カリキュラを襲撃した者たちの処刑の状況も聞いている。サリカ対岸のガセル側のテルミナス河岸で二十名以上のアグニカ兵が斬殺されていたことも知っている。誰がなしたかも知っている」

ぎょっとした。

カリキュラの部下？　もうあの連中がヒュブリデに使者を放ったのか？

処刑の状況？

それももう知っているのか？

いや、気にすべきはそこではない。

サリカ対岸？

テルミナス河岸？

二十名の斬殺？

「どういうことだ？」

思わず尋ねた。

「メティスがサリカ港に侵入して偵察を果たして逃げ果せた。貴国の兵が追ったが、皆、返り討ちに遭って二十名以上が死んだ。メティスは確実に戦へ向かっている。戦を止められる国は、ピュリスか我が国しかない。我が国はメティスと太いパイプを持っている。貴国がメティスを恐れることはあるまいが、今我が国との交渉を決裂させることが上策なのか、よくお考えになることだ」

ヒロトがレオニダス王に顔を向け、レオニダス王は先に謁見の間を出た。

「待たれよ！　メティス将軍の件は本当か⁉」

問うたジゴルに、ヒロトは振り返って一言だけ答えた。

「我々にはヴァンパイア族がいる。その意味するところをよくお考えになるがよい」

第三章　一人の舟

1

王都エンペリアから西へと遠く離れたサラブリア州の中心ドミナス城――。

大きな机について、紙に文字を書いている垂れ目のちっこい女の子がいた。水色のパフスリーブのワンピースを着て、背中にでっかい翼を生やしている。

ヴァンパイア族サラブリア連合代表の愛娘、キュレレである。大まじめに手紙を書いていたのだ。

すぐ後ろで眼鏡を掛け、長身にベージュ色の上着とズボンを着けてキュレレを見守っているのは相田相一郎だった。

最近、キュレレは文字を書きはじめている。といっても、少しずつである。まだ覚えている言葉が少ないので、あまり文字は書けない。それでもお姉ちゃんに書くと言い出したのだ。

キュレレが口先を丸めてペンを置いた。

「書けたか？」

キュレレがうなずく。相一郎は覗いてみた。手紙にはただ一言、記してあった。

《ムハラ、美味かった》

2

ヒロトと別れた後、ゴルギント伯の使者ジゴルは焦燥の色を浮かべてエンペリア宮殿の廊下を歩いていた。

やはりヒロトは強敵であった。あわよくばヒロトを失脚させようという魂胆は、カウンターパンチで砕け散った。

ヒロトはすべてを見切っていた。はっきりと言葉にはしなかったが、ゴルギント伯のでっちあげもわかっているようだった。おまけにジゴルの知らないことまで知っていた。メティスがサリカ港を偵察、二十人のアグニカ兵を殺害したらしい。

急遽、帰国する？

いや。

偵察は予想されていたことだ。今帰国すれば、優位を失う。

それに――とジゴルは考えた。

慌てるまでもない。ゴルギント伯のでっちあげを把握しながらはね除けてこないということは、やはり明礬石が引っ掛かっているということなのだ。

ヒュブリデの立場は決して強くはない。

外交のアプローチには、元首に対して直接行うものと、元首の近辺の者たちに行うものとがある。

元首へのアプローチは終わった。次は近親の者たちへのアプローチである。ヒロトは接近しても仕方のない相手だが、宰相や大法官や書記長官ならば、揺さぶることはできる。

そしてそれを、主君ゴルギント伯も望んでいる――。

3

王とともに宮殿内の通路を歩きながら、ヒロトは手応えを得ていた。思っていた通りのことは実現できた。

外交は強気だけではいけない。だが、及び腰ではもっといけない。阿諛追従は最低最悪である。譲ってはならないところは譲ってはならない。突っぱねなければならないところは突っぱねなければならない。衝かなければならないところは衝かねばならない。言葉の攻撃を一切捨てた外交など、外交ではない。

ジゴルとのやりとりは、大方ヒロトの予想通りだった。

メティスとの共闘を匂わせた途端、ジゴルはヒロトの責任にしようと噛みついてきた。そのことを話せば、宰相や大法官はメティスとの共闘の模索自体を取りやめるように進言するかもしれないが、真に受ける必要はない。

外交は右顧左眄ではない。つまり、相手の顔色ばかり窺って、媚を売って決めることではない。他国が敏感に反応したということは、それが衝くべき弱点か、越えてはならないレッドラインか、どちらかなのだ。

レッドラインならば踏み越えてはならない。踏み越えれば国家間の関係は危機に陥り、関係の修復が難しくなる。

弱点ならば、衝かねばならない。

レッドラインの場合、相手がレッドラインに近づく行為に踏み切った時、警告を発する。さらに近づくと、もっと厳しい警戒を発する。

今回の場合はそうではない。近づく前から相手は牽制している。ヒロトは「共闘」と言ったただけなのだ。それに対して「メティス将軍との共闘」と断定的に言い切ったということは、それだけゴルギント伯がメティス将軍との共闘を恐れているということなのだ。

つまり、それが弱点なのである。

メティス将軍との共闘は、選択肢として絶対持たなければならない。できるなら、オプションとしてだけではなく、アクションとして実行せねばならない。

これで望むものが手に入る準備が整った。

現時点では、メティスとの共闘が成立し、なおかつゴルギント伯がヒュブリデの条件を呑んだ場合、どちらを優先するのかが棚上げになっている。その棚上げ状態を解消できる好機が転がり込んできた。共闘を優先するという王の言質が得られれば、未来に風穴を開けられる。

「あの使者め。明礬石を口にすればおれを脅せると思ってやがる。ゴルギントの糞め、おれが何もできぬと思いやがって。おれを舐めるな」

とレオニダス王はかなり不機嫌であった。感情が怒りで高ぶっている。ヒロトにとっては願ったり叶ったりの瞬間だった。この瞬間を待っていたのだ。

（切り出すなら今だ）

オプションをアクションにするのは今しかない。

「メティスとの共闘が成立したら、どうされます？　ゴルギント伯との密約の方を取ります？」

とヒロトは敢えて消極的なアクションで持ちかけた。

ハイテンションで持ちかければ、王は逆に冷静な方に回る。そう考えて、意図的にローテンションで持ちかけたのだ。

さあ、どうする？　王はどう反応する？

言質はゲット？

できなければ、あきらめるしかない。

くるりとレオニダス王がヒロトに顔を向けた。

「馬鹿言え。あの使者はおれをコケにしやがったのだぞ!?　メティスと共闘できるのなら、共闘してびびらせてこい！　メティスといっしょにボコボコにしてこい！　ゴルギントの口に糞を突っ込んでこい！」

王が怒りで返した。

（よっしゃ！）

快哉を叫ぶ瞬間だった。枢密院ではメティスとの共闘に対してゴーサインを出さなかった王だったが、ついにゴーサインを出したのだ。しかも、武力行使にまで――。ボコボコにしてこいとは、そういう意味である。

すべてはジゴルの挑発――できることとできぬことを弁えになることだ――のおかげである。シゴルの最大の失態だった。あの失言をさせるために、ヒロトはこんなふうに軽く挑発したのだ。

《締結の暁には、協約が守られることを我々は強く望んでいる。もし守られなかった場合、我々はあらゆるオプションを、武力行使の選択肢を考えざるをえなくなる》

ジゴルはゴルギント伯から、ヒロトを葬ってこいと命じられていたはずだ。ずっとヒロトを失脚させる機会を――ヒロトのせいで決裂したとこじつけられる機会を――窺っていた。ヒロトの言葉は、その機会が来たと思わせるものだった。

それで、シゴルは食い付いた。

《メティスと共闘するとでも申されるつもりか！　我が主君を脅迫するなら、明礬石は永遠に手に入らぬぞ！　貴殿はできることとできぬことを弁えになることだ！》

ヒロトが仕掛けた罠に嵌まったのだ。

あの余計な一言さえなければ、ここまでレオニダス王は怒らなかったに違いない。だが、ジゴルは口にしてしまった。そして、王を激怒させてしまった。激怒した王が、強攻策に積極的にならないはずがない。

ともあれ、王から言質は得られた。これで共闘が成立した暁には迅速に進めることができる。

「――といっても、所詮、できるわけがない。できればいいが、できまい。というか、できぬ」

と王のテンションが下がった。実現しないと思っているからこその強硬論だったようだ。

だが、言質は言質である。

「では、ボコボコにできる時にはボコボコにしてまいります」

とヒロトは答えた。

「できるのか？」

ヒロトは答えずに微笑んだだけだった。

あ。

策がないな。

そう察したらしく、レオニダス王は話題を転じてきた。

「おまえ、それよりも本当にメティスに会えるんだろうな？　メティスとの関係を過信しとるんではないのか？　手紙を捨てるのは尋常ではないぞ？　おれも女にやられたことがあるが、修復不可能だったぞ？」

王が向けた目は、疑惑の三白眼であった。

「だからいけるんです」

とヒロトは即答した。

「わけがわからん」

「陛下。一番やばいのは無反応なのです。反応がない時が一番やばいんです。それこそ絶望なのです。反応がない時には、もう相手はこっちを見切っています。何を騒ごうが気を引くことはできません。でも、メティスは思い切り反応しています。手紙を捨てたのは何よりの反応です。それはおれに期待していたからです。今もなお、おれに対して情が残っています。残っているのならいけます」

とヒロトは、首を横に振る王に説明してみせた。

「おれは無理だと思うぞ」

と王は考えを変えない。今説得するのは難しそうだ。

ヒロトは王に顔を近づけた。

「なるべくジゴルが帰国しないようにしてください。さっさと帰国して、ゴルギント伯が条件を丸呑みしたら、模索が空振りします」

レオニダス王は快諾したが、しっかり否定の釘も刺した。

「それはかまわんが、共闘は無理だぞ？　万が一共闘が成立しても、艦隊派遣の準備をしているうちに、ゴルギントが嗅ぎつけてガレー船三隻で手を打つぞ？　おまえ、手はあるのか？」

ヒロトは無言で微笑んだ。

策はなかった。

第四章　失敗のフラグ

1

しゃれた黄緑色の外套の男が、近衛兵の立つ廊下で落ち着かずにうろうろしていた。黒髪に青色の双眸――ガセル人だ。カリキュラを襲った悲劇を知らせに来た商人ロドンだった。

ヒロトにすべては伝えた。カリキュラが危うく殺されたかけたことも知らせた。ヒロトは枢密院に諮ると約束してくれた。

問題はその結果である。

（どうなったのか……）

枢密院会議が行われる王の執務室には、自分は近づけない。近衛兵からも一旦離れるように言われた。王や枢密院メンバーの身の安全を守るためである。

だが、ロドンにとっては状況がわからなくなるので心もとない。

今度こそ、艦隊派遣を決意してくれたのか。アグニカに強い態度に出ると約束してくれたのか。

緑色の壁の廊下を、長い裾の長衣を纏った美女が向かってくるのが見えた。

(シルフェリス殿だ……！)

枢密院会議のメンバーである。ヒロトの姿はまだ見えないが、願ってもない相手だった。ロドンは、シルフェリスに向かって足早に近づいた。

2

精霊教会は、ヒュブリデ王国の信仰の中心である。そのほぼ頂点に立つ女が、緑色の廊下を抜けて王のエリアから出てきたところだった。

赤い縁取りをした、袂の長い白い法衣の裾をひらひらと舞わせながら、目の細い美女が宮殿の廊下を進んでいく。胸は聖職者に不釣り合いなほど豊かにふくらんでいる。

ヒュブリデ王国の精霊教会のナンバーツー、精霊教会副大司教シルフェリスである。

「シルフェリス様！」

と男に呼び止められて、シルフェリスは立ち止まった。すかさず近衛兵がシルフェリスのそばに近づく。もし危害を加えるつもりなら許さないぞというポーズである。

「わたくし、ガセルの商人ロドンと申します。カリキュラ様のことでお知らせに参った者でございます。ヒロト様にはお伝えして、枢密院会議に諮るとお約束いただいたのですが――」

とガセルの商人は切り出した。

ああ。

あの話を持ってきた商人ね、とシルフェリスは合点した。

「陛下の耳には届いています」

「陛下は？」

「できる限りのことはしようとなさっています」

とシルフェリスは濁した。

「艦隊派遣は？　ゴルギントめには鉄槌を喰らわせていただけるのですか？」

「精霊はお許しにはなりません。きっと罰を下されるでしょう」

「では、陛下は？」

「色々とお考えになっています」

とまたシルフェリスは濁した。

「艦隊派遣はされないのですか？　シビュラ様を殺し、カリキュラ様の命まで奪おうとした者に、鉄槌は下していただけないのですか？　あの男は悪魔です！　悪魔を叩けるのは、陛下のみです！」

「精霊様がいずれ罰を与えられます」

繰り返すシルフェリスに、

「異教の神様の罰なんていらないんです！　人に罰を下してほしいんです！」

とロドンが叫ぶ。ロドンたちガセル人は、ミドラシュ教という一神教を信仰している。シルフェリスたちの精霊教会は、彼らからすれば異教である。

「不信心ですよ」

と冷たくはね除けて、シルフェリスはその場を離れた。

陛下は鉄槌を下すとご決断されました――。

そう言えないのが無念であった。

（精霊は我が国におわし、かの国にはおらず。野蛮な国に鉄槌は下らぬ……）

ヒュブリデ国内ならば、人の上に立つ者が、上に立つ者としてふさわしからぬことをすれば、精霊の罰が下される。ある者は異種族の姿になり、ある者は死を迎える。

だが、アグニカ王国ではそうではない。ゴルギント伯は精霊の呪いを――罰を――受けずにのうのうと生きている。

隣国のアグニカ王国もマギア王国も、精霊教は信仰されているが、ヒュブリデほど熱心にというわけではない。

精霊教会の建物には、必ず精霊の灯がある。背の高い台座に白く丸い光の玉が輝いているのだ。

シルフェリスはアグニカにもマギアにも行ったことがあるが、精霊の灯は蝋燭の炎か豆粒くらいの大きさしかなかった。

理由ははっきりしている。

真の世界――嘘偽りが少なく、真実が告げられることが多い世界では、精霊の灯は大きくなる。

義の世界――すなわち、人の上に立つ者が正しい行いを守る世界では、精霊の灯は大きくなる。

法の世界――大きな共同体が定めたルールを上位の者が破らぬ世界、遵法の世界では、精霊の灯は大きくなる。

だが、アグニカもマギアも、真、義、法において著しくヒュブリデに対して劣っている。ヒュブリデのエルフたちがアグニカを野蛮と切り捨てる理由である。そしてそれゆえ、精霊の灯は小さく弱く、違反者に罰を喰らわせるほどの力を持っていない。もちろん、木を燃やさずに町を明るく照らす力も、アグニカの精霊の灯は持たない。

シルフェリスがいる精霊教会の理屈からすれば、ゴルギント伯は罰せられ、滅ぼされなければならない。

ただ、政治の世界は宗教のロジックだけで行われるものではない。清濁併せ呑むという部分もある。濁を忘れて清、すなわち理念だけ、イデオロギーだけで政治を行えば、世界からは慈愛が消えて苛烈だけの世界になる。そのことは精霊教でも戒められている。

過ぎたる真、過ぎたる義、過ぎたる法は悪となる——。

政治が専門ではないシルフェリスにも、清だけで走ることが危険なのはわかっている。わかっていても、やはりゴルギント伯に鉄槌は下されるべきだとシルフェリスは思ってしまうのだ。

シルフェリスの理屈では、宰相も大長老も大法官も書記長官も間違っている。だが、宰相も大長老も、真や義や法に反しようとしてゴルギント伯と手を結ぼうとしているのではない。だから、二人に精霊の呪いは降りかからない。

世界の矛盾の象徴である。しかし、矛盾には代償がある。

（ヒュブリデが法と義の道を進まなかった代償を、この国は受けることになりましょう）

3

ヒロトがレオニダス一世と別れると、あからさまに胸板（むないた）の厚い、二十代後半のエルフが廊下の先で待っていた。ヒロトは思わず笑顔（えがお）になった。

エルフの騎士（きし）アルヴィである。ソルム城で会って以来、もう数年の付き合いになる。

「いかがでしたか？」

ヒロトは小声でアルヴィに枢密院会議と接見とその後の内容を告げた。

「それは心強い」

とアルヴィが微笑む。

「ですが、陛下のご指摘（してき）もご尤（もっと）もです。ゴルギントは三番目でＯＫにしますぞ」

ヒロトは苦笑（くしょう）で返した。

元々のゴルギントの提案は次の三つだった。

一．ヒュブリデ王はゴルギント伯を支持する。

二．ヒュブリデ王は、有事にはサリカへの派兵を約束する。

三．ゴルギント伯は明礬石の輸送の安全を保証する。戦中であろうとも、明礬石を運ぶ商船に護衛船をつける。

これに対して、ヒロトは次のように提案したのだ。

一．「裁判協定の遵守」を条項に付け加える。
二．「有事に派兵すること」という要求を、「有事に中立を守る」に置き換える。
三．「二十座のガレー船三隻を必ず明礬石を積んだ我が商船に随行させ、決して明礬石の輸出制限をしない」という条件を加える。

確かにゴルギント伯ならば、即座に三番目を了承しそうである。ヒロトも、一番飛びつきそうな餌として三番目を用意したのだ。

「メティスは大丈夫なのですか？　感情的になっている相手に理路整然と説明しても、空回りにしかならないのでは？」

とアルヴィに確認された。アルヴィの指摘通りである。

「メティスは戦争を考えてると思う？」

とヒロトは改めてアルヴィに尋ねた。

「間違いなく。だからこそ、ヒロト殿の手紙を捨てたのでしょう。艦隊の共同派遣など、手ぬるいと思っているのだと思います。わたしも同感です。そもそも、艦隊派遣は初手でこそ有効な手です。二手目としては疑問です。今さら派遣したところで、ゴルギント伯はびびりません。ヴァンパイア族を派遣できれば別ですが――」

ヒロトは苦笑した。

ヴァルキュリアの父ゼルディスは、ヴァンパイア族はアグニカの問題には関わらないと宣言している。つまり、サリカ港上空を飛行して威嚇することはしないということだ。

ヒュブリデの国内ならばな……とヒロトは思った。国内ならば、警察なり裁判官なり、法が機能して正義の鉄槌が下される。

だが、国外には――すなわち国際社会には、国際社会全体に対して正義の鉄槌を喰らわせることができる機関も組織もない。世界全体を裁く法はないし、世界の不正を殴る巨大な拳もないのだ。国際紛争が容易に解決しない理由の一つでもある。

ゴルギント伯をぶん殴る巨大な拳は、メティスとの協力の上にしか出現しない。ゴルギント伯の横暴を止めるためには、ヒュブリデ単独では無理だ。是非ともメティスの協力が必要なのだ。

問題はどうやって説得するかだ。

「メティスはサリカを落とせると思う?」

ヒロトは話題を転じた。

「無理でしょうな」

とアルヴィは即答した。

状況はトルカ港を落とした時とは違う。トルカ港はアグニカ最東端の港で、ピュリスとの距離も非常に近かった。密かにピュリス兵をガセルに移動させるのも簡単だった。ピュリスが比較的軍事作戦を成功させやすかったのだ。

だが、サリカ港はアグニカの中部に位置する。ピュリスとの距離もかなり遠い。仮に同じようにガセル側の対岸からサリカ港を攻撃するとなると、テルミナス河を相当西へと遡行しなければならない。辿り着く前にゴルギント伯の手下に発見されて戦闘になるだろう。かといって陸地を移動しようにも、かなり時間が掛かる。おまけにヴァンパイア族の報告では、サリカ港には千人以上の兵士が詰めている。

その状況で急襲しても、迎撃されるのがオチである。おまけにゴルギント伯は艦隊戦では無敗だ。上陸すればピュリス軍は勝てるかもしれないが、その前にやられる可能性が高い。サラブリア上陸失敗と同じ目に遭う可能性があるのだ。

「戦を仕掛けても勝てないって説明したら、メティスは応じるかな？」

「感情的になっている女がですか？」

とアルヴィが即答する。

（はは……難しいか……）

ならば、木材のことを指摘してみるのは？

ピュリスは木材が少ない。多くをアグニカやヒュブリデからの輸入に頼っている。アグニカと戦争となれば、アグニカから木材は得られなくなる。それは造船に思い切り影響するだろう。戦争が長期化すればするほど影響することになる。

コストを考えるなら、ピュリスはゴルギント伯を攻撃すべきではない。だが、メティスはサリカ港を偵察している。攻撃目標はサリカ港と見てよいだろう。しかも、恐らく偵察がバレている。

メティスも無敗だが、初めてメティスに土がつくかもしれない。死にはしないだろうが、ピュリスは大いに名誉を失うことになる。戦争は確実に長期化するだろう。

結局は和議締結ということになるだろうが、割り引いた結果しか得られまい。

対してヒロトとメティスが共同して艦隊を派遣する方が遥かにローコストで済む。ゴルギント伯は恐らく動転するだろう。裁判協定の遵守という、最も望んだ結果を得られる可能性が高い。

「コストで攻めてみるかな……」

「コストで判断していないから感情的になっているのでは？」

と容赦なくアルヴィに突っ込まれる。ヒロトは苦笑した。

アルヴィの考えは、宰相パノプティコス寄りである。アルヴィの言う通り、メティスと協力を実現しても何にもならないのだろうか？

メティスとともにアグニカを攻めに行くのなら話は別だが、戦争は実行されそうにない。最も強い武力行使はなされずに終わるだろう。

（おれが間違ってるのかな。でも、メティスとの協力をあきらめたら、すべてが終わってしまう。かといって、メティスと艦隊を派遣しても……）

4

難しい顔をしてヒロトがアルヴィとともに部屋に戻ると、黒い翼のヴァンパイア族の娘がヒロトに抱きついてきた。赤いハイレグのコスチュームに包み込んだ、ロケットみたいな爆乳が思い切りひしゃげる。

ヒロトの彼女にしてサラブリア連合代表ゼルディスの長女、ヴァルキュリアである。相変わらず、気持ちのいいオッパイが思い切り弾力をもって自己主張する。

「ヒロト、振られたんだって？」

一瞬、何のことを言われたのかと思った。すぐに、メティスのことだとわかった。

「舟相撲で一度も勝ったことがないからかな？」

「それしかない」

とヴァルキュリアはけたけたと笑い声を上げた。決して状況がよくない中での冗談は、心が救われる。明るい女は男の心も明るくする。それは逆も然りである。明るい男は女の心を明るくする。

部屋にはフェルキナ伯爵とラケル姫もいた。ヒロトの書記エクセリスとソルシエールもいた。青色のノースリーブのドレスを着た金髪の上げ髪の女性が、エルフのエクセリス。セミロングの黒髪を伸ばし、胸元が大きく開いたベージュ色のニットを着た眼鏡の爆乳女性が、ヒロトの顧問官にしてネカ城城主ダルムールの娘、ソルシエールである。

ヒロトの姿を見ると、待っていたようにミイラ族の娘が蜂蜜酒をグラスに注いだ。

ミイラ族といっても、巷で見かけるような薄汚い白い包帯を全身に巻いた女ではない。胸元が大きくU字ネックにえぐれた薄緑色の襟元からは、白い爆乳がこぼれそうになっている。見事な巨乳である。

ワンピースの裾からはムチムチの健康的な膝が覗いている。

顔だちも愛らしく整っていた。双眸は美しい青色である。金髪のミディアムヘアがきれいな輪郭の顔を取り囲んでいる。

ヒロトのお世話係、ミミアだった。ミミアは真っ先にヒロトにグラスを差し出した。

「ありがとう」

ミミアが微笑む。いつも自分を気遣ってくれる子の心のぬくもりというのは、それがある時にはありがたさがわかりづらい。失ってから痛いほど気づかされる。

ヒロトは蜂蜜酒を喉に流し込んだ。

美味い。

きゅっと甘みが詰まった感じがある。その中に香水っぽい高貴な香りと上品さが溢れている。自分の喉だけが瞬間的に高貴になるような感覚がある。きっとオセール産だろう。国務卿になって、明らかに蜂蜜酒のレベルが上がった。いいお酒を日常的に飲めるようになった。

「ジゴルはどうでした？」

とフェルキナ伯爵が尋ねてきた。

「やっぱりマウントを取りに来たよ」

とヒロトは伯爵とラケル姫、そしてエクセリスに一部始終を話して聞かせた。

「使者も使者なのですね」

とラケル姫は怒っていたが、フェルキナ伯爵は自分がすべきことを理解してくれたらしい。

「ジゴルがラド港に来たら、少し足止めをしておきましょう。ラド付近には今でもたまに、マギアの河川賊が現れますので」

としれっと言う。

河川賊というのは海賊の河川バージョンのことだが、「たまに」と口にしたところが憎らしい。

「ありがとう」

とヒロトは軽く頭を下げた。

「でも、肝心の共闘はできるの？」

と尋ねたのは、エルフの副官エクセリスである。

「やってみるよ。とにかくメティスの状況を探らなきゃいけない。ピュリスの商人がイチイを買いつけたら連絡くれって頼んでくれる？　弓の材料はイチイが一番だから」

とヒロトは頼んだ。

「わかったわ」

とエクセリスが承諾する。ヒロトはつづけた。

「あと、ポプラも伐採すると思うんだよ。矢の材料になるから。ヴァンパイア族に偵察をお願いしてもいいかな？」

「偵察なら別にかまわないぞ。仲間にさせるぞ」

とヴァルキュリアが即ＯＫしてくれる。枢密院でさんざん宰相に反対されたヒロトにとってはありがたい。

「わたしも聞いてみます。もしメティスが船を繰り出すとしたら、北ピュリス人に声を掛けるでしょうから」

と言い出してくれたのはラケル姫である。ピュリス人は、元々テルミナス河沿岸には住んでいなかった。内陸の住人である。沿岸に住んでいたのは北ピュリス人だ。ピュリス人は、今でも船舶はほぼ北ピュリス人に頼っている。

「ありがとう、姫」

とヒロトは笑顔になった。ラケル姫がうれしそうにはにかむ。

「それでメティスにどう手紙を書くの？　すでに捨てられたってことは、また捨てられるってことでしょ？」

とエクセリスが突っ込んできた。

「いっしょに大小をやろうって書いてやれ」

とヴァルキュリアがからかう。

シックボーはカジノで楽しめる代表的な賭である。三つのサイコロを振って、その目を当てるゲームだ。一カ月ほど前にレグルス共和国の高級カジノでゴルギント伯がヒロトにシックボーの勝負を持ちかけ、ヒロトは拒絶。だが、酔っていたエクセリスは勝負を受けてずっこけている。それへの当てこすりである。

「意地悪」

とエクセリスが睨んだ。かかか、とヴァルキュリアが笑う。さらに調子に乗ってヴァルキュリアはとんでもない案を提案した。

「ついでに、セックスしようって誘ってやれ」

「ぶっ！」

ヒロトは思い切り噴いた。ラケル姫がびっくりして目をまんまるくして口を開く。驚いた後に笑いだしたのは大人のフェルキナ伯爵である。そばで聞いていたソルシエールも、お酒の準備をしていたミミアも苦笑している。

「どうせ手紙は読まないんだろ？　セックスしようって書いたって平気平気♪」

とヴァルキュリアはあっけらかんとしている。

「でも、そういう時に限って手紙を読むような……」

と困惑と心配の表情を浮かべているのはソルシエールである。

（確かに）

とヒロトは思った。

冗談でセックスしようと書いてメティスに読まれたら、それこそ共闘の模索どころではない。たとえ自分が国務卿という肩書を引っさげてテルシェベル城の門を叩いたとしても、それこそ門前払いを喰らう。

（怒ってるメティスの怒りを冷まさせて、なおかつおれの話を真剣に聞いてくれるようにしなきゃいけない）

不可能ではないが、難しい課題である。

――いっしょにゴルギント伯をぶっ潰そう！

それは前回なら有効な文句だった。しかも、ヒュブリデが艦隊派遣をすると決まっていれば、さらに有効な言葉だった。艦隊派遣が決定していない今は、まるで響かない言葉である。メティスはヒュブリデが艦隊を派遣しなかったことに対して激怒しているのだ。

——かねてより美人だと思っていた。

メティスは褒め言葉で落ちる女ではない。超ナイスバディの美女だが、自分が女であることすら捨てている感じがある。容姿を褒めたところで意味はない。というより、容姿を称賛して女の歓心を買うこと自体が、そもそも悪手である。

（いっそ、もっと怒らせるか？）

——おれに会わぬ限り、おまえは負け犬だ！

いや、だめだとヒロトは首を横に振った。状況はさらに悪化するだけである。セックスしようと同じくらい悪手だ。

——先勃つ不孝をお許しください。

勃つって何だよ、そこでエロネタを放り込んでるんじゃねえよ、とヒロトは自分に突っ込んだ。読んだ瞬間ごみ箱行きである。その後訪問しても、確実に門前払いである。

（メティスの頭を冷やす方法は後回しにしよう。攻撃を考えている人間に、どう言って艦隊派遣へ切り換えさせるかだ）

メティスはどんなふうにゴルギント伯を捉えているのだろう、とヒロトは思った。

ヒロトと宰相では、ゴルギント伯の捉え方が違っている。

ヒロトは、ゴルギント伯は非常によく考え、状況判断をする男だと思っている。だから、形勢判断でまずいと答えを出せば退く、とヒロトは推測している。

　宰相は、とにかく利かん坊で言うことを聴かぬ男で、挑発されれば報復する男だと考えている。他人へのマウントがベースで、マウントのためにアンテナを張りめぐらしている。そう考えている。

　メティスはどう考えているのだろう?

　わからないが、ヒロトと違う考えを持っている可能性がある。

(だとすると、宰相の時と同じだな)

　会っても説得はできない。ゴルギント伯を直接討とうと考えているメティスを説得しようとするなら、メティス以上にゴルギント伯の情報を持っていることが必要だ。

(ゴルギント伯か……)

　とヒロトは思った。思った直後、ふいに脳の底から疑問が浮かんだ。根本的な、自分の根幹を疑うような問いだった。

(おれ、まだゴルギント伯のこと、わかってないのかな)

5

可能性はない？

ないとは言い切れない。宰相たちとの意見の相違もそこにあるのかもしれない。ゴルギント伯を知っているエルフの商人から話を聞いたが、まだ話が足りないのかもしれない。

「フェルキナはゴルギント伯には会ってないいんだよね？」

とヒロトは尋ねた。

「父が連れていきませんでしたので」

とフェルキナ伯爵が答える。

「わたしもお会いしたことは――」

と先にラケル姫が答えてくれる。

「マルゴス伯爵とラスムス伯爵、それからハイドラン侯爵は会っているはずです」

とフェルキナ伯爵が情報を追加する。

（ハイドランか……）

あまり会いたくない相手だった。ハイドラン侯爵は、前王モルディアス一世の従兄弟である。王位をめぐってレオニダス一世と争い、国王選挙で敗北した。その後の陰謀をヒロトに見抜かれて失脚、王位継承資格も剥奪されて、公爵から侯爵に格下げになっている。グドルーン女伯に会いに行く前に話を聞きに行ったが、協力的とは言い難い態度だった。

（でも、マルゴス伯爵とラスムス伯爵なら——。二人に会いに行った方がいいかもしれない）

迂直の計になるが、まずは情報を集めるしかない。どの道、メティスの動向がわかるまではあまり動けないのだ。

ノックの音が鳴った。エルフの近衛兵が姿を見せる。アルヴィが受け取って、真面目な顔でヒロトに進み出た。

「メティスからの手紙です」

（メティスから⁉）

ヒロトからの手紙を捨てたのではなかったのか？　なのに返事？

（もしかして考え直してくれた？　あるいは機嫌が直った？）

思わず期待とともに手紙を開いてしまう。だが、待っていた文面は違うものだった。

《抜くべき時に剣を抜けぬ逸機の臆病者とは手を結べぬ。舟は一人で乗るがよかろう。》

期待は一瞬で消え去った。ビールの泡よりも早く消滅した。

「なんと書いてあったのです？」

とフェルキナ伯爵とラケル姫が近づく。

「とてもいい報せ」

とヒロトはひきつった笑みを浮かべて手紙を渡した。二人が目を通す。笑みは浮かばない。フェルキナ伯爵がヒロトに真顔を向けた。

「どんな手紙を送られたんです？」

女伯爵の問いに、ヒロトは言葉の代わりに苦笑を返した。ヒロトが送った内容は、「ヒュブリデはゴルギント伯に対して強い態度を見せるべきだと思っている。もしできるならば、メティスと共同で強い態度を見せるべきだと思っている」であった。それに対して、メティスは手を結べぬと返してきたのだ。

明確な拒絶だった。舟は一人で乗るがよかろうとは、艦隊派遣のことを指しているに違いない。自分だけで行ってこい、自分はいっしょには向かわぬ――。

（罵倒とともに拒絶された……）

ヒロトはほっぺたが引きつるのを覚えた。

（失敗フラグ、成立したかも……）

第五章　あきらめの悪い男

1

アグニカ王国とはテルミナス河を挟んで南側、ピュリスに対しては西隣に位置するガセル王国のエメリス王宮では、紅色の長いソファで夫とともに並んで座った小柄な美女が唇をふるわせていた。

小顔の美人であった。

ミディアム丈のさらさらの黒髪につぶらな瞳――。白い透けるようなドレスからは、形のよいツンツンのEカップのバストが突き出している。

ガセル王妃イスミルである。いつもなら眼差しは愛嬌と夫への愛に満ちているが、今日はまたしても憤怒に彩られていた。

ゴルギント伯に送った使者が帰還したのである。

伯はシビュラを殺し、カリキュラを襲った五人を特定し、処刑したという。ただ、その五人は処刑当日に猿ぐつわをされ、何か言いたそうに唸って涙を浮かべていたそうだ。

「わたしも舐められたものですね」

と怒りを押し殺してイスミル王妃は使者に答えた。

「間違いなくでっち上げでしょう。我々が知るところでは、カリキュラを襲撃したのは数十人。もちろん貧しい身なりの者ではなく、非常によい剣を持っていました」

「そのことは伝えたのですか？」

使者はうなずいた。

「怒って、『消えよ！』と。伯には、『我が王妃が求めているのは真実と是正のみ。茶番も虚偽も不正もいらぬ。茶番と虚偽と不正を繰り出す者には、必ず神罰が下るであろう』と告げました」

「よくぞ申しました。今日はゆっくり休みなさい」

とイスミル王妃は使者を慰労した。使者が下がる。

隣では神経質な細身の髭面の夫が、沈黙を守っている。イスミルは夫のパシャン二世に顔を向けた。

「あなた、わかったでしょ？　ゴルギントはこういう男なのよ！　力でしか応じぬ男なのよ！　殺すしかないのよ！」

と怒りをぶつける。

「メティスはどうなのだ?」

と妻の言葉には答えず、パシャン二世はほぼ同時に到着した、ピュリスに派遣していた使者に質問を向けた。

「お力になりたいと」

「ああ、さすがメティス」

とイスミル王妃が一瞬笑顔になる。

「それで兄上は?」

とイスミル王妃が畳みかける。

「メティスに調べさせた上でご返事なさるそうです。『戦は馬鹿息子を怒鳴りつけるのとも盗賊を退治するのとも訳が違う。戦上手を倒すにはそれなりの準備が必要だ。力任せに出ても勝機はない。いかなる手を用いるのが最も好ましいのか、メティスの報告を待つ』と」

イスミル王妃は大きく息を吸い込んだ。

「兄上は慎重な御方だな」

とパシャン二世が感想を洩らす。

「いつもそうなのよ、兄上は。無駄な戦いはしない。相手を見定めて、勝てると踏んだら一気に攻撃する。北ピュリスを落とした時もそうだったわ」

とイスミルが応える。

「それで、メティスはいつ報告を?」

「それはまだ――」

と使者が渋る。

「いやな答えじゃなきゃいいけど」

とイスミル王妃が不安な様子を見せる。

「ユグルタにいる時に、部下が面白いものを見たと申しておりました。カリキュラの手の者が、テルミナス河を東に下っていったと。恐らく、辺境伯に知らせに行ったのでしょう」

「愚かな」

とイスミル王妃は切り捨てた。

「あの者に頼っても仕方ありません。ヒュブリデの者は皆腰抜けですから」

2

落ち着いたクリーム色の壁に、緑の草木が描かれている。二・五メートルほどの高さの天井は白い。白の中に赤い薔薇がまばらに描かれている。

ガセル王宮の一室である。広さは十二畳ほどか。そこそこ広い一室で、前髪を左寄りに七三に分けた、太い一直線の眉のがたいのいい男が手紙を記しているところだった。

ガセル王国の大貴族にして顧問会議のメンバー、ドルゼル伯爵である。

ゴルギント伯に対して、イスミル王妃は猛烈に怒っていたそうだ。ゴルギント伯はカリキュラ殺害未遂の犯人を処分したと言っているが、でっち上げに間違いはない。

ヒュブリデに助けを求める?

まさか。

イスミル王妃はヒュブリデを見切っている。ヒュブリデに怒っている。ヒュブリデとのパイプは事実上切っている。

だが、ドルゼルはヒロトを切りきれなかった。ヒロトとは心の通じ合うものがある。

(ゴルギント伯は相当手ごわい。現状ではやつに言うことを聞かせるのは難しい)

そう思う。

(ヒュブリデには、確かに枷がある。明礬石という枷がある。だが、ヒュブリデに枷があって身動きしづらかろうとも、結局はヒロト殿の力を頼らざるをえなくなる)

そう考えて、軽くお誘いの手紙を書いていたのだ。曰く、ガセル沿岸のテルミナス河では、蟹が旬である。今の時期のムハラは実に美味い。是非お越しいただきたい――。

ヒロトは来る？

来ないかもしれない。だが、来ないからといって連絡を取らなければ、パイプは切れる。

来ないかもしれなくても来ることを考えて連絡することで、パイプは維持される。

（もしヒロト殿が来れば、状況は大きく変わるはずだ……）

第六章　恩人

1

七段のピラミッドが青空を向いていた。建物の基層は正確な正方形だが、一段、一段と上層へ向かうにつれて正方形の面積が小さくなっている。そうして七段積み重なったところで、蒼天に接している。まるでメソポタミア文明のジッグラトである。

ピュリス王国の首都バビロスを飾る、ミドラシュ教の神殿だ。高層建築の少ない首都バビロスでは、一番高い建物である。まるで天空へ——神の世界へ向かって突き出しているように見える。

その神殿の前の幅広い通りに、黒い馬に乗った一団が到着したところだった。先頭は白装束に身を包んで惜しげもなく太腿と胸の谷間を露わにした女将軍、メティスである。

メティスは神殿の向かい側にある大理石の宮殿に目をやった。ピュリス王イーシュに報告するためにユグルタから上京したのだ。

正直、胸の中はあまり晴々とはしていない。

ゴルギント伯の部下の追撃を撃破して帰国した後、部下とはテルシェベル城で話し合った。

《正直、奇襲は難しいと思います。トルカの時には隙がありましたが、サリカには隙がない。我々の奇襲に備えています》

それが古参の部下の意見だった。

《ガセルの陸地を経由して、いきなり対岸から奇襲を仕掛けたらどうだ？》

と一人が提案する。

《いや、それでもすぐに発見される。埠頭には千人ほどが集まっていた。他にテルミナス河の上にも艦隊がいる。上流側と下流側から挟み打ちにされるぞ。あの男は、河の戦いで負けたことはないのだ。あの男がサリカ伯を務めているにはそれなりの理由がある》

と別の者が否定する。

《将軍はいかがお考えで？》

と聞かれた。メティスも考えは同じだった。

《現時点では奇襲は難しい。大量に兵を投入して正攻法で行くしかないが、それもまた難しい。最低でも一万は必要だ。一万の兵を動かすとなると、準備も数カ月になる。陛下に

も お伺いを立てねばならぬ》
部下がうなずく。部下も同じ考えだったようだ。
《それで落とせますか？》
と一人が尋ねた。
《楽な戦いにはならぬ。苦戦は覚悟だ。それだけの準備となれば、向こうも必ず対抗する。サリカはアグニカの生命線だ。落とされまいと兵を投入するはずだ。最悪、泥沼に陥る可能性がある。落とせなかったということになる可能性もゼロではない。戦いは予想以上に長期化しよう》
メティスの答えに対する部下のうなずきは、同意を示していた。
トルカのように電撃的に落とすのは不可能だった。入念に準備をして、相当大規模の艦隊を用意して挑まねばサリカを落とすことはできない。
船の建造には木が必要である。木はピュリスではあまり多く取れない。アグニカから多く輸入している。ピュリスが戦争を考えていると知れば、アグニカは木の輸出を渋るに違いない。
となればマギアから輸入するしかないが、テルミナス河の下流から上流に引っ張ってこなければならない。難儀である。アグニカは上流なので、木の輸入にはもってこいなのだ。

かといってヒュブリデに頼ろうにも、ヒュブリデは木をあまり輸出していない。

となると、陸上からガセルに渡ってガセルから船で乗り込むしかないが、そうなるとアグニカ軍に待ち受けられることになる。

厄介なのは、サリカに北から流れ込む支流だった。支流を通して、アグニカはいくらでも援軍と援助物資を送り込むことができるのである。ピュリスが支流を押さえれば勝機はあるが、ゴルギントの私掠船を打ち破って支流を征するのは難しいだろう。

サリカがだめならば、周りから落とすしかない。上流の方は、上陸するにはよいところがない。アグニカ側は断崖が多いのだ。トルカは比較的上陸が容易だが、守備兵が増員されていた。かつてのように簡単に落とすのは難しくなっている。自分の一存で大艦隊を動かすわけにはいかない。トルカを落とした時と同じような規模では、到底サリカ港を落とすことはできない。船での戦いとなると、ゴルギント伯の艦隊と私掠船に分がある。

（陛下には苦言を呈さねばならぬ……）

2

イーシュ王はいつものように爆乳女に足を洗わせていたが、メティスが部屋に姿を見せると部屋を出て行くように告げた。広い寝室はメティスとイーシュ王だけになった。

「ゴルギントはどうか？　イスミルを助けられそうか？」

とイーシュ王は尋ねた。余計なことから入らぬのがイーシュ王らしい。メティスは自分が見聞してきたこと、そして部下と検討したことを話した。

イーシュ王はしきりにうなずきながら聞いていた。誤解せずにしっかり聞くのが、イーシュ王の美徳である。最後まで話を聞き終えると、

「それで、すぐにサリカは落とせるか？　ゴルギントをイスミルに跪かせることはできるか？」

と単刀直入に踏み込んできた。

「陛下のご命令とあらば――」

そう濁すと、

「メティスよ。余は余の歓心を買えと言うておるのではない。可能か不可能か、困難かそうでないのか、真実を答えよと申しておるのだ。余は真実のみが欲しいのだ」

とずばっと切り込んできた。

妹のイスミルと同様、ストレートな人であった。王として純粋に敬服できる人であった。

「難しゅうございます」

とメティスは答えた。

「それは不可能ということか？」

「不可能ではないでしょうが、不可能に思えるほど困難です。我らにとっては苦戦する要素しかございません。我らはそもそも、艦隊戦には慣れておりません。トルカを占領した時には、敵の油断がありました。しかし、ゴルギント伯は油断しておりません。おまけに船の戦力も豊富です。陸上の方もしっかり兵を用意しております。そしてサリカは、アグニカにとって絶対失いたくない場所です。ゴルギント伯だけでなく、グドルーン伯や他の者たちもサリカの死守に駆けつけるでしょう。現時点では、泥沼の長期化しか見えません。最も効率よい方法はゴルギント伯を殺害することですが、確実とは言えません。それに、相当の準備が必要です」

とメティスは説明した。

イーシュ王は黙っていた。

気分を害した？

いや。これしきのことで気分を害する王ではない。

「ガセル側に大量に我が軍を集結させて、一気に渡河し、数でもってサリカを落とすのはどうか？」

「渡河には準備が必要です。その準備の段階で、作戦を見破られます。グドルーンめも援軍を率いて駆けつけるでしょう。それにゴルギント伯には、小型のガレー船だけで二百隻、小舟でも数百隻があると聞いております。渡河する前にかなりの者たちがやられましょう」

「グドルーンのところに兵をやって釘付けにしても、結果は変わらぬか?」

「それならば、サリカに上陸できる可能性は高くなるでしょう。ただ、サリカはアグニカの生命線。そう簡単には占領させますまい。たとえ占領しても、上流からどんどん援軍がやってまいります。死守するのは難しいかと」

イーシュ王は再び黙った。

何かを考えている?

恐らく。

攻撃する手を?

「おまえがそう言うからには、そうなのであろう。問題はどうやってイスミルを納得させるかだな……」

とイーシュ王はため息をついた。メティスの見当違いだった。黙っていたのは妹のことを考えていたからだった。

「ゴルギントやらを屈伏させるためには、アグニカ自体を屈伏させるしかあるまい。そのためには相当の準備がいる。サリカに限らず、要所に対してガセルとともに全面的に渡河作戦を実行、一気に攻め込む以外、道はあるまい。そのためには相当準備がいる。妹には待てと言うしかあるまい。だが、待てぬと言うであろうな。イスミルは王にするには気が短すぎる」

と妹に対して辛辣な評価をする。

「ヒュブリデを巻き込めれば変わるか？」

王に問われてメティスは答えた。

「ヒュブリデと組んでも同じです。ヒュブリデは陸からアグニカに攻め込むことができません。それに、ヒュブリデに協力を要請しても応じますまい。貴族会議が妙な決議を下しております」

「妙？」

メティスは戦争課税反対決議の話をしてみせた。

「愚かな者たちだ。自分が絞首刑にされるのが好きらしい。戦争ができぬようにするとは、愚者の中の愚者ではないか」

とイーシュ王がさらに辛辣な言葉を浴びせる。メティスは黙っていたが、同感だった。

時々、ヒュブリデに大貴族たちがいなければ、この国はもっと強い国になっていたのではないかと思う時がある。

「イスミルから協力要請が来ても、請けるな。そのことについては王から許可を得るように言われておると言え。叩くには時間が必要だと」

イーシュ王に言われて、メティスははっとした。

「イスミル殿下に協力するなと……?」

「おまえが恩義を感じているのは知っておる。おまえを将軍に引き立てたのはイスミルだ。ガルデルも、イスミルには恩義がある。だが、そちは最初に余の部下だ。そしてもはやイスミルはこの国の者ではない。ガセルの妃だ。余はピュリスの国利を最優先に追求する義務がある」

メティスは答えなかった。

「イスミルから協力を請われても、まず余に連絡をせよ。請けるかどうかは余が判断する」

王の命令に、メティスは一拍置いて答えた。

「……御意」

その日、メティスがいつまでも眠れなかったのは、きっとイスミルのことが引っ掛かったからだろう。

恩人に対して恩を返せない。助けてほしいと言われても助けることができない。

それが気になって眠れなくなってしまったに違いない。

無視して単独で助けに行く？

突っ走れるほどの無謀さは、メティスにはなかった。戦は苦戦する。自分が駆けつけたところで同じなのだ。

そもそも自分が仕えるのはイーシュ王。

イスミル王妃ではない。イスミル王妃はすでにガセル王国の人である。それでも、メティスにとって最大の恩人であることに変わりはない。

だが、イスミル王妃から救援の要請が来ても、自分は応じることができない。イーシュ王は、まず王自身に連絡せよと命じたのだ。つまり、勝手に要請を受けて動くなということである。

イーシュ王は、今はメティスに動いてほしくないのだろう。今はピュリス軍を動かすべきではないと考えているに違いない。

自分も一人の将軍としてはそうだと思う。今動いても、ゴルギント伯に有効な打撃は与えられない。艦隊戦となれば、船を消耗する。船をつくるには木材がいる。ピュリス国内では木はそれほど多くはない。木の一番の輸入先はアグニカ王国であり、次にその西隣のキルギア王国である。マギアも木が豊富だが、川を遡らねばならない。帆を張れば遡行できるとはいえ、木の運搬では分が悪い。ヒュブリデも木はピュリスほど少ないわけではないが、アグニカやマギアほど豊富というわけではない。

自分が動かぬと知れば、ゴルギント伯は北叟笑むことだろう。そしてまた二人目のシビュラが生まれるに違いない。そうなれば、ピュリスの支援を待たずにガセル国はアグニカ国と戦争を始めるだろう。

メティスは珍しくため息をついた。ため息はほとんどつくことがない。将軍に必要なのはため息ではなく、どう考え、どう決断し、どう動くかだけだ。

部屋にため息を残して、メティスはベランダに出た。満月が自分と茶褐色のレンガ造りのバビロスの町並みを見下ろしている。

(イスミル殿下の恩義に報いることができぬのか……)

抑えがたい悔しさと歯がゆさを覚えた。じっとしているのが難しい。

今でも、自分が将軍に取り立てられた時のことを思い出す。自分なりに剣の名手として自負はあった。自分より強い者はいなかった。自分が所属する軍団の中で一番敵を倒していた。広くピュリス王国を見渡しても互角に張り合えるのはガルデル将軍ぐらいだと言われていたのだ。

慕う部下もいた。隊長のためなら命を落としても悔いはないと言ってくれる者もいた。部下はよく自分の命令を聞いて戦ってくれた。部下の統率力も、決してなかったわけではない。

だが、司令官にはなれなかった。

《女に将軍は任せられん》

中年の部隊長に、そう面と向かって言われた。自分の十分の一しか敵を倒していない男だった。

所詮自分は女。

どんなに敵を倒しても自分は女。

女は永遠に将軍になれない――。

女の壁に撥ね返された。その時に、王の妹イスミル殿下に会ったのだ。

凛としたオーラに圧倒されたことを覚えている。明らかに人とは違う高貴なオーラが、見えない光を放っていた。

この方は自分とは違う王族なのだと感じた。まさに王の妹、王の血を引く方なのだ――。

《ところで、ここにとてつもなく強い女剣士がいるとか。メティスという名前だと聞いていますが、そなたがそのメティスか？》

王の妹が自分の名前を知っている、しかも名前で呼びかけてくれた——。感激にふるえながら、メティスは低く頭を垂れた。

《我が護衛と戦ってみよ》

突然の命令だった。

拒む？

まさか。今こそアピールタイム。自分の腕の見せ所だ。

メティスは一分もかからずにイスミル殿下の護衛を倒してみせた。

《見事ですよ。ガルデルとは違う剣さばきですが、そなたはきっと我が国の双璧となりましょう。褒美を取らせます。望みを申しなさい》

言われて、ためらった。

宝石が欲しい？

まさか。

欲しいものは一つだけだった。

《いつか将軍になりたいと思っております》

そう答えた途端、

《貴様！　女のくせに何を出しゃばるか！》

《女が将軍を務められるものか！》

《イスミル殿下の御前であるぞ！　無礼を詫びよ！》

と男の部隊長たちがどす黒い怒気の混じった声を次々に飛ばした。イスミル殿下の前でなければ、自分は怒鳴り返していただろう。

だが、メティスは耐えた。沈黙で応えた。反論すれば、イスミル殿下にお咎めを受けるに違いない。

その時——予想外の人が反論してくれたのだ。

他ならぬイスミル殿下だった。

《女はわたしも同じです！　わたしにも同じことを申しますか⁉　わたしが将軍を務めたいと申せば、女が将軍になれるかと罵倒しますか⁉》

一瞬、沈黙が訪れる。イスミル殿下は容赦しなかった。

《では、今言ってみましょう。まだ決まっておらぬ将軍、このわたしがなりましょう！　さあ、おまえたち、申してみなさい！　女が将軍など務まるものか！　そう申してみなさい！　女が出しゃばるな！　さあ、申してみなさい！　さあ！　どうしたのです！　なぜ

黙っているのです⁉　わたしもメティスと同じ女ですよ！》

鋭い言葉を向けられて、部隊長たちは沈黙していた。メティスに対しては遠慮なく罵倒を向ける男たちが、瞬時に沈黙の貝となっていた。王の妹に暴言を吐けるわけがなかった。言えば頭が胴体に別れを告げることになる。

《わたしが尊敬する男たちは、相手が男であろうと女であろうと、強き者、尊き者には従う者です。おまえたちもそうでしょう。それゆえにおまえたちは我が兄に従ったのではありませんか？　それゆえに、このわたしのことも尊き者として敬意を向けてくれているのではありませんか？　だからこそ、我々は北ピュリスとの戦いに勝ってきたのではありませんか？》

心に訴えかける言葉だった。

イスミル殿下はただの女ではなかったのである。やはり王の妹——それも王が信頼を置く妹だったのだ。

男の部隊長たちは一言も反論しなかった。低く頭を垂れていた。

イスミル殿下がつづけた。

《我が王はおまえたちを誇りに思っています。わたしも王と同じようにおまえたちを誇りに思っています。わたしに敬意を払うなら、わたしの判断にも敬意を払いなさい。この者

がなりたいと申すのなら、この者に次の戦いの指揮を取らせます》

《イスミル殿下……！》

思わず声を洩らした男の部隊長に、

《そなたはわたしの判断には敬意を払えぬと申すのか？　女ゆえに、軍事に口出しをするなど許されぬと思っておるのか？　いくら王の妹であっても、所詮は女の判断と申すのか？》

《め、めっそうもございません！　ただ、次の戦いで――》

男の部隊長が反射的に激しく首を横に振る。イスミル殿下がだめ押しの発言を浴びせた。

《責任はすべてこのわたしが取ります。おまえたちが咎めを受けることはありません。それは今この場で、わたしが自分の首を賭けて約束しましょう。次の戦で何があろうと、おまえたちが責任を問われることはありません。メティスに逆らって作戦がうまくいかないように働かない限りは。全責任はこのわたしが取ります。おまえたちはわたしの命令に従いなさい。わたしに従ってわたしへの敬意を、我が兄への服従を見せなさい。次の戦いでメティスに司令官を務めさせるのです。わたしに忠誠を誓うように、メティスの下で力を合わせて戦うのです。そしてわたしを、わたしの兄を、喜ばせなさい。もしよき結果が生まれたら、メティスに司令官をつづけさせなさい。よいですね？》

あの一言がすべての始まりだったのだ。

あとで、イスミル殿下が、事前に王に助言していたことを知った。イーシュ王にこう言っていたのだという。メティスという面白い女の武人がいるとか。思い切って将軍にしてみては？　わたしが責任を持ちます。

その話を聞いて、さらに感激した。イスミル殿下は、自分を将軍にしようとして王に進言してくれていたのだ。

次の戦いでメティスは北ピュリスの猛将を相手に大戦果を上げ、ピュリス軍を勝利に導いた。それから連戦連勝がスタートし、名将、智将の名をほしいままにしたのだ。すべてはイスミル殿下の計らいから始まったのである。自分がこうしていられるのは、すべてイスミル殿下のおかげなのだ。

だが――。

現状では、すぐにはイスミル殿下――今はガセル王妃――の力になれそうにない。亡きシビュラの頼みも聞いてやれそうにない。

メティスは西の空に顔を向けた。その果てに、イスミル王妃がいる。シビュラは空の彼方だろう。

メティスは思わず切ない目になった。自分を今の地位に引き上げてくれた一番の立役者、自分の人生最大の恩人にも、何もできない……。

（イスミル殿下……申し訳ございません……）

詫びたが、気持ちは割り切れなかった。どうあっても、イスミル王妃の力になりたかった。

4

翌日のことである。

メティスは夢で目を覚ました。イスミル王妃が夢枕に現れたのだ。

《そなたは何も助けてくれぬと申すのですか？》

その言葉で目が覚めたのだ。寝覚めは最悪だった。

イーシュ王の判断は自分もよくわかる。叩くなら、ガセルと組んで全面的に戦いを仕掛けるしかないのだ。本気で北ピュリスを攻めた時のように――。

だが、イスミル王妃は今すぐ、アグニカを叩きたいのだ。今すぐアグニカに一矢を報いたい、今すぐアグニカをぎゃふんと言わせたいのだ。だが、その願いは叶えられそうにない。

心に引っ掛かりを覚えながら、メティスは王都を発つ前に再びイーシュ王の寝室を訪れた。

イーシュ王は爆乳の美女二人に両足の裏を洗わせていた。

王を前にすると、昨日の無念が込み上げてきた。王には協力するなと言われたが、やはりあきらめきれない。イスミル王妃は自分の恩人であり、そして誰よりも自分を頼りにしているのだ。必ず自分に助けを求めてくる。

恩人にできないと答える？

それはできない。でも、イーシュ王の命令に逆らうこともできない。自分は王の忠臣なのだ。王の命令には逆らえない。

せめて一太刀でも——ゴルギントに一撃でも浴びせられればいいのに。

そう思ってはっとした。

一撃ならば、イーシュ王は許してくれる？

わからない。

一撃でどれだけゴルギント伯を揺さぶれるのかはわからない。だが、イスミル王妃への恩義は果たせる。

一撃だけを許してもらうように申し出てみる？

いや。

もう王は決断しているのだ。言わぬ方がよい。言えば、王は自分に失望する。

しかし――だからといって、恩人に無礼で報いるのか？

それはできない。

かといって、王に無礼なことを言うのか？

ためらいがある。

だが――やはりイスミル王妃に何もできないのは苦しかった。

（せめて口にするだけでも――）

それで断られれば、引っ込めればよい。言うだけ言って陛下に判断を任せよう。

「気をつけて戻るがよい」

とイーシュ王は告げた。

メティスは唾を呑み込んだ。いざ言おうとなると、緊張する。

「どうした？」

結末が怖い。剣が怖くないメティスが、王の返事が怖い。

ためらって、ようやくメティスは口を開いた。

「戻る前に実は折り入ってお願いがございます。もう二度とこのようなことはいたしませぬ」

と最初に王に対して断った。

「イスミル様へのご恩を一度だけ返すことをお許しください。一度だけでかまいませぬ」

イーシュ王は明らかに驚いた表情を見せた。口を半開きにしてそれから口をつぐみ、メティスを凝視した。

「おまえともあろう者がな」

と一言口にした。

（王に失望された……）

メティスはうつむいた。しばらく沈黙がつづく。沈黙が苦しく、重い。

（やはり言ってはならなかったのだ。己の腹にしまい込んでおくべきだったのだ……）

恥じ、悔いる中、

「そこまで恩を感じていようとはな」

とイーシュ王がややあってつづけた。メティスは黙っていた。

自分は失言をしてしまった。思いついたら何でもしゃべってしまうのは幼子だけである。大人になるとは、思いついたことを言わずに二枚貝になることなのだ。だが、自分は貝になれなかった……。

ふいに王が口を開いた。

「兵は派遣できぬ。おまえの部下だけでやれ。それから、サリカを襲撃するのは一度だけだ。一撃必殺で即離脱せよ。滞在も許さぬ。目的は、ゴルギントめに一泡吹かせて、多くの兵が無事戻ることだ」

はっとした。思わず王の顔を見る。

王は自分を見ていなかった。苦渋の決断なのがわかった。それでも、許可してくれたのだ。

メティスは額を床に押しつけた。

「頭を上げよ。おまえにはふさわしい態度ではない。決して余の命令からはみ出るな。サリカを襲撃してゴルギントに一泡吹かせて、直ちに帰還せよ。それができぬなら、あきらめよ」

「陛下のご命令、貫徹してまいります……！」

メティスは感激して王の寝室を辞した。

まさか、許しを得られるとは思わなかった。絶対に許可はしてもらえないと思っていたのだ。

かなり厳しい条件だが、それでも一撃を浴びせることはできる。少しなりとも、イスミル王妃に対して恩を返せる。

メティスは外で待っていた部下と合流した。

「ユグルタに戻るぞ！　すぐに弓矢の準備をさせよ！」

第七章　道のない道

1

　ゴルギント伯の使者ジゴルは、ヒュブリデ王国の大法官の部屋を訪れたところだった。やわらかいポタージュのような薄い黄色の色合いの壁が特徴的な部屋だ。濃い茶色の腰壁は高い。

「これはまず、お時間を割いていただいたお礼でございます」

　とジゴルは桐箱を差し出した。

　ただの桐箱ではない。中には金貨が百二十枚相当詰まっている。大法官は中身を見ずに書記に手渡した。書記がさっと中身を開けて枚数を確認する。

「ゴルギント伯の提案のことか？」

　と大法官はストレートに尋ねてきた。

「まさにそのことでございます、閣下。きっと我が主君は条件を聞いてがっかりされることでしょう。主君は主君なりにかなり踏み込んだ条件を差し出されたのです。しかし、あのような――」

と言葉を濁す。

「慎重には慎重を期したいという声がある」

と大法官が答える。

「それは大長老閣下で？　それとも、国務卿で？」

とジゴルは踏み込んだ。

「色々だ」

と大法官が濁す。枢密院会議のことを自分から洩らすつもりはないらしい。

別に焦る必要はない。他の下の者たちに金をやれば、しゃべってくれる。たとえば書記とか――。

ジゴルは口を開いた。

「慎重論だけならばよいのですが、無理解や反発や攻撃では、我が主君との関係は深まりますまい。もちろん、我が国との関係もです。どうも、国務卿には誤解があるというか、無理解があるように感じるのでございます」

とジゴルは切り出した。さらにつづける。

「閣下もご存じのように、サリカにはサリカの事情がございます。トルカやシドナと違う態度で臨んでいるのには、そういう背景がございます。しかし、国務卿はその辺りを汲み取らずに、どうも詭弁だとか曲解だとか感じていらっしゃるようなのです。サリカにはサリカの事情があると申し上げたのですが、法の国ではないと断じられまして……」

とヒロトとの接見の話を披露する。さらに言葉をつづける。

「わたしが思いますに、国家と国家の結びつき、そして人と人との結びつきは握手と同じようなものでございます。片方が手を差し出せば、手を握る。そのようにして国と国、人と人との結びつきは深まるものではございますまいか？　閣下は違うと？」

「わたしも基本は同じように考えておる」

と大法官が答える。

「国務卿は、我が主君の手は汚くて糞まみれで握るに値せぬと思っておられるのでしょうか？」

「きれいとは思っておらぬようだな。やはり、サリカだけが裁判協定に対して違った解釈をしているのが引っ掛かっておるようだ。どうも国務卿はガセルに肩入れしすぎの感がある」

と大法官が個人的な感想を洩らす。

「サリカの事情をあまり理解してもらえぬようで……。閣下のように理解されている方ばかりならば、我が主君もがっかりされることはないのでしょうが、なんとも残念でございます。国務卿には耳はないものなのでしょうか？」

とジゴルは大法官に間接的に説得を促した。

「どうも国務卿は戦争好きのようなのでな」

と大法官が答える。説得するという潔い返事はない。

「戦好きは困りますな。我が主君、否、我が国に向けられてはたまったものではございません。両国が干戈を交えるなど、あってはならぬことです。ハイドラン侯爵もきっと同じお考えでしょう」

とジゴルは王族の名前を持ち出した。大法官は反ハイドラン派ではない。むしろシンパのはずである。

「我が主君、我が国に刃を向けることだけは、閣下のお力で止めていただきたい。もちろん――」

ジゴルの部下が再び、桐箱を差し出した。今度は二箱である。

「我が主君は恩義に篤い方。主君を支えていただいた方には、決して恩義を忘れません。閣下もいくつか商船をお持ちとか。主君は自分を強く支えていただいた方から、入港税や関税を取り立てようとはなさいますまい」

　つまり、ゴルギント伯に協力してくれれば、大法官所有の商船は入港税も関税も免除されるということである。ジゴルは甘い餌をちらつかせた後に、再び真面目な議論に戻った。

「戦好きの男のために両国が戦争に突入することは避けねばなりません。我が主君も、貴国との戦争は望んでもおりませんし、考えてもおりません。隣り合う国同士が戦う必要はないのです」

　ジゴルの言葉に、大法官はうなずいた。

「両国が干戈を交えることは阻止せねばならぬ。できるだけのことはしてみよう。ただ、あくまでもできる限りでのことだ」

　と大法官がようやく協力を認めた。ジゴルは深々と頭を下げた。


　部屋を出ると、次は書記長官だなとジゴルは考えた。書記長官もゴルギント伯の提案に好意的だという情報をつかんでいる。

　反対したのはフェルキナ伯爵、ラケル姫、そしてヒロト――。

　大長老ユニヴェステルは当初ヒロトに反対したが、後に中立的になったらしい。

　ユニヴェステルにアプローチすべき？

いや。エルフに賄賂は効かない。賄賂を贈れば、それこそ大問題になる。わしを買収しようとするような者と手を結ぶべきではないと怒り叫んで、強硬路線を主張されかねない。

触らぬエルフに祟りなし。

エルフとは接触しない方がいい。シルフェリス副大司教への接触も論外だ。

フェルキナ伯爵とラケル姫も同じだろう。あの二人はヒロトと強烈に結びついている。打ち崩すのは難しい。ならば、書記長官にアプローチして地固めをし、最後に宰相に接触する。

その後、帰国すればよい。

2

優しい色合いの緑色の壁に大きな仕事机とソファセットがあって、さらに本棚にはぎっしりと羊皮紙の本が並べられている。かなりの蔵書である。

ヒロトは初めてラスムス伯爵の屋敷を訪れていた。

ラスムス伯爵とは、かつて論敵として知り合った。ヒロトを糾弾して失脚させる目的で最高法院に登壇したのがラスムス伯爵だった。だが、伯爵の潔さもあり、アグニカ王国へ大使として派遣した経緯もあり、今では敵ではなくなった。むしろ同志的な部分を感じる仲間の一人である。そのせいか、ラスムス伯爵は非常に上機嫌だった。

「まさかヒロト殿に我が家にお越しいただけようとはな」

と相変わらずの四角い、岩のような顔に笑みを浮かべる。アグニカへ使者を派遣する際に王宮で会って以来である。長旅は老体には堪えたと苦笑していたが、すっかり元気を取り戻している。

「ゴルギント伯のことは聞いておる。あれは厄介な男だぞ。わしは性に合わなかった。昔から武闘派は苦手でな」

とラスムス伯爵は真顔に切り換えて切り込んできた。ラスムスには著名な著作もある。文人肌の伯爵には野蛮にすら思えるゴルギント伯は合わなかったのだろう。

「あの男は庶子でな。嫡子が二人いたのだが、二人とも死んで、それであの男にお鉢が回ってきたのだ」

と子供時代のエピソードをラスムス伯爵は披露してみせた。庶子というから妾の子供なのだろう。同じ大貴族同士がゆえに、情報は入ってくるのだろう。

「いくつ頃ですか？」

「八歳頃だと聞いておる。それから自分の艦隊を持ったらしい。子供の頃は大将遊びをしまくっていたそうだ」

つまり、艦隊の者とは子供の頃からの関係ということである。無敗の理由にはそれも一つ噛んでいるのかもしれない。

「あの男に裁判協定を遵守させられますか？」

ヒロトはストレートに尋ねた。ラスムス伯爵は首を横に振った。

「無理だろう」

「艦隊派遣によって、裁判協定を遵守させることはできますか？」

ラスムス伯爵はすぐには答えず、考え込んだ。

「難しいかもしれぬな」

「他国とともに艦隊派遣をした場合は？」

ヒロトの質問に、逆にラスムス伯爵が質問で返した。

「何隻派遣するつもりだ？」

「数隻程度――」

「それではあの男は動かぬのではないか？　言うことを聴かせたいのなら、殺す以外方法はないのではないか？」

と疑義を呈する。

殺す以外方法はない――。

ラスムス伯爵にしては過激な言い方だった。伯爵は武闘派ではない。死だの殺すだのといった物騒な言葉を振り回す人間ではない。それだけに印象に残った。

ヒロトは少し内幕を見せにかかった。

「実はあの男から美味しい提案が来ています。自分を批判するな、戦時には自分に兵を派遣せよ。さらば、明礬石を積んだ船を我が艦隊が護衛しようと」

「噂はわしも聞いている。パノプティコスたちは提案を受け入れようと言ったと聞いておるが、正気とは思えぬ。パノプティコスはあの男がこの国でなしたことを知っているはずだが――」

「何をしたのです？」

ヒロトに問いを向けられてラスムス伯爵は答えた。

「あの男はあまり友好的ではなかったのだ。すぐに賭勝負を吹っ掛けてきてな。それで負けてみせるのならまだしも、勝ちまくっていた。それで公爵閣下とも色々とあってな」

「ハイドラン侯爵？」

とヒロトは聞き返した。大貴族のラスムス伯爵は、ついつい降格前の称号でハイドランを呼ぶ癖がある。

「ああ、もう侯爵だったな。ゴルギント伯は亡きラレンテ伯爵にもたしなめられておった。貴殿は勝負しかできぬのかと。友好を温めに来たのか、勝負に来たのか、どちらだと」

「どちらだと？」

「『友好とは勝負なり』と答えておった。『それでは大怪我をすることになるぞ』とラレンテ伯爵に言われていた」

「それではいづらくなって早々と退散されたのでは？」

「それがベルフェゴルとは馬が合ってな。ベルフェゴルがたいそう気に入って、自分の屋敷に泊めておった」

ベルフェゴル侯爵は、ラスムス伯爵の友人である。モルディアス一世の時代に宰相を務めたことがあり、ヒュブリデ王国の重鎮だった。だが、ヒロトに反発。レオニダス一世が進めたマギアとの訴訟問題の解決を頓挫させようとレグルス共和国と結託。その罪で処刑されている。

「でも、王は――」

とヒロトは前王モルディアス一世とのことを尋ねた。

「それが王とも悪くはなくてな。あの男が認める発言をしたのは初めてだったのではないかな」

「認める？」

意外な組み合わせだった。モルディアス王は豪快なタイプではなかった。見るからに武闘派という人物でもなかった。懇意になるように思えないが——。

「モルディアス王は賭け事が強くてな。シックボーで対戦して、見事にゴルギント伯を打ち破っていらっしゃった。ゴルギント伯はあまりに負けるので、では、ルーレットでということになったが、王はルーレットでも無類の強さを発揮して、ゴルギント伯が他の大貴族から巻き上げた分をかなり取り返していらっしゃった。あのゴルギント伯が、陛下はお強いですなと言ったくらいだ」

「そんなに？」

ラスムス伯爵はうなずいた。あの男が人を褒めるとは、かなり予想外である。

「自分より強い方を初めて見ました、感服いたしました、負けを認めます。そう言い切っておった。他の大貴族から分捕った分をほとんど取り返されたのではないかな。聞けば、陛下は自分が勝った分をすべて負けた者に分け与えたそうだ。生意気だったので取り返してやったとおっしゃっていたらしい。もらった者は大喜びしたそうだ。跪いて靴に口づけした者もいたと聞いている」

ヒロトの知らないエピソードだった。モルディアス王とギャンブルをしたことはない。

ヒロトから見ると神経質な感じのある王だったが、そんなに賭け事が強かったとは……。

「でも、ハイドラン侯爵は強くはなかったんですね？」

とヒロトは尋ねた。ラスムス伯爵はうなずいた。

「わしが見たのは、顔を真っ赤にして屋敷を出て行く姿でな。あとで色々と聞いた。マルゴス伯爵が詳しいはずだぞ。そばで見ていたはずだからな」

3

いかめしい、しかし明るい茶褐色の背の高い壁が部屋を囲んでいた。天井も高い。大貴族の資産と威光の威圧が部屋の壁となって降り注いでいる感じだ。

ベージュ色のふかふかのソファには、二人の高貴な男が座っていた。派手な白い上衣を着て、タイツのような黒いショースを穿いた四十五歳から五十歳ほどの大貴族――王都に隣接するクリエンティア州の州長官、マルゴス伯爵である。

面してソファに腰掛けているのは国務卿兼辺境伯ヒロトであった。ヒロトにワインを注いだグラスを差し出したのは、王宮でも侍女として務めている伯爵の娘ルビアである。

かつてルビアはヒロトの世話係ミミアに無礼を働いた。そのことでマルゴス伯爵とも一悶着があったが、ルビアもマルゴス伯爵も謝罪した。その後、レオニダス一世はルビアの解雇を考えていたが、ヒロトが翻意を促したことによってルビアは宮殿に侍女としてとどまった。それはマルゴス伯爵の耳にも入り、それでヒロトとマルゴス伯爵の関係は、かつての対立から雪解けを起こしていた。

「公爵閣下の話を聞きたいとか」

とマルゴス伯爵はラスムス伯爵同様、昔の称号で尋ねた。

「ゴルギント伯とのことを――」

「ああ、伯とのことか。あれはひどかった」

と吐息交じりにマルゴス伯爵は話しはじめた。

「シックボーの勝負を持ちかけてきてな。閣下は何でもやわらかく受け止める方だから、お相手いたそうと優雅に対戦を始めたのだが、たちまち五連敗されてな。どうやら、今日はわたしの日ではないようだ、退散することにしようと宣言されたのだが、それではルーレットではいかがですかな？　とまた持ちかけられてな。ヒュブリデの王族の方の力を是非拝見したいと。そう言われては断れぬ。閣下は名誉を守られる方だからな。それで受けて立ったのだが、さらに傷口を広げる形になってな。ゴルギント伯も少しにやついておった。それが相当癪に障ったのだろう、閣下は退席されて、屋敷へ戻られてしまった」

「負けた分は――」

「モルディアス王が取り返してくださったが、それで閣下のお気持ちが収まるわけではない。誇りは傷つけられたままだ。ゴルギント伯は、貴殿も知っているようにああいう粗暴な男だからな。対して閣下は非常におしゃれで、上品な、エレガントな御方だからな。おまけに閣下はリンドルス侯爵と縁の深い方だった。アストリカ女王を即位させたのは、リンドルス侯爵だ。つまり、ゴルギント伯には恨みがある。ゴルギント伯は対抗馬のグドルーン伯を女王にしようとしていたからな。宿敵のリンドルス侯爵の姪を妻に迎えて浅からぬ関係にあった閣下が気に入らなかったのだろう。毟り取ってやろうと思っておったに違いない」

「そのような所業の男なら、なぜ宰相や大法官は提案を受け入れようとするのです？」

とヒロトは素朴な疑問をぶつけた。

「賭勝負の現場にはおらんかったからな。いやな目にも遭っておらぬ。だから、我らほど嫌悪感がないのだろう」

「でも、話は聞いているのでは？」

とヒロトは確かめた。

「見るのと聞くのとは違う。聞いていたとしても、自分が会った時に害がなく、愛想がよければ嫌悪感は生じぬ。今、枢密院におる者たちは、害を受けず、愛想よくされた者たちばかりだ」

　と伯爵が吐き捨てる。

「ゴルギント伯は、閣下には愛想がよかった？」

「敵対はせんかった。だが、わしは好きではない」

「閣下が敬愛する侯爵閣下を侮辱したのが許せなかった？」

　マルゴス伯爵はうなずいた。

「あの男はろくでなしだ。あの賭勝負の場に居合わせた者はそれがわかっておる。だが、そうでない者はいまいちわかっておらぬ。明礬石のためにあの男に屈するなど、卑屈にもほどがあるぞ？」

　とマルゴス伯爵がヒロトに鋭い目を向ける。ヒロトにとっては、枢密院会議でこそ欲しかった言葉である。伯爵が枢密院にいれば、事態は確実に変わっていたはずだ。明礬石に臆することなく、初手でゴルギント伯に対して艦隊を派遣して威圧に成功していただろう。

　だが、それは悲しいたらればである。

「反対決議で身動きができない、艦隊を派遣してもゴルギント伯には響かないと考えているのです」

とヒロトは説明した。

「あの男は確かに色々知っておったからな……。気持ちはわかるが、それでもな……。あの男は言うことを聴かぬぞ」

と唸る。

「数隻の艦隊派遣を行えば、ゴルギント伯は裁判協定を遵守しますか？」

とヒロトは尋ねてみた。

「あの男はもっと多くの艦隊を持っておるのだぞ？　数隻など手ぬるすぎる。なぜそんな規模の艦隊派遣を考えるのだ？」

「王所有の艦船が火事で消失しました。おまけに反対決議で大規模な派兵ができないのです」

マルゴス伯爵が首を横に振ってつぶやいた。

「馬鹿な決議を下したものだ」

ヒロトにとってはありがたい――しかし、悲しい言葉だった。大貴族が、大貴族が一堂に会して行った貴族会議の決議を批判したのだ。

「今からひっくり返せますか？　再び会議を開いて条項を追加することはできますか？」

マルゴス伯爵は首を横に振った。

「今それを言えば、裏切り者にされるであろうな。貴殿憎しで固まっておる。おまけにフィナスもルメールも、ゴルギント伯に賭勝負で巻き上げられておらぬ」

そう言って、息を吐いた。そしてヒロトに批判の釘を刺した。

「閣下が枢密院にいらっしゃれば、間違いなく反対されたであろうな。わたしが生きているうちは、あの男への支援やあの男への屈従など、絶対に許さぬと——。貴殿は貴殿で首を絞めたのだ」

4

まさか、またこの場所に来るとはヒロトも思ってもみなかった。ヴァルキュリアとともに部屋に通されて半時間。

姿を現したのはハイドラン侯爵だった。

亡きモルディアス一世の従兄弟。最初はモルディアス王と、次にその子レオニダス王と王位を争い、二度つづけて国王選挙で敗れた男。リンドルス侯爵の姪を妻に迎え、亡くした男。果てにはレグルス共和国の一派と通じて勝手に外交をなし、王位継承権を剥奪されて、公爵から侯爵に格下げされた男。

その男が、敵意のこもった眼差しとともに姿を見せていた。

「少しだけだぞ。おまえと話す時間はあまり持ちたくない」

と最初から拒絶に近い姿勢を見せた。本当なら、ヒロトの面会要求を撥ね除けたかったのだろう。だが、ヴァンパイア族の娘もいっしょだと聞いて、さすがに断れなかったに違いない。

「何だと、こっちは遠くから来たんだぞ」

と早速ヴァルキュリアが絡む。ハイドラン侯爵がすかさず言い返す。

「わたしにも好悪がある」

言い返そうとするヴァルキュリアを制して、ヒロトは尋ねた。

「ゴルギント伯のことでお聞きしたいことがあります」

「聞きたくない名前だ」

とまた最初から拒絶しようとする。

「あの男が提案をしてきました。明礬石を積んだ船を我が艦隊が護衛しよう。ただし、自分に対して文句を言わないこと、戦時には自分に派兵すること。派兵するとは、自分に対して兵を送らぬように確約させるためだと思います」

「受けたのか⁉」

ハイドラン侯爵はいきなり鋭い声で聞き返した。

「保留中です」

「保留もへったくれもあるか！　なぜあのような馬鹿者と取引をする⁉　おまえがおりながら、なぜ突っぱねてみせぬ⁉　なぜ殺さぬ⁉　おまえは腰抜けか！」

と突然罵倒を向けてきた。

また殺すだった。ラスムスにつづいての殺すである。

ヒロトは弁明した。

「貴族会議の反対決議が響いています。自分は艦隊派遣を主張しました。ですが、ゴルギント伯は反対決議のことを知っている、我が国がアグニカに大艦隊を送れないこと、実質、武力行使ができないことを知っているから艦隊を派遣して威圧しても効果がないと反対されて実現できませんでした」

「愚か者が！　ルメールのことを忘れたのか！」

と珍しくハイドラン侯爵が声を荒らげる。

「ルメール伯爵が何か？」

「ルメールはゴルギントと剣を交えておる！　ルメールはゴルギントにはまったく負けておらんかった！　そのせいか、ゴルギントはルメールに賭勝負をしてこなかったぞ！　あの男は、人を馬鹿にしたい時に賭勝負を仕掛けるのだ！」

ピンと来る言葉だった。ヒロトに賭勝負を持ちかけたのも、馬鹿にしたかったから、マウントを取りたかったからだろう。

（ルメール伯爵を派遣すればよかったのか……）

一瞬そう思ったが、反対決議を宣言したのがルメール伯爵であることをヒロトは思い出した。仮に協力を要請していたとしても、ルメール伯爵は受けなかっただろう。引き受ける条件にハイドラン侯爵の名誉回復を言い出したに違いない。

「数隻の艦隊派遣でも、効果はあると思いますか？　つまり、ゴルギント伯に裁判協定を遵守させられると――」

「おまえは鎧を身に着けた剣士を木刀で脅せると思っておるのか⁉　数隻など、ゴルギント伯には木刀にしか見えぬ！　一度軽んじられた以上、いかなる挽回もできぬ！　あの男に言うことを聴かせたいのなら、殺す以外手はないぞ！」

とハイドラン侯爵が激した口調で否定する。

これで三人目の否定だった。数隻の艦隊派遣の有効性については、ラスムス伯爵もマルゴス伯爵も、ハイドラン侯爵も否定している。しかも、殺す以外手はないと言ったのは、ラスムス伯爵に次いで二人目である。

（おれ、間違ってるのかな……）

自分の根っこが揺らぐ。

が――今は自分のことを考えている場合ではない。欲しいのは情報なのだ。ヒロトは話題を転じた。

「ルメール伯爵は、その後ゴルギント伯とは会われたりしていますか？」

「ルメールに聞けばよい。わたしは知らぬ」

ハイドラン侯爵は背中を向けた。

もうおまえに割く時間は終わった。そう言わんばかりの態度だった。ヒロトはかまわず背中に言葉を放った。

「ゴルギント伯に対しては、護衛の船をつけるという条件を、二十座のガレー船三隻に変更すること、あるいは裁判協定の遵守を宣誓すること、あるいは条項から派兵を取り除くことを提案して返事を待っているところです。ゴルギント伯の出方についてはいかが思われますか？」

「すぐに承諾してあとで約束を反故にするに決まっている」

そう言い切ると、怒りと恨みを込めて、ヒロトに言い放った。

「馬鹿と取引することになるぞ。わたしを追放した罰だ」

5

またしてもヴァルキュリア様様だった。ルメール伯爵はヒロトの訪問を聞いて、最初拒絶した。だが、ヴァンパイア族の娘もいると伝えると、ヒロトたちを屋敷に通した。

「わたしは忙しいのだ。この砂時計の砂が落ちるまでの時間しか割けぬ」

とルメール伯爵は濃い赤色に塗られた壁の部屋で高圧的に言い放った。

「ゴルギント伯と剣の勝負をされていますね？　どんな剣だったのでしょう？」

「自分でやって確かめてこい」

「ぶっ殺すぞ！」

ヴァルキュリアが威嚇して翼を広げる。

「わたしを脅せると思うな」

「キュレレを呼んでやる。キュレレはわたしが来いって言ったら来るんだぞ。ここをぶっ壊せって言ったらぶっ壊すんだぞ。そうしてやる」

ルメール伯爵が沈黙した。ブラフかどうか、考えているのだろう。ヴァルキュリアとキュレレのためにハイドラン侯爵の首都の屋敷が半壊したことは、ルメール伯爵も知っているはずだ。

「ちゃんとヒロトに話せ。本気でキュレレを呼ぶぞ。言っとくけど、キュレレはわたしより武闘派だからな」

ヴァルキュリアの脅しにルメール伯爵は黙っている。

本気？

威嚇？

わからない。ヴァンパイア族は人間より遥かに武闘派である。武力を行使する度合いは、人間よりも遥かに高い。

「キュレレを呼んできて」

ヴァルキュリアが仲間のヴァンパイア族の男に声を掛ける。途端に、

「話さぬとは申しておらぬ」

とルメール伯爵は言い放った。

「なら、砂時計とかやるな。関係なくちゃんとしゃべれ」

とヴァルキュリアが命令する。返事はなかったが、ルメール伯爵は話しはじめた。

「あの男は力任せの剣だ。上背もある。ガタイもある。重い剣を放ってくる」

「受けていて、どれくらいの手応えや迫力を感じましたか？」

「わたしが負けると思うのか？」

イラッとした様子で尋ねる。

「思っていないからお聞きしているのです。剣を受けていて、どの部分が他の剣士より凄いと感じたのか、どの部分が弱いと感じたのか、どの部分が普通と感じたのか。どの辺りで自分は負けないと感じたのか。強さで言うとどれくらいの強さだったのか。たとえばメティスやグドルーン伯やマギア王と比べてどうなのか」

とヒロトは食らいついた。

「メティスと太刀を合わせたことはない。だが、速いと聞いている」

「実は先日、アグニカの騎士——ゴルギント伯の部下が二十人以上、メティスにやられました。仲間のヴァンパイア族がその後を目撃しています」

「まことか？」

と思わずルメール伯爵は食い付いた。さすがにメティスの仕業となると興味があるらしい。

「話してやってくれる？」

とヒロトは男性のヴァンパイア族に顔を向けた。同行していたのは、まさにメティスの殺戮の後を目撃した者だった。

「でも、こいつ、ヒロトを馬鹿にしやがったぞ」

「話してくれると本当に助かる」

仕方ねえなとばかりにヴァンパイア族の男性は息を吐いて話しはじめた。アグニカ人らしい足跡がどんなふうに残っていたのか、メティスらしい足跡がどうだったのか。事細かに語って聞かせる。

「確かにメティスに間違いないようだ……。敵は二十人以上いたということか……。二十座のガレー船に乗ってきたのか……？　だとすれば、四十人はいたはずだ。四十人を相手に一瞬で半数を倒したのか……」

とルメール伯爵はさすがに言葉を失っている。きっと想像以上の強さだったのだろう。

「今の話から考えて、ゴルギント伯はメティスと同等クラスですか？」

「馬鹿を申すな。ゴルギント伯はそこまでの強さではない。本人もグドルーン伯の方が上だと申していた。わたしに対しても、グドルーン伯ほどではないと言っていた。わたしなら勝てるぞと言い返したら、どうかなとほざきおった。生意気な男だ。貴殿は勝利したのかと言ったら、苦笑して、一度も勝てたためしがない、グドルーン伯は本当に強いと言いおった。この男にしては珍しいと感じたことを覚えておる」

とルメール伯爵がエピソードを披露してくれた。

（そうか……。グドルーン伯は本当に強いんだ）

だから、グドルーン伯を王にと思っているのかもしれない。自分が本当に敵わない相手と感じたからこそ、王に……と思っていたのかもしれない。

「マギア王ウルセウス一世と手合わせをしたことは――？」

とヒロトは尋ねてみた。

「一度ある。非常に力強く、太刀の一つ一つが重い。ゴルギント伯は力任せに振っている感じがあるが、ウルセウス一世は力任せという感じではない」

「つまり、やわらかさというかしなやかさがある？」

「そうだ。ゴルギント伯は硬い」

「剛柔で言うと、剛？」

「そうだ」

「倒れろ、このクズ、みたいな、相手を威圧するような感じ？」

「剣を知らぬわりにはうまく表現するな」

とルメール伯爵が感心する。

「ゴルギント伯とウルセウス一世では、どちらが強いですか？」

「六四でウルセウスではないか。長引けば、若い分ウルセウスが有利になる」

と剣士らしい見方をする。

「貴殿はゴルギント伯とは対戦したのか？」

と逆に質問された。

「賭勝負を引っかけられました。断りましたが」

「それでは舐められるぞ」

とルメール伯爵が突っ込む。

あの時、勝負を受けるべきだった？

否。

ヒロトに博打運はない。大敗して、もっと舐められていただろう。

「あの男は、勝負で自分を負かした相手、完全に互角の相手には敬意を払う。あと、この人を怒らせてはならぬという者にも敬意を払う。モルディアス王と大長老にはそうだった。二人を激怒させればどうなるか、ゴルギント伯にもわかっていたはずだ。大長老を怒らせると、エルフが束になって掛かってくるからな。モルディアス王の機嫌を損ねると、それこそ国同士の問題になるからな。軍事協定を破棄されてはたまったものではない。それでも、大長老には嫌われていたようだがな。食事に誘って断られていた。貴殿の振る舞いには感心しておらぬと言われたらしい」

ヒロトは苦笑した。それだけ嫌っていながら、なぜ受理を？　と思う。

やはり明礬石か。

明礬石の商いはエルフが担う。大長老もエルフゆえに、明礬石確保を最優先せざるをえないのかもしれないが、ヒロト的には筋が通らないし、腰抜けである。

「その後、ゴルギント伯とは――？」

「サリカまで行った。ガセルの河川賊を成敗しに行くというので、いっしょに乗船した」

「それで？」

俄然、興味を覚えて先を促す。

「部下に細かく報告をさせていた。いつもどこから来るのかとか規模はどれくらいかとか、風のこととか、細かく聞いていた。それから、ガレー船を潜ませて、河川賊の連中が出てくるや、いきなり襲いかかった。あっと言う間だった。自らも乗り込んで河川賊を斬っていた」

戦では勇猛果敢な剣士のようだ。

「印象に残ったことは――」

「印象……」

とルメール伯爵が考える。

「ガセル人はクズだと繰り返していたな。河川賊の船に乗り込んだ時も、クズを斬れ！と叫んでいた」

相変わらず口は悪いらしい。

「そういえば、胸に傷があったな」

「傷？」

「成敗が終わった後に上半身裸になったのだ。テルミナス河の水で拭っていたが、比較的最近できたような傷だった。下から斜め上に掛けて剣で撥ね上げられたような傷だ。ガセルの河川賊との戦いでできた傷か？　と尋ねたら、わしには忘れられぬ屈辱だと答えた」

「ガセル人に傷つけられた？」

「わからぬ。それ以上は話さなかった。執事にも聞いたが、あまりお話をされぬ方がよろしいと釘を刺された。きっと誰かにやられたのだろう」

とルメール伯爵が推測を披露する。

（誰かにやられた？）

それも若い頃ではなく、比較的最近？　やはりガセル人だろうか？　ガセル人の剣士というと、ドルゼル伯爵が浮かぶ。

「もうよいか」

　とルメール伯爵が退席を促した。

「もし閣下が、ゴルギント伯に対して裁判協定を守れと言ったら、ゴルギント伯は守ると思いますか？」

　ヒロトは質問を向けてみた。

「貴殿は馬鹿者か？　ゴルギント伯は自分よりも強い者の言葉でなければ言うことなど聞かぬ。賭で勝つか、剣で勝つか。それか殺すか。貴殿は賭も剣もせぬ」

「では、艦隊派遣は？　数隻の規模でも艦隊派遣を行えば、ゴルギント伯は裁判協定を――」

「貴殿は馬鹿か？　数隻程度で剣になるか？　二十隻は必要だ」

「他国と共同しても？」

「数が必要なのだ。他国と共同しても、数隻程度では少しも響かぬ。船上であの男は言っておったぞ。ピュリスが来ようがガセルが来ようが、わしを打ち負かすことはできぬとな」

　そこまで言って、そうか、とルメール伯爵は突然微笑を浮かべた。少しいやらしい笑みだった。

「わたしに反対決議を撤回させろと頼みに来たのか？」

「違います」

「違う？」

そうか、とまたルメール伯爵は同じような、棘が入ったあくどい笑みを浮かべた。

「わたしにゴルギント伯と交渉させるためだな。ならば、ハイドラン公爵閣下の名誉を取り戻せ。話はそれからだ」

ヒロトはにっこり笑って言い返した。

「侯爵が余計なことをされていなければ、侯爵は名誉を失っていません。法に悖る余計なことをした者がしっかり名誉を失うのが、我が国がアグニカと違うところです」

ルメール伯爵はむっとして捨て台詞をぶつけた。

「ならば、ゴルギント伯に負けるがよい。貴殿では勝てぬ。貴殿のような男は、正真正銘のクズに弱いのだ。あの男に理屈は通じぬぞ」

第八章　食い気

1

ゴルギント伯の部下ジゴルは、ヒュブリデ宰相パノプティコスの部屋を訪れたところだった。いつものように部下が桐箱を手渡す。エルフなら断るのだろうが、人間は断らない。

「話はわかっておる。ゴルギント伯の提案を是非とも王が認めるように働きかけてほしい。そうであろう」

と先回りしてパノプティコスが言い当ててきた。ジゴルの宰相への認識は、ストレートで切れる人間である。認識通りのストレート具合と切れだった。

「お願いできますか？」

ジゴルも合わせてストレートに切り込んだ。パノプティコスは、

「ゴルギント伯は協定に対してどれだけ約束を守る人なのだ？　協定を結ぶ側として、我々は用心深くあらねばならぬと思っている。それは相手を信用している、していないと

いうことではない。どんなに信用している相手であっても、用心深くあらねばならぬと思っている」

と前置きをして、直球で切り込んできた。

「約束が確実に守られること。それが協定締結の大前提だ。締結後に万が一反故にされるようなことがあれば、我々は第二の選択肢を考えねばならぬ。一度守られても反故にされれば、自動的に我々も協定を反故にすることになる」

真正面からの切り込みであった。多忙を極める宰相らしい言葉である。ヒロトが登場するまでは、この男が一番の切れ者だったのだ。

ジゴルは微笑んで答えた。

「それにつきましてはご心配なく。我が主君は実行の人でございます。反故にすることはございません」

「戦局が厳しくなっても、ガレー船を削ることもガレー船の人員を落とすこともガレー船の兵の質を落とすこともないと？」

パノプティコスの問いにジゴルは大きくうなずいた。

「それは条文に書き記していただいてもかまいません」

とジゴルは踏み込んだ。ようやくパノプティコスは好意的な返事をした。

「それならば、提案を推すことができる。条文への加筆については、是非、ゴルギント伯に了承させていただきたい」

2

ヒロトが二頭立ての馬車に乗ってルメール伯爵の屋敷を出ると、すぐに隣の席のヴァルキュリアが身体を寄せてきた。

「キュレレを呼んでもいいぞ。あいつの家、ぶっ壊した方がいいぞ」

あいつとはルメール伯爵のことである。ヴァルキュリアはルメール伯爵の態度が相当気に入らなかったらしい。ヒロトに対して当初、返答の時間を限定しようとしたのが不誠実に映ったのだろう。

同席のミミアは黙っている。

「いいよ、一応返事してくれたから」

「でも、あいつ、絶対ヒロトに悪さをするぞ。ああいうやつはぶっ叩いておいた方がいいぞ」

とヴァルキュリアが促す。ヴァルキュリアはキュレレの方が武闘派だと言っていたが、

ヴァルキュリアも立派な武闘派である。サラブリア連合代表ゼルディスの血がしっかり流れている。

立て続けに四人に会ってゴルギント伯絡みの話を聞いたが、残念な情報の方が多かった。残念の筆頭は、四人中三人がゴルギント伯への強攻策を支持していたことだった。特にハイドラン侯爵はそうだった。もしハイドラン侯爵が余計なことに首を突っ込まずにまだ枢密院顧問官でいたのなら、ヒロトは艦隊派遣の提案を通すことに成功していただろう。

殺す以外手はない――。

古代でも中世でも近世でも近代でも、殺人は罪だった。現代においてもそうである。だが、特に大量殺戮の時代を経て高い倫理観に辿り着いた民主主義と人道主義の世界で育ったヒロトにとっては、なかなか受け入れがたい指摘だった。殺すなんて決断も、殺せなんて命令も下せそうにない。

手に入れた情報も、ヒロトに益するものではなかった。四人が四人とも、艦隊派遣は効力がないと言い放ったのだ。特に最後のルメール伯爵の返事は、大きくヒロトを揺さぶった。

艦隊の規模が問題なのだ、数隻では脅せぬ。二十隻は必要だ――。

ゴルギント伯と剣を合わせた男の言葉だけに、ずっしりと響いた。

（艦隊派遣で説得できるっておれの考え自体が、間違ってるのか……？）

ヒロトは自問した。もし間違っていたら――。

《貴殿のような男は、正真正銘のクズに弱いのだ。あの男に理屈は通じぬぞ》

ルメール伯爵の言葉が蘇る。

（事実だよな……）

ふいに馬車が停車した。

（何だ？）

「止まったぞ。ヒロトが重くて止まったって言ってるぞ」

とヴァルキュリアがふざける。

「ルメール伯爵のところから金を盗んできたのがバレたか」

とヒロトは嘘を言った。もちろん、盗んではいない。

馬車の扉がノックされた。ヒロトが開けると、

「ヴァンパイア族の方です」

エルフの言葉にピンと来た。連絡が届いたのだ。

「偵察？」

その時にはもうミミアがリンゴを剥きはじめていた。ヒロトは馬車を下りた。

果たして、偵察から戻ってくれたヴァンパイア族の男性がいた。

「おつかれ。行ってきてくれたの？」

「あったぜ」

と開口一番、ヴァンパイア族の男は切り出した。

「ポプラの木を切ってやがった」

やっぱり……という感じだった。きっとイスミル王妃の要請を受けて、メティスは攻撃に舵を切ったのだ。

「戦争するつもりなのか？」

とヴァルキュリアが尋ねる。

「するつもりがねえのに矢の材料の木を切らねえだろ」

とヴァンパイア族の男が返す。

「結構切ってた？」

とヒロトは尋ねた。

「かなりな。通り沿いのポプラをばさばさやってたぜ。ありゃ本気だな」

ミミアが馬車から下りて、リンゴを差し出した。

「すまねえ、あんたはいつも優しいな」

とヴァンパイア族の男が目を細める。それから、歯で爽やかな音を響かせた。そのそばでヒロトは考えていた。

矢の材料となるポプラの木は伐採されていた。戦争への準備を意味している。残りは、エクセリスの情報とラケル姫の情報がどうかだ。恐らく、イチイも買い求められているだろう。そして北ピュリス人船員も――。

3

王都で待っていた情報は、ヒロトの予想通りのものだった。エクセリスはイチイの取引情報を教えてくれた。ピュリスの商人が至急、イチイが欲しいと願い出たという。

ラケル姫も、ユグルタ州で北ピュリス人に対して船員の募集が始まったことを知らせてくれた。姫は亡き北ピュリス王国の王族なので、北ピュリス人のネットワークがあるのである。

ヒロトが手に入れた情報はすべて一つの方向を示していた。

ピュリスの戦争準備――。

メティスは明らかに戦争の準備をしている。攻撃は規定路線なのだろう。一、二カ月の間にメティスはアグニカを攻撃するつもりなのだ。恐らくサリカ港を――。

（まずいな……）

ヒロトは髪の毛を掻いた。

この状態で何の説得ができるのだろう？　メティスがヒュブリデに対して――そしてヒロトに対して――不満を懐いているのは間違いない。返事の文面からして、原因は艦隊を派遣しなかったこと。つまり、ゴルギント伯に対して剣を抜くべき時に抜かなかったことだ。それに対して、臆病者と罵っている。

ならば、今回いっしょに艦隊を派遣しようとすれば乗ってくれる？

まさか。

メティスは舟は一人で乗れと突き放している。しかも、戦争を準備中である。ヒロトの提案に乗るはずがない。最悪、会えない可能性もある。戦争の準備を進めているのに、暢気に隣国の将軍と会談するとは思えない。会えば、黙っていても相手が情報を読み取る機会を与えてしまう。智将と言われるメティスは、そのような愚は犯さないだろう。

（困ったぞ）

さらにヒロトは髪を掻きむしった。だが、むしったところで打開策など出てこない。出てくるとしてもフケである。

（う～ん……）

唸って、はっとした。

ポプラの伐採はともかくとして、北ピュリスの船員に声が掛かったことは、ゴルギント伯もつかんでいるのではないか。ただでさえ警戒態勢を敷いているのだ。ゴルギント伯は完璧にメティスの襲撃をつかんで備えることになる。

（そこに勝機はあるか……？　それで艦隊派遣を提案する……？）

説得できるという確信は生まれなかった。

（やっぱり初手で艦隊を派遣しなかったのが痛かったんだ……って、同じことを言ってるな）

過去は戻せない。

そして、たられば は何も生み出さない。今ある現状だけで打破するしかない。だが、打破の鍵が見つからない。

「ヒロト殿の部屋はこちらか？」

赤い翼のヴァンパイア族が部屋に入ってきたところだった。ゲゼルキア連合の者である。黒い翼はゼルディス率いるサラブリア連合、青い翼はデスギルド率いる北方連合だ。

「あれ？　珍しいね？」

とヒロトは声を掛けた。

「こっちだったか。滅多に来ねえからわかんなくてよ」

とゲゼルキア連合のヴァンパイア族の男性が苦笑する。ミミアが早速オセール産の蜂蜜酒を注いでグラスを渡した。

「すまねえ」

と受け取って一口含み、

「美味っ！」

とヴァンパイア族は声を響かせた。名産地の蜂蜜酒は、ヴァンパイア族にも好評である。

「ゲゼルキアから頼まれたの？」

「おう、そうだ。手紙を持ってきたんだよ。デスギルドからの返事」

とゲゼルキア連合のヴァンパイア族が手紙を差し出した。どうやら、デスギルドはまたゲゼルキアといっしょにいるらしい。そこへヒロトの手紙が届いたということなのだろう。

ヒロトは早速手紙に目を通した。

《元気か？　ムハラという美味い飯があるらしいな。食ってみたいぞ。しかし、サリカは遠いぞ。暇だったらわたしのところに持ってこい。ゲゼルキアと二人分だぞ》

ヒロトはさらに苦笑を重ねた。

欲望まみれ、それも食欲剥き出しの手紙だった。隣でヴァルキュリアが手紙を覗き込む。

「ほら、言った通りだったろ？」

と自分の正しさを主張する。

ヴァルキュリアの指摘通りだった。デスギルドに打診しても断られる、遠いと言われるとヴァルキュリアは予言していたのだ。

遠慮なく食い気をぶつけてくれるのは、それだけ親密感を懐いている証拠。うれしい証拠なのだが、未来につながらないだけに悲しいものがある。

ヒロトはぽりぽりと頭を掻いた。

ゴルギント伯は艦隊派遣に臆しないという四人の答え。

二十隻の艦隊がなければゴルギント伯を揺さぶれないという、ルメール伯爵の答え。

メティスは戦争へ準備中。

そしてそもそも、艦隊派遣を拒絶している――。

（終わってる……）

ノックの音につづいて、エルフが部屋に入ってきた。また手紙が届いたらしい。

（メティス？）

違っていた。受け取ったエルフの騎士アルヴィが無言で手紙を差し出した。

差出人は、ガセル王国のドルゼル伯爵だった。

《ヒロト殿と過ごした時間を懐かしく感じます。是非、またムハラを食べに来ていただきたい。今、ガセルの蟹は旬です。美味しい時を是非》

ヒロトは苦笑を浮かべた。

ムハラを食べに来るように誘っているが、意味するところは直接の支援が欲しい、である。ヒロトが行けば、手土産なしにとは済まない。その手土産に、ヒュブリデからの支援を期待しているのだろう。

（ははは……無理……）

本音は行ってやりたいだった。だが、行ける状況ではない。

ミミアが、焼いたばかりのクッキーを持ってきた。ヒロトの気持ちとは関係なしに、お茶やお菓子を出すのがミミアの仕事である。

「美味そうだな」

とヴァルキュリアが盛大に三枚つかんでばりばりと口に放り込んだ。

「ヒロト、美味しいぞ」

「あ、いいよ、おれは」

とヒロトは断った。

「ヒロト様、顔が疲れてらっしゃいます。美味しいものを食べた方がいいです」

強く言われる。ヴァルキュリアがクッキーをヒロトの顔の前に持っていった。

「ヒロト、あ〜ん♪」

「いや、いい」

「わたしも少し手伝ったんだぞ。ちょっと生地を掻き回したんだぞ」

ヴァルキュリアにそう言われると食べるしかない。ヒロトは仕方なく口を開いた。ヴァルキュリアがクッキーを突っ込む。

「美味いか？」

とヴァルキュリアが威張る。

「うん」

と形式的に答える。

「じゃあ、もう一枚」

ヴァルキュリアがさらに二枚つかむ。ヒロトは口を開いてクッキーを齧った。決して悪い味ではない。美味いかまずいかでいえば、美味い。だが、心に響かない。

(結局、みんなに頼んで、自分でも遠出してつかんだのは、不都合な事実ばかりか……)

ヒロトは胸の裡でため息をついた。

枢密院は、艦隊支援とゴルギント伯の提案の承諾とで割れている。そしてメティスは戦争へ準備中で、ヒロトとの共同での艦隊派遣を拒絶している——。

(今夜は夕飯を食べる気がしないな……)

ヒロトは宙を見た。

デスギルドは、メティスとは対照的に食い気に走っている。きっとキュレレが食べたという情報が伝わって、二人で食べたいということになったのだろう。

「ヒロト、わたしも美味いムハラを食べたいぞ。この間キュレレが食べたやつ、めちゃめちゃ美味しかったたって言ってたぞ。キュレレのやつ、わたしに手紙を書いてきたんだぞ」

とヴァルキュリアがぶっちゃけてきた。

「まじ?」

「一言だけ書いてあったぞ。ムハラ、美味かったたって。下手な字で書いてたぞ」

ヒロトは苦笑した。

キュレレはカリキュラにムハラをご馳走になっている。カリキュラ自ら料理したムハラは、亡くなったシビュラ直伝のレシピだったらしい。シビュラが料理するムハラはイスミル王妃も三度食べたというほどだから、相当美味かったのだろう。

（きっとその話を聞いて、食べたいって言ったんだな。いいなあ、食い気だけで生きていけるのは……）

深く関わるとは、悩みが増えることである。浅く関わっている場合は、悩みは少なくなる。

深く関わるのをやめる？

まさか。

人間の脳味噌は、だめな時にどうするか考えるためにあるようなものだ。そのために知恵がある。

といっても――。

（今回ばかりは――）

ヒロトは吐息をつきたくなった。

（おれも、何も考えずに、何のしがらみもなく、美味いムハラを食いたい）

思わず心の中で弱音を吐いた時、

――食えば？

頭の中の悪魔（あくま）がアホなことを唆（そそのか）した。久々の悪魔登場である。

（食えるわけないだろ）

とヒロトは悪魔に言い返した。

――食えば命の泉湧（わ）く。

（湧くか！）

突っ込む。

――食え。人生の問題は食えば解決する。

（何を言ってんだ、おまえは）

ヒロトは悪魔に突っ込んだ。

――みんなで食えば世界平和。

（何が世界だ。意味不明だろ）

また突っ込んだその時、ぴきっと頭の中に電気が走った。

平和。

世界平和。

食えば。

つながらないのに、なぜか脳がピキピキする。

（え？　まさか、いけるって思ってんの？）

そんな馬鹿なと思う。そんなはずがない。

（美味いものを食ったくらいで世界が平和になるか。ゴルギント伯がそんなタマ――）

あ、とヒロトは声を洩らしそうになった。

美味いもの。

食う。

《今、ガセルの蟹は旬です。美味しい時を是非》

ドルゼル伯爵の文面が蘇る。

《サリカは遠いぞ》

デスギルドの文面が脳裏に浮かび上がる。

（あ――）

（……いける？）

ヒロトは首を横に振った。やっぱりだめだ。引っ掛かっているのがおかしいのだ。美味いものを食ったって――。

（あ）

ヒロトは口を半開きにした。

《無理だろう》

ラスムス伯爵の声が蘇る。

《貴殿は貴殿で首を絞めたのだ》

マルゴス伯爵の声も聞こえる。

《なぜ殺さぬ⁉》

《あの男は、人を馬鹿にしたい時に賭勝負を仕掛けるのだ！》

ハイドラン侯爵の怒鳴り声も浮かび上がる。

《そういえば、胸に傷があったな》

ルメール伯爵の声が蘇った。

《貴殿のような男は、正真正銘のクズに弱いのだ》

《ゴルギント伯は自分よりも強い者の言葉でなければ言うことなど聞かぬ。賭で勝つか、剣で勝つか。それか殺すか。貴殿は賭も剣もせぬ》

剣——。

飯——。

殺す——。

「飯だ……！」

いきなりヒロトは言い放った。すぐそばで聞いていたヴァルキュリアは首を傾げた。

「腹が減ったのか？」

「いや、だめだ……」

とヒロトは黙った。飯ではメティスにつながらない。

（待てよ）

（それも飯でいけるんじゃないのか？）

飯はすべてを解決する？

まさか。

（ゴルギント伯は剣にしか――）

（あ）

ヒロトはにたにたといやらしい笑みを浮かべた。あくどい考えが頭に浮かんだのだ。卑怯な考えが――。

（引っかけてやるか？）

相手が相手だ。罠は必要である。

《おまえは腰抜けか！》

頭の中でハイドラン侯爵の声が響いた。

　殻(から)を破れ。

　悪人になれ。

　罪人になれ。

「ヴァルキュリア、飯だよ！」

言うとヒロトは笑いはじめた。笑いだすと、笑いが止まらない。

（いける。飯ならいける）

「何かおかしいのか？」

とヴァルキュリアが不思議そうに尋ねる。ヒロトは明るい表情で答えた。

「みんなでムハラを食いに行こう。旬を逃(のが)す手はない」

第九章　憂い

1

　ヒュブリデ王国サラブリア州には、交易専門の裁判所がある。ヒュブリデ王国と他国の商人との商取引で発生したトラブルを裁くための、専門の法的機関である。

　不快ではないが快適とは言えない狭い牢で一人過ごしているのは、ごついアグニカ人の男だった。

　男の名はゾドスと言った。商人だった。

　母国アグニカのサリカ港のヒュブリデ人の商館で、ヒュブリデ人の商人と取引をしていて抜剣をしたのだ。

　商人の掟で、他国の商館内で先に剣を抜くことは禁じられている。男はその禁を犯したのだ。商人の掟はテルミナス河で商売する者が絶対死守しなければならない普遍の法だ。掟を破って抜剣した者は、応戦者側に殺害されても文句が言えない。命の危険が迫った場合は応戦側が殺害することも許されている。商人の掟の遵守は、どの国の商人も交易を結ぶ時に書面で誓わされる。

商館内では、商館を保有する商人たちの国の法が適用される。ゾドスが商人の掟を破ったのはヒュブリデ国の商館だったので、ヒュブリデの法が適用となった。それでゾドスはヒュブリデ本国のサラブリア州まで連れてこられたのだ。

ゾドスの有罪はすでに決まっていた。

罰金五百ヴィント——一ヴィント銀貨五百枚を言い渡された。商人の掟を破ったことだけでなく、それに伴ってヒュブリデ商人が受けた損失——得られるはずだった品が手に入らず、それで得られなかった商売上の損失も勘案されたのである。抗弁したが、判決確定後に抗弁すれば罰金が百ヴィント上乗せになると言われて黙るしかなかった。

持ち金が足りなかったため五百ヴィントを支払えず、ゾドスの釈放は先延ばしである。今は仲間が不足分を持ってくるのを待っているところだ。

いやな国だと思う。

法、法、法。

何が法だと思う。こんな国は糞喰らえだ。

2 ゴルギント伯の使者ジゴルは、数日ヒュブリデの首都エンペリアに留まって宮殿を出発したところだった。

出発直前になって、知り合いの商人ゾドスが交易裁判所に収監されていると知り、すぐに釈放するように宰相パノプティコスの許に押しかけたのだが、裁判所に対してはものが言えぬというのが答えだった。

《では、大長老に是非お願いを――》

《裁判所の判断を枉げることは、何人も許されておらぬ。商人の掟を破ったとなれば、なおさらだ。大長老に会えば、ゴルギント伯に対する強硬論につながるぞ》

そう釘を刺されては退いて宮殿を発つ以外なかった。

アグニカの商人については仕方がない。ゴルギント伯の命令に対しては、自分はよくやったと言うべきか。主君が望んだ通りにヒロトを葬り去ることはできなかったが、協定締結については多少の道筋をつけることができた。あとは、主君がどう判断するかである。 3

った。

アグニカ王国宮殿——。

女王の寝室から、体重百三十キロはありそうなでっぷりと太った男が出てきたところだった。

全身、赤と緑の巨漢だった。

赤い長袖の上衣に赤い膝上丈のスカートを穿き、百八十センチほどの長身に緑色のマントを羽織っている。マントは左の鎖骨の辺りで留めてあった。

身体もごついが、顔もごつい男だった。まるで四角い岩石のような感じである。白髪交じりの髪は薄くはなっていず、眉も太かった。ただ、目は鋭く細かった。唇は薄く、口角は下がりぎみだが、非常に意思の強そうな顔である。

アグニカ王国の実力者にして重鎮、リンドルス侯爵であった。サリカの件で女王アストリカと宰相ロクロイと話をして終わったばかりだった。

ガセル商人を殺害しようとした者を突き止め、処刑した——。

そうゴルギント伯の使節は説明したが、誰も信じてはいない。ゴルギント伯が誠実に対応するような男でないことは、リンドルスにもわかっている。

《確かなのか？》

そうリンドルスは確かめた。
《確かでございます。悪しき敵は葬り去られました》
白々しい芝居だった。ガセル王は決して騙されないだろう。言い返すだろうが、ゴルギント伯は確かに犯人を葬ったと言い張るだろう。
またしてもトラブルの種である。
女王がゴルギント伯に対して比較的大きな権利を与えたのは、伯が女王に対する戦争を止め、グドルーンを説得すると約束したからでもあり、伯が外国に対する防波堤となることを期待したからでもあった。
そのためゴルギント伯の領地は半独立国の様相を呈しているが、負の側面が目立つようになってきた。本格的に何とかしなければならない段階に近づいている。ただ、武力での排除となると自動的にグドルーン女伯との対決となり、望まぬ内戦が再来してしまう。
《裁判協定の遵守がなければ、ガセルは必ず戦を仕掛けてこよう》
そうリンドルスは釘を刺したが、
《法に則り裁いた正義の側が、自らに正義があるにもかかわらず戦を恐れて媚びれば、国は滅びましょう》
とゴルギント伯の使節は返した。ああ言えばこう言うである。正義がない者に限って、正義は自分にあると自称するが、反論したところで水掛け論になって打破できない。
《トルカもシドナも裁判協定を遵守しておる。サリカだけはとはいかぬ》
そうリンドルスが突っ込むと、
《サリカのことはサリカで決めてよい、すべて任せるとゴルギント伯にお約束なさったのは、他ならぬ女王陛下。軽々しく言を覆しては、国は散り散りになりましょうぞ》
と返してきた。
憎らしい限りである。
大軍を率いて攻め込めばよい？
それができぬから、生意気な反論を許しているのだ。圧倒的な力なくして、王の絶対的な超越性――王が家臣に対して絶対的に上に君臨するということ――は成立しないのだ。
ヒュブリデのように王が中心にあり、王と法の下にまとまるというのは、アグニカにとっては理想の姿だが、同時に、遠い未来の姿である。
（ゴルギントをどうにかせねば、この国はまた大変なことになる……）

第十章　待ち伏せ

1

　昼の陽光が、テルミナス河をきらきらと輝かせている。水面はまるで光の宝石である。だが、すべては光が見せる幻惑だ。本当の宝石ではない。

　テルミナス河を西へと下る船の甲板に出て水面を眺めているのは、額の上で黒髪をまっすぐ切り揃えて、まるで東洋の姫君のように漆黒のロングヘアを垂らした爆乳の女だった。薔薇の香りをまき散らしながら、赤いサテン生地のワンピースが推定Gカップのグラマラスボディをなんとか包み込んでいる。

　アグニカの大貴族、インゲ伯グドルーンである。グドルーン女伯とも言われる。

　サリカをめぐる騒ぎは、グドルーンの耳にも届いている。サリカは、自分を支持する有力者ゴルギント伯が治める港湾都市だ。

　ゴルギント伯は、アグニカとガセルが結んだ裁判協定を遵守していない。ねじ曲げてガセルとの対立を強めている。

ヒロトからの使者を受けた後、グドルーンはゴルギント伯に使者を送った。なぜ自分のところと違う基準で裁くのかと牽制したが、ゴルギント伯は聞き入れなかった。ガセルと戦端を開くのも時期尚早だと伝えたが、ガセルのクソどもをつけあがらせるわけにはいかないというのが返事だった。

ガセルを刺激すればピュリス軍を招き寄せる。それも警告したが、使者の言葉に耳を貸す気配はなしだった。

その上での、ガセル商人の殺人未遂、そして偽の犯人のでっち上げと処刑だった。

まさか、あのような茶番でガセルの追及を躱せると思っているのか?

笑止。

ガセル王妃イスミルは馬鹿ではない。そしてピュリスの智将メティスも、騙されるような愚人ではない。

グドルーンが見るところ、事態は危険な方向へ向かっている。数カ月以内に、ガセルはピュリスと組んでアグニカに対して軍事侵攻を開始するだろう。

ゴルギント伯は、両軍が束になって掛かってきても撥ね返せると思っているに違いない。

確かに、ピュリス軍は艦隊戦の経験値がゼロに近い。連中は陸地での戦いを得意としていた連中だ。操船はピュリス軍が支配下に置いた北ピュリス人が得意とする範囲である。ピュリス軍が単独で艦隊戦を仕掛ければ、ピュリス軍は無様に敗北するだろう。

だが、ガセル軍は違う。アグニカとの戦争の経験が、艦隊戦の経験がある。ゴルギント伯は艦隊戦では無敗だが、ガセルがピュリスと組んで、広範囲で渡河作戦を仕掛けてきたらどうするのか。その中にメティスがいたらどうするのか。

メティスは艦隊戦では無力に違いあるまい。だが、陸上戦では無敵である。リンドルス侯爵も、メティスに人質に取られた。相当数の騎士を抱えていたにもかかわらず、メティスの前に一瞬で囚われの身となってしまった。

メティスを侮ってはならない。あの者は非常に危険だ。ピュリス王が本気でアグニカ侵攻を決意し、大軍をガセルに派遣して共同で大規模な渡河作戦を実行すれば、アグニカは領土を失うことになる。

数カ月以内には大規模な侵攻はないだろう。だが、最低でも半年、そして一年後ならば――？

ガセルとピュリスを刺激するのは好ましくない。この国は、まだ両国と事を構えるには早すぎるのだ。明礬石でたっぷり儲けて、軍備を整えてからでも遅くはない。

2

エンペリアから西へと離れたアグニカ王国中部——。

サリカ伯ゴルギントは、いつものように自室のふかふかの深紅のソファが並ぶ部屋で、貴人を迎えたところだった。

「ボクが何をしに来たかは、言うまでもあるまい」

と単刀直入、グドルーン女伯はストレートで入った。

「勝手によその馬鹿どもに我が国のことを決められてそれでよろしいのですかな？　アグニカのことはアグニカで決めるものです。裁判協定然り、ウニのことも然り」

とゴルギントはご託を並べにかかった。

「今戦端を開くのは得策ではないと申したはずだ。ピュリスとガセルが総攻撃を仕掛けてくるぞ」

「我が艦隊に敗北はございません。尻尾を巻いて逃げるのは連中です」

「上陸されたら終わりだと言うておるのだ」

「メティスはサリカには上陸できませんぞ。シドナにも上陸できますまい。シドナでは閣下に血祭りにされましょうぞ」

「他の地域でメティスに上陸されたら厄介(やっかい)になるぞ。メティスだけではなく。ピュリスはガルデルも投入するぞ」

「河の上で死ぬだけです」

とゴルギントは返した。ガルデルはメティスと並ぶピュリスの名将である。勇将として知られている。

グドルーン女伯は黙った。

納得(なっとく)したわけでないのは、燃えるような瞳(ひとみ)ですぐにわかった。言葉が通じなくて、怒(おこ)っているのだ。

だが、それはゴルギントにとっても同じである。なぜ、そこまでガセルとピュリスに臆するのか。なぜ他国に対して折れつづけるのか。裁判協定を考え、主導したのはあのヒュブリデのクソ、ヒロトだ。なぜクソの言うことに耳を貸し、クソの言う通りにしなければならないのか。我が国がヒュブリデの流儀(りゅうぎ)でやる必要などないのだ。

「偽者(にせもの)を犯人に仕立てて誤魔化(ごまか)せると思うておるのか？」

とグドルーン女伯は突っ込んできた。

「あれは犯人でございますぞ、閣下。紛(まぎ)れもなく犯人でございます」

とゴルギントはしらばっくれた。

「今ならまだ剣は納められる。裁判協定を遵守しても損にはならぬ」

「我が国のことは我が国が決めるべきでございます。他国の商人とのやりとりに対してどう対処すべきか、どこかのクソな国の思いつきではなく我が国が主導で我が国が単独で行うべきでございます」

　とゴルギントは返した。グドルーンの目が細く窄まる。

「貴様、死ぬぞ」

　いきなりの警告だった。だが、ゴルギントにとっては、まったく威圧感のない、心に響かぬ警告であった。

「死ぬのはメティスでございましょう。メティスは我がサリカに潜入してまいりました。すぐに逃げましたが、このサリカが攻めづらいことは痛いほどわかったでありましょうな。艦隊を率いて攻めてきたところで、我が部下たちに殺されるだけです。そうなれば、アグニカの誉れはテルミナス河流域に轟きましょうぞ」

　とゴルギントは笑みを浮かべた。だが、グドルーン女伯は笑わなかった。

「敵はメティスだけではないぞ。ヒュブリデが腰抜けだと思うな。特にヒロトがそうだと思うな。あいつは何をするかわからん男だぞ」

「わしと賭勝負すらできぬ男に何ができるのでございます？　雄弁で我が艦隊を吹き飛ばせ

ると？　明礬石で身動きできぬクソどもが今さら艦隊を派遣したところで、びくともしませぬぞ」

「やつはメティスと組むぞ」

「二人の共闘など、ありえませぬな。関係は悪化しとります。メティスはあの若造からの手紙を破り捨てておるのです。二人が束になって掛かってくることなど、ありえませぬ。もちろん、いざという時のことは考えております。河でも港でも、いつもの倍近くに増員して警戒に当たっております。サリカに一撃でも与えることは不可能でございましょう」

最後までグドルーン女伯は笑わなかった。最後に残したのは、短い二言だった。

「メティスもヒロトも甘く見るな。ヒロトは必ずおまえを潰しにかかるぞ」

3

ゴルギント伯の部屋を出ると、屋敷に泊まりもせずにグドルーンは船に直行した。不機嫌に船に乗り込み、客室のソファ席にどすんと身体を預ける。

「ゴルギント伯の頭はダイヤモンドでできているようですな」

と護衛の巨漢が気の利いた皮肉を浴びせる。

「ただの石っころだ。今戦を起こす時ではないというのが、なぜわからんのか」

とグドルーンは吐き捨てた。

「困ったものですな」

「バカタレめが。わざわざボクが来てやったのに、なんだ、あの態度は」

とさらに毒を吐く。

護衛は黙っている。人が激怒(げきど)している時には、迂闊(うかつ)に言葉は紡(つむ)げない。

「ピュリスは絶対、でかい戦争を仕掛けてくるぞ。そうなったら、ヒュブリデもピュリス側に回る。なぜそれしきのことがわからんのだ⁉」

4

グドルーン女伯が立ち去ると、ゴルギントは低く息をついた。

変わったなと思う。かつては、何がピュリスか、何がガセルか！　という感じで、もっと覇気(はき)があった。だが、リンドルス侯爵がピュリス将軍メティスに捕虜(ほりょ)にされてから、覇気がなくなった。果てには自分と賭勝負すらできぬ若造に説得された。

（女王にはなれぬかもしれんな）

ゴルギントがそう思ったところで、部下の姿が見えた。

（閣下か？）

違っていた。密偵からの報告だった。北ピュリス人の船員にピュリス軍から声が掛かったという。

攻撃の合図だった。

ピュリス軍が――メティスが――出撃に向けてついに動き出したのだ。先日イスミル王妃の使者がユグルタ州に上陸したが、恐らくその時に出撃を要請されたのだろう。そしてイーシュ王からもメティスに正式に出撃命令が下されたに違いない。先日の偵察はそのためのものだったのだろう。

（来るなら来るがよい）

来れば血祭りに上げるまでだ、とゴルギントは北叟笑んだ。メティスはあくまでも地上戦の人だ。船の人ではない。そして自分は船の戦いを得意としている。もしメティスが艦隊を率いてテルミナス河を遡上すれば、テルミナス河の藻屑とするまでである。メティスを葬り去れば、ピュリスもガセルも相当打撃を受けるだろう。アグニカ国内での自分のポジションも大いに変わることになる。

メティスが用心して陸地を移動してきた場合は？

ぬかりはない。

ゴルギントは部下に顔を向けた。

「港の騎士を三百人増やせ。近いうちにメティスが来るぞ。テルミナス河上の巡回も倍に増やせ」

部下が頭を下げてすぐに部屋を出て行く。

もしメティスがサリカの対岸から船に乗って襲いかかろうとするのなら、私掠船を含めた自分の艦隊が襲いかかることになる。そして港では千三百人の騎士――つまり、他の兵を合わせれば五千人近くの兵――がメティスを迎え撃つことになる。

待っているのは敗北と死のみだ。

ピュリスは大恥を掻くことになる。ガセルも頼りにしていた後ろ楯を失うことになる。イスミル王妃は真っ青だろう。卒倒するやもしれぬ。

さすがにメティスも、トーンを下げて攻撃をあきらめ、ヒロトとともに艦隊を派遣するだろうか？

威圧に来れば、ガレー船の寄港は許されていないと嘯いてサリカの遥か前で航行を阻害するまでだ。

戦いになる？

なれば、得意の艦隊戦でメティスを葬るまでだ。

早く来いと思う。

ゴルギントは無意識のうちに、胸の傷の辺りを掻いた。

（来れば、いくらでも叩（たた）いてくれる。そしてメティスの死体を見届けてくれる――）

第十一章　誘(さそ)い

1

わたしは妹の部屋に立って、窓辺の妹を見ていた。

わたしにはもう肉体はない。わたしの身体(からだ)に触れることは誰もできない。もちろん、殺すこともできない。すでに死んだから。

わたしは透明な存在。ほとんどの者はわたしを見ることができない。わたしは人の夢の中でしか、姿を現すことができない。

わたしの名前はシビュラ。この世に名残のある者。わたしを殺した者が罰せられることを見届けるまでは、あの世へ昇ることができない。

メティス様。ヒロト様。どうか、わたしの願いを叶えてください……そして、妹を守ってください……。

2

百五十センチほどの身長の、童顔のツインテールの女性が、ベッドに腰掛けて窓の外を見ていた。水色のワンピースの胸はまったく隆起がない。左の手首には、赤・青・黄色の数珠状のブレスレットを嵌めている。

ガセルの商人カリキュラである。

相変わらずカリキュラのベッドからは、三階建ての部屋の外がよく見えた。見晴らしのいい小高い丘からは、少しくすんだ薄黄色い屋根の家並みの彼方に、碧色のテルミナス河が見える。

自分の代わりにヒュブリデに出掛けた部下のロドンから、手紙が届いた。

《辺境伯にはお会いできました。カリキュラ様のことを話して枢密院会議に諮っていただきましたが、この国はやる気なしです。精霊教会副大司教は精霊の罰が下されるだろうと答えていましたが、せいぜい神頼みです。辺境伯はピュリスに連絡しようとしていますが、王は艦隊派遣を決意していません。どうやらゴルギント伯が手を回してヒュブリデを懐柔したようです。

ここはやはり異教の国です。我々の神はいません。神罰(しんばつ)は下されないでしょう。それでも、我が王と王妃がゴルギント伯に罰を下されることをわたくしは願っています》

そう手紙には記してあった。

無意識のうちに、左手首のブレスレットを撫(な)でた。亡(な)くなった姉シビュラの形見だ。

やっぱりそうだよねと思う。

ヒュブリデには明礬石がある。アグニカには強く出られない。それに——所詮(しょせん)、自分はガセル人。ヒュブリデ人ではない。ヒュブリデとの強いつながりはない。

あれから、ずっと船には乗っていない。港にも行っていない。アグニカ人に会うのも怖(こわ)い。

引退かな……と思う。自分はもう船に乗らないだろうし、ゴルギント伯も裁かれないだろう。いつでも偉(えら)い人たちは何も罰を受けなくて、下っぱがひどい目に遭(あ)うのが、この世の姿なのだ。

（お姉ちゃん……わたし、あきらめるしかないのかな……）

姉のことを思うと、やっぱり涙(なみだ)が出てしまう。

お姉ちゃんが死ぬことになる日——。

自分は姉が生きて帰らぬ人になるとは思わず、ベッドで眠っていた。うつらうつらを繰り返していた。

突然扉の開閉音が聞こえた。

《行ってくるね》

と元気な姉の声だった。

うん……と生返事を返したのか、返さなかったのか、自分でもよく覚えていない。たぶんちゃんと返事しなかったのだと思う。

なぜ、あの時ちゃんと起きて、行ってらっしゃいって言わなかったんだろうと思う。言わなかったからお姉ちゃんは死んじゃったんじゃないのか。ありえないのに、そんなふうに思ってしまう。

行ってらっしゃいって言ってあげたかった。頭を起こして姉の顔を見ておきたかった。自分が大好きな、お姉ちゃんの微笑みを見たかった。カリキュラは姉の微笑む顔が好きだったのだ。でも、自分は――。

後悔は尽きない。

姉のシビュラは、サリカの交易裁判所でひどい扱われ方をしてメティス将軍のところに向かう途中、ゴルギント伯の手下にやられた。配下の私掠船の者たちに殺された。

どれだけメティス将軍に会いたかっただろうと思う。もし会えていれば、状況は全然違っていただろう。

自分もメティス将軍のところに向かおうとして襲われた。

会えないのかな、と思う。

お姉ちゃんも自分も、会えない宿命なのかなと思う。神は、自分に会うなと言っているのかもしれない。お姉ちゃんの無念を晴らして、ゴルギント伯に一撃を喰らわせてやりたかったけれど、それもあきらめろと神は言っているのかもしれない……。

3

ヒュブリデ王国の東隣、マギア王国北方――。

青い翼を伸ばして滑空しながら、ヴァンパイア族の男はベージュ色の天幕が散らばる斜面に近づいてきた。

目指すはひときわ大きな天幕――連合代表の天幕である。男は翼をばさばさとやって着地すると、そのままの勢いで天幕に入った。

中にはソファベッドがあって、二人の美女が側臥していた。二人とも、胸に立派な爆乳の果実を実らせ、背中に立派な翼を生やしていた。

ゲゼルキア連合代表のゲゼルキアと北方連合代表のデスギルドである。男は前に進み出ると片膝(かたひざ)を突(つ)いて、手紙を差し出した。

「ヒロトからです」

4

サラブリア州を仕切るプリマリアの町の中心、川の上に聳(そび)えるドミナス城――。

折よく訪(おとず)れていた身長二メートル近くの髭(ひげ)もじゃの巨漢は、長女の恋人(こいびと)からの手紙を受け取ったところだった。

キュレレとヴァルキュリアの父親、サラブリア連合代表のゼルディスである。

「ふむ……」

と頭をぽりぽりと掻く。

（二人を連れてこいとはな……）

と唸(うな)る。予想外の手紙である。

「絶倫(ぜつりん)、絶倫、ソ～イチロ～」

能天気な歌声が近づいてきた。妙に朗らかで幼い声である。大きな羊皮紙の本を抱えて姿を現したのは、愛娘のキュレレだった。もちろん、長身の相一郎もいっしょだ。

ゼルディスは思わず笑顔になった。次女を見ると、自然に笑顔になってしまう。

「パパ～♪」

とキュレレが駆け寄った。片手に本を抱いたまま、ゼルディスに抱きつく。ゼルディスは愛娘を抱き締めた。

「ヒロトから手紙が届いたって聞きましたけど、また何か？」

と相一郎が尋ねる。

「もしかして、カリキュラの部下の護衛ですか？　それなら、おれ、喜んで――」

「護衛ではない。だが、ドルゼル伯爵のところに行けとある。わしもキュレレも相一郎殿も」

とゼルディスは答えた。

「え？　何をしに？」

聞かれてゼルディスは渋い表情を浮かべた。

「それが――いっしょにムハラを食おうと」

第十二章　受け手

1

ガセル王妃イスミルは細身の髭面の夫パシャン二世とともに、王の執務室でピュリス王の使者から手紙を受け取ったところだった。

兄上はどんな援助をしてくれるのか。あの憎きゴルギント伯に鉄槌を喰らわせてくれるのか。

夫と顔を並べて手紙を読む。

（え……）

失望が脱力とともに胸の中を駆け抜けた。

すぐにゴルギントめを叩くことはできぬ。それ相応の準備が必要である。準備が整うまでは動くな。

そういう内容だった。

（まだ理不尽に耐えろと言うの⁉）

イスミルはキレそうになった。自分のお気に入りだったシビュラを殺されたこともある。だが、それ以上にアグニカに対して我慢の限界が来ていた。

「兄上は見捨てるとおっしゃるの⁉」

とイスミルは叫んだ。

「見捨てるとはおっしゃっておりません。ただ、叩くためには相当準備がいる相手であると。ただサリカを叩いて終わりという相手ではないと。アグニカ自体を叩きに行かねば、叩き潰すことはできぬと」

「どれだけ待てばいいの？　二カ月？　三カ月？」

イスミルの問いに使者は答えた。

「その三倍は最低お待ちいただかねばなりませぬ」

咄嗟にイスミルは叫んだ。

「その間に、何人の商人が殺されると思っているの⁉　あの男はすぐに叩かなければ、つけあがるだけなのよ⁉　兄上に伝えて！　今すぐサリカを叩いて！」

妻の言葉に、少し間を置いてパシャン二世は答えた。

「イーシュ王の準備に合わせて、我が軍もアグニカに攻め入る」

2

ガセル王国の大貴族ドルゼル伯爵がテルミナス河沿いの領地に一旦戻ったのは、天の知らせだったのかもしれない。

それにしても、期待と予想は往々にして不仲である。期待しても予想通りにはならず、逆に期待していないと、予想とは真逆の結果が訪れたりする。

ヒロトに手紙を出したものの、

恐らく返事は来るまい――。

そう思っていたドルゼルは、ヒロトからの思わぬ返事に驚いた。

《仲間を連れてムハラを食べに参ります。ご覚悟を》

意外というか、予想外であった。自分の予想では、返事は来ないはずだったのだ。

しかも、想定外はそれだけではなかった。食事会の参加名簿にとんでもない面々の名前が記されていたのだ。予想外の面子にドルゼルは腰を抜かしそうになった。

北方連合代表デスギルド。

ゲゼルキア連合代表ゲゼルキア。

サラブリア連合代表ゼルディス。

その娘ヴァルキュリアとキュレレ。

さらにヒロトと相一郎と――。

（こ、これは一大事……！）

大事である。

是非来ていただきたいと誘ったのは自分だが、まさか本当に来るとは思わなかった。しかも、こんな大勢の豪華メンバーを引き連れて――。

（カ、カリキュラにも伝えねば……！）

3

ほとんど傾斜のない地面をゆっくりと転がるボールのように微速前進の回復をつづけていたカリキュラは、人生は永遠に灰色の反復をつづけていくのだろうと思っていた。ドルゼル伯爵の急使が手紙を届けるまでは――。

その日、姉の夢を見たのだ。

《将軍に会いたかった》

夢の中で姉はそう言っていた。目が覚めてから、やっぱりお姉ちゃんはメティス将軍に会いたかったんだと思った。自分もそうだった。せめて一日でも――。

その時、手紙が届いたのだ。

手紙は二つだった。

一つは、ドルゼル伯爵から。

もう一つは――ヒュブリデ王国国務卿兼辺境伯ヒロトからだった。

「うわっ……！」

素っ頓狂な大声を上げてベッドからこけ落ちた。一商人に一国のナンバーツーから手紙が届くなんて、普通にあるものではない。

「う、嘘……！」

目をまんまるくして、慌てて手紙を開いた。

《ドルゼル伯爵から今が蟹の旬だと聞きました。できれば、是非姉上直伝のムハラをご馳走していただければと願っております。仲間たちも楽しみにしております》

仲間ってことは、ヒロトのお友達だろうか？

《食事会のメンバーについては、ドルゼル伯爵にお伝えしました。伯爵にも、カリキュラ殿にお伝えいただくようお願いしてあります》

そう手紙には記してあった。

（誰が来るんだろ？）

ドルゼル伯爵の手紙を開いたカリキュラは、

「ひえ～っ！」

カリキュラは素っ頓狂な声を響かせてもう一度その場にひっくり返った。ヴァンパイア族の超トップクラスの面々の名前が記されていたのだ。おまけに――。

「うごあああああっ！」

カリキュラは妙な叫び声を上げた。奇声ではなかったが、言葉になっていなかった。

大物なんてものではなかった。

超大物である。

しかも、かなりの人数だった。代表は何人か知り合いを連れてくることになっているので、数十人分のムハラを用意しなければならない。自分が料理を振る舞わなければならないのだ。

（か、蟹～～っ！　蟹～～～～～～っ！）

身体が固まって、カリキュラは蟹のように横歩きで部屋を飛び出した。

第十三章　拒絶

1

マギア王国とレグルス共和国の間を、ヒュブリデ王国とピュリス王国の間を、悠々と流れる大河テルミナス――。

人の生死も、国の興亡も、ずっと見続けてきた大河が夕陽を受けて緑色の水面をオレンジ色に輝かせている。まるでオレンジ色の雲母のようである。

テルミナス河は恵みの河だ。河の上を恒常的に吹く風のおかげで、帆を張れば遡行できる。

今、数隻のヒュブリデ船がガレー船の護衛を受けながら西へと遡行していた。船縁に身体を預けて浮かない顔でテルミナス河の水面を眺めているのは、カリキュラの窮状を訴えに来た使者ロドンだった。

辺境伯に会うことはできた。枢密院会議でも話はしてもらえた。だが、具体策は――？

ゴルギント伯への明確な抗議は？

軍事行動は？

なしだ。

理由はわかっている。

明礬石だ。ヒュブリデはゴルギント伯に強い態度で迫って明礬石の輸入に支障が出ることを惧れているのだ。

ヒロトはヒロトなりに自分に誠意を向けてくれているのはわかる。ヴァンパイア族を同船させてくれるそうだ。

自分はカリキュラの部下。ゴルギント伯の手下に狙われる可能性がある。だが、ヴァンパイア族が同船していれば、ゴルギント伯も手を出せない。そのことについてはありがたいと思う。

だが、肝心の援助は――。

ヒロトが告げたのは、みんなでムハラを食べに行くという、頓珍漢な決断だった。言われた時には思わず聞き返した。それはカリキュラ様の名誉と関係のあることでしょうか？

ヴァンパイア族に振る舞うんだから名誉になるんじゃないの？　とヒロトは答えた。

そのことではありません。カリキュラ様を救っていただけるのでしょうか？

ヒロトの返事はこうだった。

——とりあえず飯。

屈託のない笑顔から繰り出された返事に腰が砕けそうになった。目の前の青年は真正の馬鹿ではないのかと思った瞬間だった。

つまるところ、こういうことなのだろう。ヒュブリデはゴルギント伯に対して本気ではない、ヒロトも例外ではない——。

金で手に入れた情報では、ゴルギント伯が何やら提案をしたらしい。どうも、ヒュブリデが欲しがる提案をしたようだ。

欲しがる提案となると、恐らく明礬石だろう。ヒュブリデは明礬石のために、ゴルギント伯と手を結ぶに違いない。

人の気配に気づいて、ロドンは顔を向けた。ヒロトが恋人のヴァルキュリアと甲板に出てきたところだった。

2

ヒロトは客室でババ抜きをして甲板に風を浴びに姿を見せたところだった。ババ抜きの結果については、頼むから聞くなである。

夕方が西の空に迫っている。もうすぐ船は港に着いて一泊する。明日にはサラブリアに到着である。

ヴァルキュリアがヒロトに身体を密着させてきた。首を預ける。いつでもどこでも、甘えたくなったら甘える、密着したくなったら密着するのがヴァンパイア族の女である。

「日が沈むな」

声に振り返ると、デスギルドだった。すぐそばにはゲゼルキアもいる。ヒロトと同じように風を受けに来たようだ。

「船はいいねえ……何もしなくても動いてくれる」

と楽しそうにゲゼルキアが言う。

「こんなに楽にできるのなら、何回乗ってもいいな」

とデスギルドが答える。

「船酔いもないしな」

ゲゼルキアの応答にデスギルドが噴き出した。

「お互い馬鹿みたいだな。何が船酔いだか」

「船酔い？」

とヒロトは聞き返した。

「船に乗ると船酔いをするというから、船に乗ると皆酔っぱらうのかと思っていたのだ。違うらしいな」

デスギルドの答えに、思わずヒロトは笑いをこぼしそうになった。ヴァンパイア族の世界に船はない。ないから、とんでもない妄想になる。それはヴァンパイア族でなくても、ヒロトたち人間であっても同じだ。

「船に揺られて気持ち悪くなることを、船酔いって言うんだ。お酒みたいに酔っぱらうわけじゃないよ」

「わたしはババ抜きで最下位四連発のことかと思ったよ」

ゲゼルキアの毒気のある突っ込みに、ぶっとヒロトは噴いた。思い出したくないことを思い出させられてしまった。頼むから聞くなの内容である。ヒロトはエクセリスたちとのババ抜きでも最下位だったし、ゲゼルキアたちとのババ抜きでも最下位だったのだ。それも、四連続で最下位だった。

「ヒロトは賭け事弱いからな」

とヴァルキュリアが言う。

「夜は強いのか？」

とゲゼルキアがきわどいことを聞く。

「弱いぞ〜」

ヒロトはまたぶっと噴いた。気持ちよくていつも我慢するのにヒイヒイなのは二人だけの秘密……のつもりだったが、ヴァンパイア族はこの手の感覚がずれている。

(きょ、今日は負けの日か……?)

「ムハラとやらはそんなに美味(うま)いのか?」

とデスギルドが真顔を向けてきた。

「キュレレがぞっこんだからな。あいつ、舌、肥えてんだよ」

とヴァルキュリアが答える。

うまくデスギルドとゲゼルキアの二人が受けてくれたなと思う。これからヴァンパイア族たちを連れてドルゼル伯爵の領地——居城へ赴(おもむ)こうというのだ。

ムハラを食べるためだけに?

もちろん。

ヴァンパイア族でゴルギント伯を威圧するために?

まさか。

ヒロトにそのつもりはない。ヴァンパイア族は口実だ。もう一人の強烈(きょうれつ)な女狐(めぎつね)を引っ張りだすための――。

自分が託した手紙はメティスに届いただろうかと思う。今度こそ、心を打つだろうか？

もしだめだったら？

その時はその時だ。

3

ヒュブリデ王国サラブリア州の対岸に、ピュリス王国のユグルタ州が広がる。茶色いレンガ造りのテルシェベル城の二階の部屋で、メティスは難しい表情を浮かべていた。

サリカ港の兵士がさらに三百人ほど増えた――その報告を、サリカ滞在中の密偵から受けたのである。

偶然？

すでに弓矢の準備も船員の調達も命じてある。その直後の、増員だった。偶然と判断する方が難しい。

（もう察したのか……？）

どこで漏れたのだと考える。

イチイを買い求めさせたこと？

船員？

（船員か……）

憎たらしい男は憎たらしいほど耳が早いようだ。ただバカで横暴なだけの者ならば、艦隊戦で無敗を誇ってもいまいし、とっくの昔に自分が葬り去っている。

（くそ、ゴルギントめ……）

メティスは唇を噛んだ。相手がメティス側の動きを読んでいるとなると、攻撃は成功しづらくなる。それでなくても、ゴルギント伯は艦隊戦で無敗であり、豊富な艦隊力を誇っているのだ。

現時点でトルカ急襲の再現は不可能である。元より再現を企図していたわけではないが、相当考えなければならない。

陸づたいで軍隊を移動して、サリカの対岸から港を攻撃するか？

それもゴルギント伯は読んでいるだろう。監視船が増えたという報告もいっしょに上がっている。

（くそっ……）

当初、何もするなと命じたイーシュ王の判断の正しさを、後追いで感じる。リアルに考えるなら、王の判断が妥当なのだ。

だからといってゴルギント伯への鉄槌をあきらめる？　恩人に対して、何もできませぬと答える？

それだけはしたくなかった。だが――恩義に報いようとすれば、敗北する未来が目の前にある。自分の敗北はピュリスの敗北だ。いや、ピュリスだけでは済まない。イーシュ王の顔にも、恩人イスミル王妃の顔にも泥を塗ることになる。

（どうすればやつに鉄槌を浴びせられるのか……）

「閣下」

また部下が部屋に入ってきた。

「辺境伯からの手紙です」

「あとで読む」

とメティスは後回しにした。

「今読んでいただきたい、そしてすぐに返事をいただきたいとのことです」

「できぬと答えよ」

「それが、来ているのがエルフでして」

メティスは唸った。

ピュリス国内には、少数派だがエルフがいる。エルフは国内のインフラストラクチャーを担(にな)っており、臍(へそ)を曲げるととんでもないことになる。

もちろん、来たのは隣国(りんごく)ヒュブリデのエルフである。だが、国境を越(こ)えてエルフ同士は深くつながっている。ヒュブリデのエルフに冷たく当たれば、高い確率で国内のエルフから抗議が来る。そしてエルフの抗議はインフラの凍結(とうけつ)と結びついているので恐(おそ)ろしい。

「読め」

とメティスは命じた。

「最強の舟相撲(ふねずもう)の人へ、最弱の舟相撲の人より送る」

と部下は朗読を始めた。最強とはメティスのこと、最弱とはヒロトのことである。

部下が目をパチパチさせた。書き出しだけ読んで、止まっている。

「どうした、読め」

「それがすぐに終わっておりまして――」

「いいから読め」

「では読みます」

と部下は朗読を再開した。

「いっしょに悪巧(わるだく)みをやろうぜ」

（は？）

メティスはたぶん、声に出していたと思う。

「悪巧み？」

「悪巧みです」

「何と書いてある？」

「それだけです」

「そんな馬鹿な」

メティスは手紙を奪い取った。

《最強の舟相撲の人へ、最弱の舟相撲の人より送る
いっしょに悪巧みをやろうぜ》

「何だ、この手紙は！　これだけしか書いていないのか？」

メティスは部下に噛みついた。

「そのようで――」

「エルフを呼べ」

すぐに部下が引き下がり、部屋にエルフが入ってきた。

「何だ、この手紙は？　内容を聞いておらぬのか!?」

とメティスは手紙を突きつけた。

「我々は読むように言われておりませんので」

「なら、読め」

とメティスは命じた。エルフが手紙を受け取って目を通す。

「聞いていることを話せ」

「我々が聞いているのは、とにかく我々エルフがメティス将軍に手紙を届けに行くように、そして必ず返事をもらってくるようにということだけです」

メティスは思わず黒髪を掻いた。

「悪巧みでは何もわからぬではないか。ヒロトは何を考えておる？」

「悪巧みの人ですので、我々にもわかりませぬ」

とエルフが答える。

「ええい……！」

髪を掻きむしって、メティスは考えた。

こういう書き方や言い方をする時のヒロトは、何かを考えたか思いついた時なのだ。きっと何かを思いついているはずなのだ。

（いや、待てよ）

メティスは深読みした。

（わたしが会わぬと言うておるから、策がないのにある振りをしているのではないか？　悪巧みなどとわたしが引き寄せられる言葉を持ち出して、わたしと会おうとしているのではないか？）

そうだ。

きっとそうに違いない。

（策尽きて愚策を弄してきたか。その手には引っ掛かるか）

メティスは見破ったりの笑みを浮かべて、エルフに答えた。

「返事はこうせよ。その手には乗らぬ。多忙の者に会う時間はない」

第十四章　キモい女人

1

ヒュブリデ王国サラブリア州州都サラブリア――。

ごついアグニカ人の商人ゾドスは、ようやく罰金の五百ヴィントを仲間に払ってもらって、娑婆に出たところだった。

昼の日差しが眩しい。

くそったれめと思う。今回のことで借金をこしらえてしまった。全部ヒュブリデのせいである。

ゾドスは裁判所を出た。前方にサラブリア港の埠頭と碧色のテルミナス河が見えた。上空を黒い影が通りすぎていった。

二人のヴァンパイア族だった。人間たちの町の上を、黒い翼を広げて悠々と北へと飛んで行く。向かうのは、恐らくサラブリア州の中心、ドミナス城だろう。

ゾドスは唾を吐いて毒づいた。

二度とこの町に来るか。もうヒュブリデはたくさんだ。

2

渡り橋がサラブリア港の埠頭に架されると、ヒロトは甲板に出た。

運命の時？

まだだ。

だが、すでに序曲には入っている。これから自分はメティスを口説くことになるのだ。

会える？

一発で会えるかどうかはわからない。

今回、メティスはかなり感情的になっている。ヒロトにも一方的に激怒している。すぐには会えないかもしれない。

でも、すぐに会わなければならない。そしてそのための手は、すでに考えてある。

ヒロトは後ろを振り返った。ミミアとエクセリス、そしてソルシエールが仲良く並んでいる。

盾と剣を携えた骸骨も見えた。骸骨族のカラベラである。ヒロトとはソルム城時代からの付き合いになる。

（ヴァルキュリアは――？）

黒い翼を広げて滑空する姿が見えた。着地してヴァルキュリアがヒロトに身体を押しつける。

「忘れ物？」

「そ、忘れ物」

と胸をこすりつける。

久しぶりに父親に会うからテンションが上がっているのか。久しぶりに船の旅行をしたから、楽しかったのか。

ヒロトはヴァルキュリアと並んで橋を渡った。下で待っているのは、二メートルほどの巨漢――サラブリア連合代表のゼルディスだった。ヴァルキュリアの実父である。

ゼルディスを見ると、心が和らぐ。今回は協力を仰ぐことはできないが、それでも会うと安心感がある。

ゼルディスのすぐそばには長身の眼鏡、ヒロトの幼馴染み相田相一郎がいた。相一郎を見るとほっとする。ヒロトにとっては唯一同じ世界の人間であり、同郷の人間だ。

相一郎の隣には、ヴァルキュリアの実妹キュレレがいた。片手を相一郎とつなぎ、もう片方の腕で本を抱えている。きっと今夢中になっている本だろう。

キュレレはヴァルキュリアの姿を認めると、

「お姉ちゃん」

とタタタと小走りで姉に駆け寄った。

「その本、もらったやつか？」

とヴァルキュリアが尋ねる。キュレレはうなずき、いきなり挿絵の頁を開いた。現れたのは、目の玉が飛び出したグロい絵だった。

「うわっ、なんだ、これ」

とヴァルキュリアが声を上げる。キュレレは見ないように片目を閉じている。ヒロトは横から頁を覗き込んだ。なかなかグロい絵である。

「相一郎、こんな挿絵の本あるのか？」

「あるんだよ。キュレレが怖がって」

「おまえ、落書きで変な絵に描き直してやれよ」

「絵心ないって」

と相一郎が苦笑する。

ヴァルキュリアは他にグロい絵がないか、本をめくっている。うわっ、すげえと言っているのは、もっとグロい絵があったのだろう。

ヒロトはゼルディスに顔を向けた。無言で抱き合う。ヒロトにとっては、いつか義理の父となるかもしれない人である。

「ご無沙汰してます」

「少し痩せたな」

とゼルディスが言う。

「そうですか？」

「アグニカの件か？」

とゼルディスが尋ねる。

「協力してやれればよいのだがな。アグニカには手を出さぬのが我らの取り決めだ」

とゼルディスが申し訳なさそうに言う。

「ガセルに行くからといってガセルに味方するわけではないのだろう？」

「自分たちで片づけるつもりです」

とヒロトは答えた。ゼルディスがうなずく。

州長官補佐のダルムールも来ていた。ソルシエールの実父である。

「ヴァンパイア族が偵察してくださった。またサリカ港は騎士が三百人ほど増えたそうだ。警戒しすぎではないのかという噂が流れている。港付近でも、ゴルギント伯の艦隊がうようしているそうだ。ガセル軍が攻撃してくるのではないかという噂が流れているようだ」

もう動いたのか……とヒロトは思った。メティスが攻撃にシフトしたことはヒロトも知っている。同じことをゴルギント伯も知っているということだろう。機を見るに敏なりの男である。さすが港にいるだけあって、情報をつかむのが早い。港や市など、交易の場所は情報が手に入る。そこを根城とする人間となれば、耳も聡いということだろう。

「ところで、気になっているのはメティスからの返事ではないのか？」

とダルムールが手紙を差し出した。

思い切り気になっていた。ヒロトはすぐに手紙を開いた。

《その手には乗らぬ。多忙の者に会う時間はない》

ヒロトは苦笑した。だめな時のことは予想していたが——。

「返事はよろしくないようだな」

とダルムールが苦笑する。それから声を潜めた。

「ユグルタにもうちにも、アグニカの商人が出入りしている。ゴルギント伯の密偵ではないかという噂だ」

ヒロトはうなずいた。

（つまり、これからおれがメティスを訪問すれば、ゴルギント伯に筒抜けになるってことだ）

さて、どうする？

正々堂々とバラしてやる？

まさか。

考えていたオプションを発動だ。

（まずはメティスを口説く準備を）

口説ける？

もちろん。こういう時のことは考えてきたのだ。たぶん、会えるはずだ。返事があったというのは、何よりもよい兆候だ。

「ドレスって手に入るかな？　ちょうどおれと同じ身長の感じ」

とヒロトはダルムールに尋ねた。

「入るが、何に使うのだ？」

「驚かせようと思って」

とヒロトは微笑んだ。それからゼルディスに顔を向けた。

「籠を用意していただいていいですか？」

「かまわんが」

「それから、一つ偵察を」

「何を探るのだ？」

ゼルディスの問いに、ヒロトはウインクして答えた。

「疑り深い女」

3

赤茶けたレンガでできたテルシェベル城を、十名の騎士とともに白装束の爆乳の女将軍が出発したところだった。

ピュリス将軍メティスである。これから巡察だった。

ユグルタ州は広い。

それで、時々自ら馬を駆って州内を巡っているのだ。普段は官僚や騎士たちの報告で済ませているが、報告だけでは今ユグルタがどうなっているのか、北ピュリス人の不満はどうなのかをつかみ損ねてしまう。間接的情報では、肝心の肌感覚——別の言葉で言うと温度感——が抜けるのだ。温度感のない情報は、判断を誤らせる。

メティスたちは丘を越えて、かつてキュレレが花を摘んでいて、教団の指導者を返り討ちにしたところにやってきた。

生憎花は咲いていない。だが、一面緑である。ピュリス王国の南部は乾燥地帯が多いので、一面の緑を見るとメティスはほっとする。

「将軍……！」

ふいに先頭の騎馬が立ち止まった。すぐ脇を固めていた古参の騎士が遠く空を指差した。

空から籠が——降下してくるところだった。籠を運んでいるのは、屈強な四人のヴァンパイア族である。

一目で正体がわかった。

（来たな）

ヒロトに間違いあるまい。自分がよい返事をしないので、痺れを切らして乗り込んできたのに違いない。

「やりますか？」

と騎士が確認する。

「死にたいか？」

とメティスは聞き返した。返事はない。騎士も本気で尋ねたわけではないようだ。ヴァンパイア族を攻撃して無傷でいられるわけがない。

「ヴァンパイア族には手を出すな。もちろん――」

籠が着地した。中から白装束の人間が姿を見せる。

メティスは目を細めた。現れたのは女だったのだ。ヒロトではなかった。白いドレスを着た女である。

（エクセリスとやらか？）

いや、違う。髪の毛は黒だ。顔は――。

（は？）

メティスは目が点になった。

顔は知っている者だった。見間違えるはずがなかった。だが、なんという組み合わせであろうか。

衣装は女のドレスだった。だが、衣装の主は、メティスにさんざん手紙を送ってきた相手――ヒロトだったのだ。頭に長髪の鬘をかぶっているが、間違いなくヒロトである。

「貴様、何をしておる！　いつから女に鞍替えした！」

とメティスは怒鳴った。答えの代わりにヒロトがドレスの両方の裾を引き上げてみせる。

メティスは吐きそうになった。男が女のドレスを着て女の振りをしても、純粋にキモいだけである。

「わたし、キレイ？」

とヒロトがしなしなしたポーズを取ってみせる。

「ドアホめ！　斬るぞ！」

罵倒で返す。

「斬る相手はゴルギント伯じゃないの？」

「艦隊派遣できぬ者が何を言うか！」

と怒りを込めて罵倒をぶつける。だが、ヒロトは罵倒に対しては答えなかった。妙な誘いを掛けてきたのだ。

「いっしょにムハラを食いに行かない？」

「たわけ！　女に化けた者といっしょに行くか！　貴様でなければ斬っておるぞ！　ここは我が領地だ！」

もちろん返事はＮＯである。

「美味いんだよ。カリキュラが料理してくれるんだ。シビュラのレシピだって」

痛罵しようと口を開いたメティスは、シビュラという一言に罵倒を引っ込めた。

シビュラ――。

自分が会ってやれなかった女、救ってやれなかった女の、レシピ――。

「ヴァンパイア族の代表も三人来るんだ。北方連合代表デスギルド。ゲゼルキア連合代表ゲゼルキア。サラブリア連合代表ゼルディス。もちろん、ヴァルキュリアとキュレレも来るよ。ヴァンパイア族といっしょにムハラを食べたことないでしょ？　いい機会だと思うよ」

とヒロトはからっとしている。

そう。

また、あのからっとした感じだった。ヒロトは特に何か妙案を思いついた時、こんなふうにからっとした空気を漂わせる。

ヒロトの言う通り、確かにヴァンパイア族といっしょにムハラを食べたことはなかった。といっても、今食うべきとは思えない。

無視する？

無視するにしては、参加者が魅力的すぎた。ヴァンパイア族の連合の代表が三人も一堂に会するのだ。このような機会は二度とないに違いない。おまけにヴァンパイア族との友好な関係の維持は、王から命令されている。

(ヴァンパイア族を引き入れることに成功したのか?)

「貴様、まさか——」

「ヴァンパイア族はゴルギント伯への制裁には関わらない。でも、いっしょに飯を食えば道は開かれる。悪巧みの道がね」

とヒロトが答える。

ヴァンパイア族は来ない?

一瞬、来るのかと期待した。来ないのならば——。

「ガルデルでも誘え」

とピュリスのもう一人の勇将の名前をメティスは挙げた。

「せっかく激辛の悪事を企んでるのに。面白いよ。きっとイスミル王妃も喜ぶと思うよ」

「貴様に殿下の名を口にする資格はない」

と突っぱねる。

(今回の件に関してはヒロトは頼りにならぬ。口を利いたわたしが馬鹿であった)

「行くぞ」

部下に声を掛けたメティスに、ヒロトが声の調子を明らかにシリアスなモードに変えて話しかけてきた。

「ゴルギント伯がサリカ港の騎兵を三百人ほど増やしてる。サリカ港付近にはゴルギント伯の艦隊がうじゃうじゃしている。イチイの木の購入、ポプラの木の伐採。サリカを落とすつもりなんだろうけど、厳しいよ。メティスだってわかってるはずだ。トルカのような奇襲は成立しない。ゴルギント伯が待ち構えている中へ、メティスにとって初めての艦隊戦を挑むことになる。メティスが負けるとは思っていないけど、ゴルギント伯は負けなかっただけでも声望を高めることになる。それはイスミル王妃にとっては最も望まないことだ」

メティスはきっと目を剥いて顔を向けた。

「貴様が最初に艦隊を派遣しておればこうはなっておらん！」

「だから来たんだ」

とヒロトは肝の据わった目で答えた。

籠で到着したばかりの時と、明らかに目の色が変わっていた。声色も一段と迫力を増している。本気で相手を説得に掛かった時のヒロトのモードだった。

「艦隊派遣はもう考えていない。いっしょに派遣すれば何とかなるかもしれないと思っていたけど、何ともならない。ハイドラン侯爵にもラスムス伯爵にもマルゴス伯爵にも意見を聞いた。皆ぶっ叩けと話していた。陛下からも、もしぶっ叩けるのなら叩けと命じられている。メティスとおれとなら、ぶっ叩ける。悪巧みを仕掛けられる」

芯の通った強い声だった。

手紙では決して伝わらない声。決して伝わらない決意――。

（本気か？）

メティスはヒロトの目を見た。ヒロトはじっとメティスを見ている。服こそ女物のドレスという場違いなものだが、目は剣先のようにメティスを見据えている。

「貴様、何を考えている？」

「悪巧み」

と答えて、ヒロトはメティスに歩いて近づいてきた。

「閣下」

とメティス護衛の騎士が剣に手を掛ける。

「ヒロトにはわたしは討てぬ。そういう男ではない」

ヒロトはメティスの馬のすぐ横へやってきた。耳を貸してと合図する。メティスは下馬した。

「戯言なら斬るぞ」

「斬れるものならね」

ヒロトはメティスの耳に顔を近づけた。ひそひそと悪巧みを囁く。

はっとしてメティスはヒロトに顔を向けた。

「貴様、まさか――」

「悪巧みだろ？」

とヒロトが微笑む。悪巧みと言いながら、屈託のない、人懐っこい笑みだった。いつものヒロトの笑顔である。

だが、すぐにヒロトの笑顔は真顔に戻った。

「ゴルギント伯に対して正面突破は無理だ。今回は色々と役者に動いてもらわないといけないけど、動いてもらえればでかい果実が手に入る」

「ゴルギントはどうする？」

と肝心のことをメティスは尋ねた。

「もちろん、我が国の法の下に入る。でも、何が起きるかはわからない。世界は不確定だから」

とヒロトが答えた。

何が起きるかはわからない。世界は不確定だから――。

ヒロトらしい言い方だった。

不可抗力で何かが起きても自分の知ったことではない。そうヒロトは言っているのだ。言明していないが、ヒロトなりの婉曲表現だろう。

「何かが起きたらどうする？」

とメティスは挑発した。

「世界は不確定だから」

とヒロトが繰り返す。

「それも作戦のうちか？」

「世界は不確定だから」

「なるほど。悪巧みだ」

とメティスは初めて唇に笑みを浮かべた。

「いっしょに悪人にならない？　お互い、美味いムハラを食って悪代官になろうよ」

とヒロトが微笑む。

「連絡は？」

「ドルゼル伯爵に用意してもらってる」

とヒロトは答えた。

手が早い。自分が承諾するのと確信していたのか。

「船はどうするのだ？」

ヒロトは微笑んで答えた。

「こっちで用意してある。おれたちは巡礼者となる。その後、商人となる」

謎めいた言葉をヒロトは投げつけた。作戦を聞かされたメティスにだけはわかる言葉である。

「で、ＯＫなら、おれを盛大に平手打ちしてくれる？」

「は？　なぜだ？」

ヒロトが再び、屈託のない笑みを浮かべた。

メティスは思わず聞き返した。なぜヒロトを打たねばならないのか、わからない。

「叩かれたい年頃。おれがよろめくぐらい盛大に」

とヒロトがウインクする。

「これも一つの悪巧み」

とヒロトが挑発する。

（何かよう知らぬが、引っぱたいてくれる……！）

メティスは盛大に平手を放った。乾(かわ)いた平手の音が派手に響(ひび)きわたった。ヒロトがかぶっていた長髪(ちょうはつ)の鬘が吹(ふ)っ飛んで砂地に落ちた。それを、遠くからアグニカ人の密偵が凝視(ぎょうし)していた——。

第十五章　面従腹背

1

アグニカ最大の港サリカ――。

サリカ伯ゴルギントは、ふかふかの深紅のソファに巨漢を預けてジゴルから直々に報告を受けたところだった。

ヒュブリデ王国のシギル港で少し出港のトラブルがあって、到着が遅れたらしい。ジゴルはゴルギントの面前で縮こまっていた。ゴルギントの一番の命令は、ヒロトを失脚させてこいである。

失脚には失敗した。だが、協定については予想外に進展があった。といっても、条件調整がついている。

・第二項を「ゴルギント伯は裁判協定を遵守する」に変更する

・第二項について、「有事の派兵」を「有事の中立」に置き換える
・第三項について、二十座のガレー船三隻を必ず明礬石を積んだ我が商船に随行させ、決して明礬石の輸出制限をしないという条件を加える

以上のうちどれかを選ぶようにと選択肢を提示してきたのだ。

（小賢しい真似を）

とゴルギントは鼻を鳴らした。クソ条件を付け足してきたのは、きっと辺境伯に違いない。賭勝負もできないクソガキが追加してきたのだろう。

正直、第一の選択肢は論外だった。辺境伯の汚い手に塗れたクソ法案を誰が遵守するものかと思う。

第二の選択肢は微妙であった。中立ということはピュリスにもガセルにも味方しないということだが、それではピュリスやガセルへの抑止力にはならない。

ピュリスもガセルも、ヒュブリデが貴族会議の反対で大規模な派兵ができないと知っているかもしれない。だが、それであっても貴族会議が決議を翻す可能性はある。今は現実的には難しくても、アグニカに味方するという条項があった方が、ピュリスとガセルに対して睨みを利かすことができる。

選ぶべきは第三の選択肢であった。

ガセルとの戦争中に三隻ものガレー船を割きたくない？

もちろん。

だが、約束など破るためにあるようなものだ。約束と反故の可能性とはつきものである。

「三番目を受けてやると答えてやれ。ガレー船は三隻つけてやる」

とゴルギントは答えた。

「よろしいのですか？　宰相のパノプティコスは、約束が完全に忠実に履行されるのが条件だと」

とジゴルは驚いた様子である。

「履行してやる。ただし、誰も精鋭を乗せるとは言うておらぬ。素人の農民でも乞食でも、乗せればよい。どうせ時間稼ぎのために出した方策だ。まともに受ける必要はない。面従腹背で済ませればよいのだ」

とゴルギントは答えた。

（これを考え出したのは辺境伯に違いない。恐らく、時間稼ぎをして、その間にピュリスと共同で艦隊派遣をしようという魂胆であろう）

「辺境伯はピュリスに向かったか？」

とゴルギントは尋ねた。

「サラブリアには戻ったようでございます」

思った通りだった。

(メティスのおるユグルタとは目と鼻の先だな)

「で、会うたか?」

「現地の我が国の商人の話では、籠が飛んでいったと」

「やはりか。で?」

と先を促す。

「それが女だったと――」

「女? そんなはずがない。辺境伯のはずだ」

「その先がございまして、しばらく話をしていたが、いきなり殴られたと」

「何?」

「その際、鬘が吹っ飛んだそうでございます」

「鬘?」

「はい。現れたのは小柄な若い男で、男はよろめいたと」

「何!? まことか!?」

思わず大声を上げてしまった。

「はい、それで籠に乗り込んで引き上げたと。どうやら辺境伯だったようで」

ゴルギントは大音声を響かせた。

「うはは！　馬鹿者めが！　わしを騙すために女の衣装を着たのだろうが、殴られて正体がバレたか！　大馬鹿者の小わっぱめが！　メティスに共同での艦隊派遣を持ちかけたのだろうが、聞くメティスか！　やつは戦争をする気満々でおる！　艦隊派遣如きで満足するはずがない！」

さらに嘲笑の声をゴルギントは響かせた。それからジゴルに命じた。

「とにかくメティスの動きに注視せよ。やつは必ず来るぞ」

2

オレンジ色の土壁でできあがったテルシェベル城の二階の寝室で、メティスはずっと目を開いていた。

眠れない。

不安だから？

もちろん、違う。

久々に興奮している。

正直、兵を率いて突撃する手は行き詰まっていた。ヒロトが指摘した通り、ゴルギント伯は自分が来るのを――そして自分を敗北させるのを――待ち構えている。

それでも突っ込む？

突っ込めば、形式的にはイスミル殿下への恩義は返したことになる。しかし、一撃も浴びせられずに撃退されたのでは、実質的には恩義を返せなかったことになる。

そこへヒロトがやってきたのだ。

正直、面食らった。自分が知っているヒロトだった。女装姿を見て、思い切り引いた。だが、その後のヒロトはいつものヒロトだった。自分が知っているヒロトだった。ヒュブリデの態度に、いったいヒロトは何を考えているのかと激怒したが、ヒロトはやはりヒロトだった。

ヒロトの心の奥にためらいがあるのは、自分にはわかっている。それは自分にはないためらいだ。

だが、ヒロトは最終的には仕方がないと考えている。覚悟をしている。自分はそれに便乗するまでだ。

ゴルギントは自分が倒す。

あの男は滅(ほろ)ぼさねばならぬ相手だ。

危険が伴(ともな)う？

危険とは思わない。自分が手持ちの兵を率いて乗り込む方が、危険度は高い。ヒロトの策に乗る方が遥(はる)かに低い。

（どうやってやつを始末するか……）

メティスは宙を睨んだ。

（もう一つ駒(こま)がいるな……）

第十六章　商人見習い

1

その日は朝から、カリキュラはおおわらわだった。四十人近くのムハラを用意しなければならないのだ。エプロンを着けて、自宅から連れてきた料理人に指図して大忙しである。

ドルゼル伯爵も心配になって厨房に顔を見せた。

「準備は進んでおるか？」

「やってます……！　いついらっしゃるんですか？」

とカリキュラは聞き返した。

「執事が迎えに行っている。港からは馬で来ることになっている。ちょうど昼過ぎになるのではないかという話をしている」

昼過ぎなら間に合う。

でも、それより早く来たら――？

「あぁぁぁあっ！」

カリキュラは大声を上げた。

「落ち着くのだ。もし早くいらした場合にはわたしが何とかしよう」

と伯爵が言ってくれる。

「とにかく美味(うま)いと言ってもらわねばならぬ。ヴァンパイア族の連合三人が一堂に会するなど、初めてのことだ。その上ヒロト殿(どの)にメティス将軍も見える。このようなことはもうないかもしれぬ」

とドルゼル伯爵も興奮している様子である。

カリキュラは興奮どころではなかった。とにかく、目の前の仕事を一つ一つ片づけるのみである。

「蟹(かに)の方はどうだ？　しっかり浸(つ)かっているか？」

カリキュラはうなずいた。レシピは姉のシビュラが用意したものだ。きっちり分量も計ってやったから、間違いはない。

カリキュラは宣言した。

「これから、煮込(にこ)みます」

2

白い一枚布とフードに身も頭も包んで、ヒロトはガセルの港に下船したところだった。普段、ミドラシュ教の巡礼者の服は着ないので、変な感じである。

ヒロトのすぐ後ろには同じく白い一枚布のメティス、そしてゲゼルキア、デスギルド、ゼルディス、ヴァルキュリア、キュレレ、相一郎（そういちろう）とつづいている。ヒロトの護衛もメティスの護衛も、皆白い一枚布――ミドラシュ教の巡礼者の衣装に身を包んでいる。自分たちは巡礼者という設定なのだ。

「こちらへ」

とドルゼル伯爵の執事が先導を始めた。ヒロトとメティスがつづく。

いよいよ始まりの始まりだ。

ムハラが自分たちを待っている。しかし、ムハラは自分とメティスにとっては前菜にすぎない。その後にカリキュラを説得し、悪巧（わるだく）みを仕掛けることになる。

3

白い壁が眩しいドルゼル伯爵の三階建ての屋敷の正門の後ろで、カリキュラはエプロンを着けて待っていた。

ドルゼル伯爵は何度か厨房を見て、香りを嗅いで、最後に味見をして大きくうなずいて出ていった。屋敷の者に聞いたら、出迎えに行ったのだという。途中で執事と合流することになっているみたいだ。

ムハラは上手くできた。我ながら最高傑作である。姿は見えないが、きっとお姉ちゃんがそばにいてくれたのだと思う。

それでも、やはり心配でたまらない。

メティス様、本当に来てくださるのかな。ムハラ、美味しいって言ってくれるかな。お姉ちゃんの方がよかったとか言ったりしないかな。ヴァンパイア族の人たち、ムハラを気に入ってくれるかな。

不安と心配でお腹がよじれそうになる。自分の中では完璧な出来なのに、自分の料理を信じきれない。

蹄の音が近づいてきた。玄関の向こうから馬が近づいてくる。

（来た……！）

緊張は最高潮に達した。

先頭は執事、その後ろがドルゼル伯爵である。屋敷の者が扉を開け、執事とドルゼル伯爵が馬で入ってきた。その後ろから頭から足首まで白装束で包んだ者たちが馬とともに続々と入ってきた。次々と下馬する。

（き、き、来た〜っ！）

緊張でおかしくなりそうになる。

（どれがメティス将軍だろう……？）

姉のシビュラが会いたくて会えなかった人。自分も会おうとして会えなかった人。

小柄な人は、きっとヒロト様だ。白装束で顔を隠していてもわかる。

（そばの人がメティス様……？）

わからない。

「もう装束を脱がれてもよろしいですぞ」

ドルゼル伯爵の言葉に、先頭のフードの人物が白装束を脱いだ。下からまた白装束と長髪が露わになった。

顔を見た途端、カリキュラは胸がいっぱいになった。

（あ……）

言葉が出ない。

本当に来てくださった……。

やっとお会いできた……。

思いに涙がこぼれそうになる。相手も、カリキュラに気づいた様子だ。

「カリキュラだな？」

尋ねたのはピュリスの将軍メティスだった。

「カリキュラです……」

「すまぬ……！」

歩み寄ってメティス将軍はカリキュラを抱き締めた。

「いいえ……！　いいえ……！」

胸がいっぱいでそれ以上何も言えなかった。代わりに涙ばかりがあふれてきた。お姉ちゃんが会いたくて会えなかった人、自分も会いに出掛けて会えなかった人に、やっと会えたのだ。感激で胸がはちきれそうになって、涙ばかり流れてくる。

「姉の時にも会うてやりたかった。おまえが来た時にも会うてやりたかった。許せ」

「いいえ……！」

もう涙声でそれしか言えない。

手紙を読んだ時にはそんなはずがないと思った。メティス将軍が来るなんて、そんなはずがない。そう思った。でも――メティス将軍が来てくれたのだ。

メティスの後ろで、小柄な人物がフードを脱いだ。ヒュブリデ王国国務卿兼辺境伯ヒロトだった。今回の食事会の発起人である。

「ヒロト様……」

カリキュラは涙目をヒロトに向けた。今回、音頭を取ってくれた張本人である。ヒロトが食事会を言い出してメティスを誘っていなければ、自分は会えていない。

「紹介するよ」

とヒロトは斜めを向いた。その後ろで、二メートルの巨漢と美女が二人、白いフードつきの装束を脱いだ。背中には折り畳んだ立派な翼を持っていた。

ヴァンパイア族の三人だった。

「一番大柄な殿方が、サラブリア連合代表ゼルディス殿。赤毛で赤い翼の迫力ある美人が、ゲゼルキア連合代表ゲゼルキア殿。そして青い翼で金髪の美人が、北方連合代表デスギルド殿」

「世話になるぞ」

とゲゼルキアが告げる。

「美味いのか？」

と聞いたのはデスギルドである。

「辛いのがお口に合えば――」

「辛いのは好物だ」

とデスギルドが答える。

ヒロトはさらにヴァルキュリアを紹介した。キュレレと相一郎は、先日会っているので知っている。キュレレはカリキュラを見て、一言、ムハラと叫んだ。目がキラキラ輝いていて、食べる気満々である。

代表以外のヴァンパイア族の者たちの紹介も受けると、カリキュラは厨房に戻った。

まだ胸はいっぱいだった。

心があったかくて、涙がいっぱいだ。

本当にメティス将軍が来てくれた。お姉ちゃんが会いたくて会えなかった人が、来てくれた。ヒロトも来てくれた。

もちろん、二人がゴルギント伯に対して何かしてくれると決まっているわけではない。

でも、二人が来てくれたのだ。

（お姉ちゃん、来てくれたよ……！）

カリキュラは、天国の姉シビュラに話しかけた。

（メティス将軍もやっと来てくれたよ……！　お姉ちゃんが会いたかった人が来てくれたよ……！）

また目が潤むむ。カリキュラは涙を拭って、両方のほっぺたを両手で叩いた。

（いっぱいがんばってムハラを出そう……！）

4

大食堂は妙な緊張感に溢れていた。

デスギルドの左隣は、仲良しのゲゼルキアだった。右にはちびのキュレレである。ピュリスで合流したメティスという将軍は斜向かいでヒロトの隣だ。

絶対こいつはできるぞとデスギルドは思った。

自分の勘に間違いはない。この女は相当剣ができる。あのマギアの女親衛隊隊長の比ではないはずだ。今すぐ斬り合いたいが、そういうわけにはいかない。

男の給仕が部屋に入ってきた。白いスープ皿に盛られたのはムハラ——激辛の蟹料理である。

（おお……）

デスギルドは思わず口を半開きにした。

白い皿は赤いスープで満たされていた。見るからに食欲をそそる色である。そしてでかいオレンジ色の蟹は皿の真ん中にあって、緑色の野菜が添えてあった。周辺には脚が並べられている。

恐らく、蟹の甲羅と脚部を別々に分解して、その上で激辛スープに浸けて煮込んだのだろう。

（さて、脚から食うか？）

デスギルドが思案しているうちに、キュレレが真っ先に脚に手を伸ばした。脚には切れ目が入れてある。キュレレがパキンと音を響かせて脚を割った。激辛の赤いソースを吸い込んだ肉を、汁ごと喰らう。

（へ～え、そう食うのか）

見よう見まねでデスギルドもパキンとやる。ゲゼルキアもゼルディスもパキンと音を響かせる。

啜ってみた。

（美味っ……‼）

部屋中に響きわたるほどの大声を上げるところだった。少し淡白めの蟹の肉に、激辛のスープがよく沁み込んでいる。

「こいつは美味いな」

と声を洩らしたのは、ピュリスの将軍メティスである。ヒロトもヴァルキュリアも夢中で食べている。

「いけるな、こいつは」

と言ったのはゼルディスである。ヒロトがしきりに水をお替わりしているのは、きっと辛いのだろう。

「うん、美味い」

とゲゼルキアも同意する。

「お代わり」

とキュレレが言い放った。

「わたしもお代わりだ」

とデスギルドも名乗り出た。

「ただいま！」

と男の給仕が奥に飛んでいった。

「わたしもお代わりだ」

とメティスが軽く手を挙げる。デスギルドはにやっとメティスに対して笑った。

「おまえ、食うな」

「貴殿も大食漢だな」

とメティスが返す。

「剣、できるだろ」

「女の嗜みだ」

その言葉にデスギルドは爆笑した。隣でゲゼルキアも笑う。

「ピュリスの将軍に会うのは初めてだけど、おまえはちょっと気に入ったよ。でも、剣はわたしには勝てないよ」

デスギルドは軽く挑発してみた。

「それは頼もしい」

とメティスが返す。その言葉で、デスギルドはワクワクとともに確信した。

（こいつ、間違いなく相当強い……！）

5

ヒロトは料理に大満足だった。ゲゼルキアもデスギルドもゼルディスも、ガセルの激辛の蟹料理に満足してくれた。隣の食堂では、いっしょにやってきた二十名以上のヴァンパイア族がムハラを貪っているはずである。

ただ、食事することだけが目的ではない。食事の後が本題なのだ。カリキュラにはがんばってもらわなければならない。

（そろそろだな）

食事会が終わると、ヒロトは給仕の男を呼んで、自分の部屋にカリキュラを連れてくるように頼んだ。それから、メティスと目を合わせて食堂を出た。

いざ、本番へ。

前菜からメインディッシュへ。

フレンチのコース料理は、前菜→スープ→メイン（魚）→口直しのソルベ→メイン（肉）→デザートと進む。

さしずめ、今は魚のメインというところか。これからカリキュラの説得である。

「休むのか？」

とすぐにヴァルキュリアがついてきた。

ヒロトは一瞬、立ち止まった。

え？　来るの？　という感じだった。

悪巧みにはヴァルキュリアは関わらない。そもそもヴァンパイア族は関わらない。しかも、行おうとしているのは隠密の作戦である。隠密の作戦は、知っている人間が少ない方が成功しやすい。多くなれば情報が漏れて失敗する。

ヴァルキュリアを撥ね除ける？

自分の一番の彼女を？

正直、迷った。冷徹になるのなら、撥ね除けなければならない。だが、撥ね除ければ、ヴァルキュリアとの個人的な関係にひびが入る可能性がある。

「誰にもしゃべらないって約束してくれるなら――」

とヒロトは迷った末に答えた。

「いいぞ、親父にもしゃべらない」

ヒロトはうなずいてメティスに顔を向けた。メティスは反対の表情を見せなかった。

（ヴァルキュリアまでに留めよう）

ヒロトは自分の部屋へ向かった。すぐメティスが並んできた。

「確かに美味かった。できればシビュラが生きている時に食べたかった」

とメティスがムハラに対して正直な感想を言う。

「シビュラだったらどんなふうに変わってたんだろうな。レシピは同じみたいだけど」

とヒロトは答えた。

「わからん。だが、食べてやりたかった。わたしを一番頼りにしていたのだ」

ヒロトはメティスの横顔を見た。いつもクールな双眸の表面が、少し濡れているように見えたのだ。

（涙？）

わからない。

ヒロトにとっては意外だった。智将と呼ばれ、理性の人に思えていたメティスが、情緒的な部分を見せていた。

かつてヒロトを罵倒し、ヒロトの手紙を捨てたのは、よっぽどシビュラを救ってやりたかったのかもしれない。

「妹は絶対に救おう」

とヒロトは囁いた。

「無論だ」

とメティスが答える。

ヒロトたちはヒロトの部屋に入った。

ソファは三つ置かれていた。二人用のソファにメティスが座り、つづいて三人用ソファにヒロトが、つづいてヴァルキュリアが座ってヒロトに身体をくっつけてきた。

「キュレレが美味いと書いてきたの、わかったぞ」

とヴァルキュリアが目をくるくるさせる。ムハラは美味しかったらしい。

「結構辛かったけど、最後まで食えた」

「ヒロト、ひーひー言い過ぎだぞ」

思わず笑う。

ノックの音が鳴った。きっと彼女だ。

扉が開いた。不安げに姿を見せたのは、カリキュラだった。

6

カリキュラは思い切り緊張していた。ヴァンパイア族が喜んでいたのは厨房で聞いた。飛び上がるほどうれしかった。メティスも舌鼓（したつづみ）を打っていたと聞いて、ますますうれしくなった。

よかった。上手くいった。成功した。みんなに喜んでもらえた。

ほっとしている時に、ヒロトから部屋に来るように呼び出しがあったのだ。

「美味しくなかったのかな?」

給仕の男に尋ねた。

「いや。普通に美味しい美味しいって言って食ってたけど。褒美じゃないのか?」

用件は聞かなかったらしい。

いきなり不安になった。ヒロトが辛いのが苦手なのは聞いている。

(ひょっとして辛すぎたのかな。実は料理、気に入らなかったのかな)

不安の波が、心の砂の城に次々と押し寄せる。元々自己肯定感が高くはないので、不安なことが起きると、すぐに自信が消え失せる。

「スープ、残してた?」

とカリキュラは心配で尋ねた。

「いや、残してた客はいなかった」

「違う、ヒロト様」

「全部飲んでたよ。辛いけど美味いねって言ってた」

じゃあ、なぜ?

やっぱり褒美?

わからない。カリキュラはエプロンを外して、ヒロトの部屋に向かった。メティスに会う時も緊張するが、ヒロトに会う時も緊張する。相手はヒュブリデ王国のナンバーツーなのだ。若いが、ヒュブリデの実力者なのだ。

（クレームじゃありませんように……！）

カリキュラは、恐々と扉をノックした。

「入って」

とヒロトの声が聞こえる。カリキュラは扉を押して中に入った。

ぎょっとした。

部屋にはヒロトだけでなく、メティスもいたのだ。ヴァンパイア族の娘、ヴァルキュリアもいる。

「あ、あの……何かいけないところでも……」

不安から思わず声が小さくなった。

（や、やっぱりクレーム……⁉）

「美味かったぞ」

と開口一番メティスが言い放った。

「これがイスミル殿下が堪能された味なのかと感嘆しながら、味わった。実に美味かった。これなら殿下が気に入るのも当然だ」

少しだけ顔がほころんだ。だが、部分的である。顔が殻でできていて、固い殻と柔らかい殻に分かれていて、それで自然な笑みを妨げられているような感覚を覚える。顔の一部が化石になったみたいだ。

（ヒロト様は……？）

「ガセルの料理は辛いのが多いけど、その中でも抜群に美味いね。スープもちゃんと全部飲めた。残すのがもったいなくて」

とヒロトが感想を言う。

（よかった……！）

決してクレームではなかったのだ。

では、なぜ？

「実は来てもらったのは、料理の感想を伝えるためだけじゃないんだ」

とヒロトは切り出した。

「カリキュラに、人生で最大の勇気を出してほしいと思っているんだ」

（人生最大の勇気？）

何のことだろう。

わからない。

勇気と言われても、さっぱり見当がつかない。

「あの、勇気って――」

「もう一度、船に乗ってサリカに向かってほしいんだ」

カリキュラは絶句した。

殺されそうになってから、ずっと船には乗っていない。

まだ恐怖が残っている。

きっと自分は襲われる。また船に乗ったら、次こそ――。

「乗る前に言いふらしてほしいんだ。サリカへ訴えに行ってやる。ゴルギントを告発してやる。今度は絶対に引かない。そう言いふらしてほしいんだ」

「そんなこと――」

できるわけがない。

いくらヒロト様の命令でも無理。メティス様の命令でも無理。

断ろうとしたカリキュラに、

「引き受けてくれれば、商人見習いが二人乗り込むことになる」

は？

何を言っているのだろう。

そんなことを言いふらして船に乗れば、必ずゴルギント伯の私掠船がやってくる。商人見習いなんか乗せたら、絶対――。

「すみません、いくらヒロト様のお話でも――」

「ちなみに二人の商人見習いはカリキュラが知ってる人間だよ。たぶん、カリキュラが緊張する相手」

とヒロトは妙なことを言い出した。

知っている相手？

誰？

いや、誰でも関係がない。

「でも、やっぱり――」

断ろうとしたその時、メティスが席から立ち上がった。

「わたしから伝えてやろう。商人見習いの名は――」

メティスがカリキュラに耳打ちする。

「いっ!?」

思わず凍結した。

「え？　え？　え？」

「不満か？」

「で、でも――」

「案ずるな。おまえには指一本触れさせはせぬ。わたしが保証しよう。それでも引き受けぬか？」

カリキュラは目をパチパチさせた。

メティスが告げたのは、ヒロトとメティスが商船に商人見習いに扮して乗り込むというものだったのだ。

二人の名前を聞いて、拒絶なんかできるわけがなかった。メティスはピュリスが誇る名将である。剣もめちゃめちゃ強いと聞いたことがある。そのメティスが同船してくる――。

でも、なぜ？

「あ、あの、いったい何を――」

カリキュラの問いにヒロトがとびきりのウインクを見せて答えた。

「筋金入りの悪巧み」

第十七章　勝負

1

相一郎は少し酔った状態で大食堂を眺めていた。

ムハラは美味かった。前回カリキュラに振る舞われた時も美味かったが、今回は前回以上だった。

（もしかすると、これが本当のシビュラのレシピだったのかもな……）

ふいに大きな垂れ目が相一郎を覗き込んだ。

キュレレである。

「相一郎、げろげろ?」

「げろげろじゃないよ。酔ってるけど」

「平気?」

「平気」

キュレレが相一郎の頭を撫でる。酔いを醒まそうとしてくれているらしい。思わず頬が緩んでしまう。

ゲゼルキアとデスギルドは、酒を飲んで陽気に騒いでいた。

「まだ飲むぞ」

とゲゼルキアが言い、

「当然」

とデスギルドが応える。そこでゲゼルキアがはたと気づいた。

「ヒロトはどこ行きやがった？」

2

カリキュラが出ていくと、ヒロトは一山を越えたと一息ついた。メティスの説得もあってなんとか了承してくれた。

カリキュラが渋るのはわかっていた。命の危険を感じた現場に戻りたいなんて思う人間は、まずいない。

それでも応諾してくれた。これで準備は整った。あとはカリキュラが騒ぎ立てるのを待って、いざ船に乗り込み――。

いきなりノックもなしに扉が開いた。

「ヒロト～♪」

入ってきたのは、ゲゼルキアとデスギルドだった。二人とも妙に陽気だった。特にゲゼルキアの方ができあがっている。調子に乗って一杯やったのだろう。

「勝手に引っ込むな、飲むぞ～♪」

とヒロトの隣に座る。

「え～」

とヒロトはおどけてみせた。デスギルドが、メティスに気づいた。

「なんだ、おまえもいっしょか」

「ちと話すことがあってな」

とメティスが答える。

「秘密の話か？　さては悪巧みの話だな」

デスギルドの言葉に、ヒロトは微笑みながら心の奥でぎょっとした。

図星である。

「何の悪巧みだ。聞かせろ」

「え〜、それ、ベッドの中でしゃべることだから」

とヒロトは笑顔ときわどい冗談で躱しにかかった。ここでバラしている場合ではない。

だが、ヒロトの戦術に合わせない者が一人いた。

「聞いたら乗るか？　その代わり、聞かずに乗るのはできぬぞ？」

メティスがいきなりけしかけてきたのだ。

（いっ⁉　ちょ、ちょっと——）

今回の作戦はヒロトたち人間だけで行なう算段である。ヴァンパイア族は入っていない。

持ちかけられても困るのである。

「わたしと勝負したら乗ってやってもいい」

とデスギルドが答える。

（い〜っ！）

妙な方向に話が転がる。

ピュリスの将軍とヴァンパイア族の連合の代表とが勝負なんて、冗談ではない。怪我でもしたらどうなるのか。

「かまわぬぞ。相手に不足はない」

とメティスが受けて立つ。

（何〜っ！）

ヒロトは叫びそうになった。あっさりメティスが了承している。予想外の展開である。

「メティス、ちょっと——」

ヒロトはストップを掛けようとした。こんな危険な勝負はさせるべきではない。断固反対である。

だが、

「よし！　なら、今から中庭に行くぞ！」

とデスギルドも受けた。

しかも、今から——。

「よかろう」

メティスが快諾して立ち上がる。ヒロトは思わずメティスの手をつかんだ。

「待って……！　おれたちだけでやる予定——」

「流れというやつだ」

とメティスが笑う。

ヒロトは思い切り置いてかれた表情を浮かべた。流れではなかった。敢えて流れを変えたのはメティスである。隠密という言葉が光速で頭の中から消え去った。

「おまえも見に来るがいい」

とデスギルドはヒロトに言い残し、部屋を去った。

「ちょ――」

すぐにメティスが後を追う。ヒロトの言葉は背中に反射して虚しく消え去った。

「面白くなってきたぞ」

とゲゼルキアは上機嫌で二人を追いかけた。

最悪であった。

カリキュラを説得したまでは順調だった。だが、その後にゲゼルキアとデスギルドが乱入し、デスギルドとメティスが勝負することになってしまった。デスギルドが参加することになるが、土壇場で人員が増えるのは好ましくない。まずい流れである。

ヒロトはヴァルキュリアに顔を向けた。

「止めないと――」

「無理だぞ。デスギルドは勝負好きだからな。メティスも受けたたし」

「いや、しかし――」

「わたしも見てみたい」

ヒロトは凍りついた。

ヴァルキュリアも、やはりヴァンパイア族だった。戦闘の血が流れていた。

(何とかして止めなきゃ……)

夢中で策を考える。

(ゼルディスに……!)

ヒロトは部屋を飛び出して食堂に走った。果たして、ゼルディスはキュレレやヴァンパイア族の者たちと酒を飲んで談笑していた。

酔っぱらっている?

それでも、頼めるのはゼルディスしかいない。

「深刻な話があるんだ」

とヒロトはゼルディスに話しかけた。勝負が決まったことをこっそり耳打ちする。

「なんとか止めないと――」

と呻くヒロトに、

「それはいい。わしも見に行くぞ」

とゼルディスは笑みを浮かべた。ヒロトはひっくり返った。

3

中庭には人だかりができていた。

真ん中で剣を提げて立っているのは、メティスとデスギルドである。二人を、ヴァンパイア族一同とドルゼル伯爵たちが取り囲んでいる。キュレレは目を輝かせて父親のゼルディスとともに最前列に陣取っている。

「デスギルド、負けるなよ」

とゲゼルキアが声を掛ける。

ヒロトにとっては最悪の流れであった。

「なんで勝負することになったんだ？」

とヒロトの隣に相一郎がやってきた。

「それが――」

と経緯を話して聞かせる。相一郎は絶句した。

「まずい。どちらかが傷を負ったらまずい。ってか、勝負なんて、全然計画に入ってない」

とヒロトは呻いた。

「ヴァンパイア族は血の気、多いっていうか、こういうの好きだからなあ」

と相一郎が言う。

（な、なんでこんなことに――）

正直、計算外もいいところだった。勝負なんて、まったく想定していなかった。ヒロトの考えでは、起こるはずがなかったのだ。

デスギルドの血の気を見誤ったのか。

そうとしか言いようがない。ヒロトがヴァンパイア族の血の気を――そしてメティスの好戦性を見誤ったのだ。

デスギルドは不敵な笑みを浮かべていた。少し顎を引いて、メティスを睨みつけている。

メティスは、涼しい顔でデスギルドの視線を受け止めている。

ともにこれから戦うのが楽しみだという顔をしている。メティスもデスギルドも、ヒロトとは違う好戦的な種族だったのだ。

「ヒロト殿、見物ですぞ。わたしも一度対戦したことがありますが、メティス将軍は速い」

とヒロトの隣にドルゼル伯爵が並んだ。

「同感ですな」

とエルフの騎士アルヴィも同意する。

冗談ではなかった。

なぜ、みんなワクワクできるのか、ヒロトにはわからない。到底ワクワクできることではない。先にもっと大事なことがあるのだ。なのに、なぜメティスは——。

「いつ始めてもよいぞ」

とメティスが促した。デスギルドが剣を抜いた。

いよいよである。

メティスも剣を抜いた。ヒロトは唾を飲み込んだ。メティスとは何度も舟相撲をしているが、剣技を見るのは初めてである。

メティスの剣さばきに興味はない？

ないと言えば嘘になる。貴重といえば貴重である。

だが、もし負けたら——、これでデスギルドとの関係がこじれたら——と不安は尽きない。

かといって、ここでヒロトが大声を上げてやめさせるわけにはいかない。そんなことをしたら、ヴァンパイア族は全員冷めた目でヒロトを見るだろう。

もはや、どうにもできない流れだった。動き出した氷山を一人で止めることはできない。映画の中で機関車を止めてみせたスーパーマンにだって無理である。

デスギルドがヒロトの方を見た。

（え？　何？）

見ておれと言っている？

次の瞬間、デスギルドは突進した。走り出した時には、もうメティスの前に来ていた。

速いなんてものではなかった。

ヒロトは知らなかったが、この速さで、危うくマギアの親衛隊隊長は顔面を斬られかけたのだ。

だが、相手が違っていた。メティスはMLBのスラッガーが待っていたカーブボールを掬いあげるかのように、優雅に下から斬り上げたのだ。

双つの剣がガチンと金属音を立てて弾けた。

弾けた時には、もうメティスは剣を振り上げていた。いや、ヒロトが見たのは、剣を振り下ろすところだった。

（もう下ろしたの⁉）

一太刀から一太刀へのつながり、連続が速すぎて、ヒロトの目には剣さばきのプロセスが飛んで見える。

何食わぬ顔でデスギルドが剣でメティスの剣を払った。

二人とも、速い。

ともに互いの手を読んでいるのか？　互いの太刀を予測しているのか？

振り上げるデスギルドの剣を、メティスの剣が受け止め、いきなり横に一閃した。

（斬られる……！）

ひやっとした瞬間、デスギルドが両手で剣を縦に構えて一撃を受けた。えぐい金属音が散った。

妙にえぐい音だった。その音で、威力がわかる。ヒロトだったら、絶対剣を持てていない。デスギルドは両手で弾いているが、他の騎士なら、たぶん飛ばされている。

金属音と同時にメティスの身体が横に回転した。くるっとその場で回って横からデスギルドを払う。

デスギルドが剣を払う。えぐい金属音がまた鳴り響く。メティスの剣が相当に重いのだ。

払われたメティスの剣は小さな弧を描いてデスギルドの頭上から降りかかった。デスギルドが硬い金属音を響かせてメティスの剣を払い、後退した。

ほんの数秒にも満たない間の攻防だった。その間に両者はもの凄い速さと力で剣を向け、互いに剣を弾き合った。力と速さで突進するデスギルドを、鮮やかな、そしてなめらかな高速の旋回でメティスが弾き返して互角以上に戦ってみせたのだ。

まるで映画の中の剣闘アクションを見せられたような感じだった。

「凄い……」

と隣でドルゼル伯爵が呻いた。

「これは……」

と言葉を失ったのはアルヴィである。

デスギルドもメティスも、呼吸はほとんど乱れていなかった。互いにまっすぐ視線を向け合っている。

「おまえ、強いな」

とデスギルドが睨んだ。

「貴殿もな」

「だが、速さはわたしの方が上だ」

言い終えた時にはデスギルドは飛び掛かっていた。ヴァンパイア族は翼がある分、加速力が違う。人間と同じ速さで待っていると、予想よりも数十センチ早く相手が来てしまう。

デスギルドは肉体の力を駆使して、一瞬でメティスに迫り、剣を振り下ろした。

マギア王国の女親衛隊隊長は、すんでのところで剣を受け止めて事なきを得た。

して、メティスは？

半歩前に踏み込んでデスギルドの剣を弾き返していた。デスギルドの身体がわずかに泳ぐ。

メティスの剣の威力が強烈だったのだ。デスギルドが翼を羽ばたかせて後退する。だが、逃すメティスではない。

一歩、二歩、三歩、大股でステップを踏みながら斜め左から、斜め右から、渾身の力を込めて剣を振り下ろす。速すぎて剣の先端が見えない。

金属音だけが連続する。デスギルドが後退しながら剣を受け止めているのだ。

メティスの剣が横に一閃した。デスギルドはのけぞって剣を躱し、ぱっと後ろに飛びのいた。並の騎士なら、首に一撃を喰らっている。

メティスが不敵に笑みを浮かべた。デスギルドも、不敵な笑みを浮かべていた。

「おまえ、マギアの女とは違うね。やるじゃないか。おまえと斬り合うのは面白いよ」

とデスギルドが言う。

「貴殿も我がピュリスの剣士たちとは違うな。貴殿と戦うのは実に興味深い」

二人は同時に笑みを浮かべた。そして同時に剣を鞘に収めた。

もう充分に力はわかった。

そういう合図だった。

（お……終わったのか……？）

ゼルディスたちヴァンパイア族が、拍手を送った。キュレレも思い切り手を叩いている。

いつも絵本を読んでもらっている子とは思えない。

「ピュリスの女将軍もやるね」

とゲゼルキアも派手に手を叩きまくる。

ヴァルキュリアも、そしてドルゼル伯爵も、アルヴィも、盛大に拍手を送っていた。ヒロトが心配していた大事は起きなかった。誰も怪我しなかった。

（平穏無事に終わったぞ……）

メティスがデスギルドに歩み寄り、手を差し出した。デスギルドがメティスの手を握る。何かを囁いた。デスギルドが答える。

何を答えたのかはわからない。そのまま、二人して中庭を出て行く。

（話をするのか？）

ヒロトは後を追った。二人はヒロトの部屋に戻った。

（きっと話だ）

ならば、自分も居合わせなければならない。ヒロトは二人の後について自分のために用意された部屋に入った。

チンと音が鳴った。ちょうど二人が酒杯を合わせたところだった。

（え……？）

「今日は飲むぞ！」

とデスギルドが叫んだ。

「飲むぞ」

とメティスが呼応した。

（え？　え？　え？　話は――？）

「ヒロト、おまえも飲め！」

とデスギルドが誘う。

（何ーっ!?）

またしても予想外の展開だった。これから真面目な話をすることを考えると、飲まない方がいい。

しかし、相手は北方連合代表である。誘われたら、断れない。ヒロトは酒杯を手に取り、デスギルドから酒を注いでもらった。

「乾杯！」

とデスギルドが叫び、ヒロトもメティスといっしょに乾杯を叫んで酒を呷った。

（こんなことやってる場合じゃないんだよな……）

ヒロトはメティスに顔を近づけた。

「いつ話すんだよ」

小声で尋ねる。

「そのうち」

「そのうちって——」

いきなり部屋の扉が遠慮なく開いた。振り向いたヒロトが見たのは、

「お～、もう飲んでたか～っ！」

とからっと元気な声を響かせて入ってきたゲゼルキアだった。

（げえっ！　ゲゼルキアも来たら、内緒の話ができないじゃん！）

ヒロトは焦った。これから隠密の作戦の話をすることになっているのだ。秘密を共有している者の数は増やしたくない。

だが、ヒロトの気持ちも知らずに、ゲゼルキアがメティスの隣に座る。ますます内緒の話がしづらくなった。

「おまえ、なかなか凄いな」

とゲゼルキアは馴れ馴れしくメティスに話しかけてきた。戦いっぷりを見て、どうやらいっしょに飲みたくなったらしい。

「貴殿とデスギルド殿と、どちらが強いのだ？」

メティスの問いに、

「あいこだ」

とすかさずゲゼルキアが答える。

「そう、あいこ。胸の大きさもあいこ」

とデスギルドも合わせて、二人で笑う。

（これ、いつ、真面目な話を切り出すんだ……？）

不安がさらに募った。なんとなく酒が長引きそうである。ぐでんぐでんな方向へ向かいそうである。果たして、真面目な話はされるのか。

ヒロトがさらに不安になっていると、また盛大に扉が開いた。

「やっておったか」

ゼルディスであった。

（ぎええっ！　ゼルディスまで！）

ゼルディスもメティスのそばにどかっと腰を下ろす。

「貴殿はやるな」

とストレートに切り込んだ。

「貴殿は我が国のガルデルのような体格をされているな」

とメティスが返す。

「ガルデル？」

「わたしと並ぶピュリスの名将だ。勇将と呼ばれておる」

とメティスが答える。ゼルディスが思わず笑顔になる。だが、すかさずゲゼルキアが突っ込んだ。

「ゼルディスは違うぞ。こやつはただの親馬鹿だからな」

「何を言うか」

「何を言う。キュレレの前ではただの親馬鹿であろうが」

とゲゼルキアは容赦ない。ゼルディスは自ら酒瓶をつかんで、ワインを注ごうとした。

「わたしに注がせろ」

とメティスが途中で奪って酒を注ぐ。返しに、ゼルディスもメティスに酒を注ぎ返す。

「デスギルドと貴殿の武勇に」

とゼルディスが言い出し、ヒロトも合わせて五人で乾杯した。

（どんどん人数が増えていくぞ……いつ真面目な話をするんだ……）

隠密の話はもはや絶望的である。不安がどんどん増大する中、またしても扉が開いた。

「あ。もうやってる」

ヴァルキュリアだった。しかも、ヴァルキュリアだけではなかった。後ろにはちっこい垂れ目の女の子——キュレレまでもがいたのだ。

(ぎえ〜っ！　なんでキュレレまで！)

「おお、キュレレや！　パパと飲みたいのか？」

とゼルディスが目を細めて猫撫(ねこな)で声になる。

「来たよ、親馬鹿」

とゲゼルキアが突っ込む。

「これほどのかわいい娘なら、親馬鹿になっても不思議ではない」

とメティスがフォローする。

(ナイスフォローー！)

とヒロトは感嘆したが、感嘆している場合ではない。

「おいで」

父親に手招きされて、キュレレまで入ってきてしまった。

さらに絶望は深まった。正直、ちっちゃい子のいる場で話したいことではない。できるならば、ご遠慮願いたいところである。

だが、キュレレはゼルディスの大のお気に入りの愛娘(まなむすめ)である。文字通り猫かわいがりしている。いくらヒロトが良好な関係にあるといっても、さすがにキュレレを外してくれとは言い出せない。言えばゼルディスは怒りの魔神になる。

キュレレはそこが指定席であるかのように、ゼルディスのすぐそばにちょこんと腰を下ろした。垂れ目をぱちぱちさせる。

美味しいお酒出てこないかな。お酒楽しみ。そういう顔である。飲む気満々、居すわる気満々だ。

ゼルディスが酒を注ぎ、キュレレはぐびっとやった。

「いけるな」

とメティスが笑う。

「我が娘ながら、酒に強くてな」

「それは頼もしい」

ヒロトのいる世界からすれば、明らかに違法である。だが、この異世界では違う。ヴァンパイア族は子供でも大人なみのアルコール分解能力があり、身体にも影響がない。人間の身体とは違うのだ。飲める者は普通に飲んでいる。ヒロトの世界の法と道徳の基準で裁く方が無粋なのである。

とはいえである。

（どうやって真面目な話を――）

問題はそこなのだ。とにかく約束通り、デスギルドには内緒の話をしてもらわねばならないのだ。他の者にはわからないところで隠密に――。

メティスは途中から抜け出すつもりか？

智将と言われた女だ。

きっとそうなのだろう。しばらく親睦を深めて、頃合いを見て二人きりになり、計画を話すつもりなのだろう。それまでは交流を深めるということなのだろう。

「ところでメティスよ」

とデスギルドが口を開いた。

「秘密の計画とやらは、何をするのだ？」

（ぶっ！）

ヒロトは噴きそうになった。よりによってみんなが――しかもキュレレまで――いる中で、公然とデスギルドが作戦を尋ねてくるとは思わなかった。考えうる限り、最悪の展開である。

ヒロトはメティスに目で合図を送った。

しゃべるな。

二人きりでって言え。

「聞きたいか？」

とメティスがじらす。

「勝負したら乗るという約束だ」

とデスギルドが答える。

「わたしも聞きたいな」

とゲゼルキアが首を突っ込んできた。

（ぎえ〜っ！　やめてくれ〜っ！　興味を持たないでくれ〜〜っ！　しゃべったら計画は失敗する！）

ヒロトは必死に目で合図した。

しゃべるな。

洩らすな。

「ひみちゅの話？」

とキュレレまで首を突っ込んできた。突っ込んでほしくない時に限って、子供は突っ込んでくるものである。

「内緒のことをするらしいぞ」

とデスギルドが匂わせた言い方をする。

「キュレレ、ないしょ、しゅき。ひみちゅ、しゅき」

とキュレレがとんでもないことを言い出した。

（好きとか言うなっ！　ってか、好きじゃなくていいから！）

ヒロトは心の中で吠えた。

いかに好きをアピールされようと、世の中には話せないことがあるのである。相一郎がいれば何とかなるのかもしれないが、肝心の時に限って相一郎はいない。

「話せよ、メティス。我らは口は固いぞ」

ゲゼルキアが唆した。

ヒロトは戦慄した。

（その台詞、絶対信用できん！　絶対にしゃべるやつだ！）

絶対無理無理無理！　とヒロトは思った。自分から口は固いと言うやつで、本当に固いやつはいない。「口は固いぞ」とは言いふらすぞと同義である。

ヒロトはメティスに対して必死に目で合図した。

しゃべるな。

誤魔化せ。

秘密を守れ。

「しゃべると全員参加になるぞ？　いいのか？」

とメティスがまた吹っ掛けてきた。

（何〜〜っ！）

またその手を使うとは思わなかった。デスギルドに秘密の話か？　と聞かれた時にも、メティスは同じ手を使っている。

「かまわんぞ、話せ」

とゲゼルキアがけしかける。

また予想外の方向へ向かいはじめていた。危機管理的には、情報の漏洩は最悪のパターンである。秘密は断固死守せねばならない。情報を共有している者は最低限度に留めておかなければならない。

ヒロトは必死にメティスに目で訴えた。

やめろ。

絶対にしゃべるな。

デスギルドだけに話せ。

メティスはちらっとヒロトを見た。軽くうなずいてみせる。

（通じた？）

智将メティスだ。秘密を洩らせば計画が破綻（はたん）することはわかっていよう。ようやくヒロトの合図に気づいてくれたのだ。

（頼む、しゃべるなよ）

ヒロトの願いに、メティスは見事に受けて応えた。

「では、今から話そう」

ヒロトは盛大にひっくり返った。

第十八章　空騒ぎ

1

金の縁取りをした豪華な天蓋の白いベッドに、白いシャツを着て黒いショースを穿いた金髪の男が、うつ伏せに寝転がっていた。

後ろからでも、髪がさらさらなのがわかる。

が――。

男は動かない。

いや。少しだけ動いた。

「くそ……」

呪詛を口にした。ヒュブリデ王国国王レオニダス一世だった。

「つまらんぞ。ヒロトのやつ、何をやっている？　やはりメティスの説得に失敗したのか？

何の連絡もないぞ」

とシーツに向かって文句を言う。

しばらく沈黙し、いきなりがばっと顔を上げた。

「くそ……！　おまえがおらんとつまらんのだ！　早く帰ってこい！　死刑だ！」

2

死刑には遭っていないが、死ぬような思いをしている女が、ガセルにいた。サリカ港から東に少し下ったところにあるデギス港に、身長は百五十センチの痩身の女が現れたのだ。

胸はぺったんこだが、髪は黒い元気なツインテール。

童顔であった。中学生みたいな幼い顔だちをしている。美しい水色の長袖のワンピースを着て、袖のない短い丈の白いレースのケープを羽織っていた。そして左の手首には、シビュラが着けていた赤・青・黄色の数珠状のブレスレットを着けていた。

女商人カリキュラだった。

九死に一生を得てからずっと港から離れていたのだが、ついに港に出てきたのである。

「カリキュラじゃないか」

と顔見知りの商人が声を掛けた。

「今度船で出るの」

とカリキュラは宣言した。

「大丈夫か？　まだあの連中いるぞ」

「あんなヘボが怖くて商人やれるか！　ゴルギント伯みたいな糞、今度こそ叩きのめしてやる！」

　あまりの威勢のよさに、顔見知りの商人が引く。

「やめた方がいいぞ。また――」

「今度こそ、ゴルギントの糞を訴えてやる！　この間破られた訴状の分も含めて、絶対賠償させてやる！　ゴルギントも裁判官もボコボコにしてやる！　あんなクズが怖くて商売なんかできるか！」

　思わず商人は顔をひきつらせた。

「ま、まあ、元気そうでいいな……」

「絶対ゴルギントは潰す！　あのデブは潰す！　サリカのデブは潰す！」

　さらにカリキュラは叫んだ。それをアグニカ人の女が密かに聞いていた――。

3

翌日のことである。

深紅のソファに座って部下からの報告を聞いた時、サリカ伯ゴルギントは、一瞬聞き間違いかと思った。

「本当にそう言ったのか？」

と聞き返した。

自分に報告した相手は、惜しくもカリキュラを逃した私掠船の船長バルドだった。お慈悲で処刑は免れたのである。

「『今度こそ、ゴルギントの糞を訴えてやる！　この間破られた訴状の分も含めて、絶対賠償させてやる！　ゴルギントも裁判官もボコボコにしてやる！　あんなクズが怖くて商売なんかできるか！』と、そう言ったそうでございます」

シビュラの妹がしばらくおとなしくしていたのは知っている。相当堪えたのだろう、もう我が交易裁判所を騒がすクズどもは出てこぬぞ……そう安心していたのだが、どうやら見誤っていたようだ。

「愚かですな」

と執事がつぶやいた。

「頭がおかしくなったのですかな？　ヴァンパイア族はこの件には関わらない。ガセルの味方もしない。辺境伯も、メティスに共同での艦隊派遣を持ちかけて、平手打ちを食らっている。女装の鬘を吹っ飛ばされている。破れかぶれになったのですかな」

と執事が笑う。

「聞くに耐えぬ悪口も言っておったようで……」

と船長のバルドがつづける。

「何を言っておったのだ？」

「それが……」

とバルドが言葉を濁す。

「申せ」

とゴルギントは命じた。

「『絶対ゴルギントは潰す！　あのデブは潰す！　サリカのデブは潰す！』と――」

フンとゴルギントは鼻を鳴らした。

世間は馬鹿どもで満ちているが、世の中には死なねばわからぬ馬鹿もいるらしい。

「いかがなさいますか？」

と執事が促す。

「自由にさせておくと思うか？」

と逆にゴルギントは聞き返した。執事は首を横に振った。

「わしをデブ呼ばわりする者に生きる資格はない。今度は港に着く前に始末しろ。姉と同じところへ送ってやれ」

第十九章　襲撃

1

夜がガセル沿岸に訪れていた。

ヒロトはドルゼル伯爵の部屋で打ち合わせを終えて、骸骨族のカラベラとエルフのエクセリスといっしょに部屋を出たところだった。

最後のミーティングは終わった。参加者が色々と懸念点を出してくれて、それに対してはすべて潰すことができた。

「わたしも同船していいのですか？」

とカラベラが念を押す。

「いてくれた方が心強い」

とヒロトが答える。それからエクセリスに顔を向けた。

「本当に法的には大丈夫なんだよね？」

「ええ。どこの港も、どの商人も署名してるから」

と法に詳しいエクセリスが答える。

いよいよ明日である。

この時のために自分は作戦を立てたのだ。この時のために女装までし、そしてこの時のためにムハラを食べたのだ。

すべては明日のためにある。そしてすべては明日終結する。いや、終結させなければならない。シビュラとカリキュラのためにも、ヒュブリデの未来のためにも――。

「ヒロト」

声を掛けたのはメティスだった。ヒロトを追いかけてきたらしい。

「緊張しておるか？」

と笑みを向ける。

「全然。メティスもしてないだろ？」

メティスは軽く笑ってみせた。メティスが緊張するわけがない。

「明日、本当にかまわぬのだな」

とメティスは念を押してきた。

「おまえは、何が起きるかわからぬと言った」

「すべては不確定だから。もうわからないことが起きてるからね」

とヒロトは答えた。メティスが笑う。

「おまえは前には出ずに奥におれ。荒っぽいことはわたしがやる」

「あの服、また着ようか？」

とヒロトは提案した。女装した時のドレスのことを口にしたのだ。ぷっとメティスが噴く。

「今度着たら、殺すぞ」

「おれ、美人だったろ？」

「誰がだ」

「惚れたろ？」

「わたしは悪趣味ではない」

とメティスがきっぱり明言する。エクセリスがそばでくすくすと笑う。メティスも笑ってから、ふいに真面目な顔になった。

「シビュラの仇は取る。馬鹿に鉄槌を喰らわせてくれる」

強い宣言だった。ヒロトも呼応して応えた。

「ああ、シビュラの仇は取る。必ず落とし前をつけさせる」

2

心細い蝋燭の炎が、部屋をぼんやりと照らしていた。蝋燭の明かりは蛍光灯と違って、ぼんやりしている。暗闇から不鮮明な形で部屋のものを浮かび上がらせる。

カリキュラはツインテールを解いて、ベッドに腰を下ろした。

いよいよ明日だ。

正直、怖い。

自分は戦とか戦闘とか、そういうものとは無縁で生きてきたのだ。自分はお姉ちゃんほど勇ましくはない。

大丈夫なのかな。

わたし、殺されたりしないかな。

メティス将軍、怪我したりしないかな。

寝ようとすると、あとからあとから不安が押し寄せてくる。まるで不安の波に何度も削られているみたいな感覚になってくる。

自分でも、問うても仕方がないのはわかっている。もう決行は決まっているし、自分は行くしかないのだ。

餌として。

明日、いったいどんな気分で自分は船に乗るのだろう。きっと、ずっと緊張してお腹がおかしくなってしまうに違いない。

カリキュラは赤・青・黄色の三色のブレスレットを外した。落ちないようにサイドボードに置く。それからシーツに潜り込んで、あ、そうだ、まだ蝋燭の炎を消してなかったと気づいたところで、がしゃっと音がした。

サイドボードに置いたはずのブレスレットが落ちていた。

(なんで落ちたんだろう)

拾い上げてサイドボードに置くと、またひとりでにブレスレットが落ちた。

はっとした。

ブレスレットは姉の形見――。

「お姉ちゃん?」

思わず部屋の中に呼びかけた。

「お姉ちゃん、いるの?」

もちろん、返事はなかった。返事があるわけがないのだ。姉はもう死んで、肉体は消え失(う)せているのだから。

でも――。

（お姉ちゃん、何か言おうとしているんだ）

とカリキュラは思った。

危ないって言おうとしている？

わからない。

お願いねって言おうとしている？

わからない。

でも、お姉ちゃんも気にしている。きっと明日は――。

3

翌朝は見事に晴れ上がった。

カリキュラは姉の形見、三色のブレスレットを左手に着け、さらにイスミル王妃(おうひ)から賜(たまわ)った翡翠(ひすい)の髪飾(かみかざ)りを挿(さ)した。

それでも不安は拭(ぬぐ)えない。

自分は大それた真似(まね)をしようとしているのだ。今回で自分は本当に死んでしまうかもしれない。

強力な味方がいる？

それはわかっている。それでも、一度死にかけただけに――そして武人ではないだけに――不安の波に襲(おそ)われる砂の城になってしまう。砂の城は、不安の波には無力だ。

「お姉ちゃん、わたし、行っていいのかな？」

声に出して問うてみた。

もちろん、答えはない。

姉はどう思っているのだろう。昨夜は自分のそばに――この部屋に来ていたはずなのだが――。

（大丈夫なのかな……）

ノックが鳴った。入ってきたのは部下だった。今日、いっしょに商船に乗り込むことになっている。

「参りましょう」

「わたし、間違ってないよね？　馬鹿なことをしてないよね？」

とカリキュラは確かめた。不安で確かめずにはいられなかったのだ。

部下は微笑(ほほえ)んで答えた。

「大丈夫です。あの方たちなら」

4

テルミナス河はいつものように深い碧色(みどりいろ)だった。人の生死も、悲喜こもごもも、すべて呑(の)み込んできたような碧色だ。ずっと見ていると、呑み込まれそうな気がする。

——本当に命ごと呑み込まれてしまうかもしれない。

カリキュラはそう感じた。

自分の運命はどこへ向かっているのか。

死か。

それとも——。

自分でも、港でゴルギント伯を罵倒(ばとう)したことが怖くてならない。今だって、怖い。足はふるえそうだ。自分は生まれ変わっても戦士にはなれない。

(お姉ちゃん、わたし大丈夫だよね?)

問いかける。

でも、もちろん返事はない。

ぎゅっとブレスレットを握る。

（お姉ちゃん、もしもの時は助けて……）


航海は不気味なほど順調だった。サリカ港までは数時間掛かる。帆を張り、風を受けて商船は進んでいく。

風を孕みながら？

同時にカリキュラの不安も孕みながら。

船が西へ向かって遡るごとに、不安は強くなっていく。自分は終わりへ——自分の命の終わりへ向かおうとしているのだ。そう思ってしまう。

カリキュラは、奥の客人に目をやった。ヒュブリデの女エルフ——エクセリスの姿が見える。ミイラ族の娘も見える。奥で談笑しているのはヒロトたちだろう。ヒロトの笑い声が聞こえる。

「だからおれがあの服を着れば全員逃げ去るって」

と言っている。

どうして笑えるんだろうと思う。自分は緊張して笑えない。もしかしたら、死んじゃうかもしれないのに――。

三時間を過ぎたあたりから、空が曇ってきた。晴れ間がどんどん鈍い灰色に覆われて、しまいに青空が見えなくなってしまった。

太陽は消えた。空全体が一面どんよりとした灰色に遮蔽されている。まるで自分の未来が覆われているみたいだ。

いやな予感がする。

わたし、死んじゃう？

（お姉ちゃん……）

祈りを、ほら貝が掻き消した。見張りの者がほら貝を轟かせたのだ。

びくっと身体がふるえた。

「船、三隻が接近！　恐らく、ゴルギント伯の私掠船！」

緊迫した声に、カリキュラの足がふるえはじめた。

来た。

来てしまった。

姉を葬り、一度自分を殺しかけた殺人鬼たちが、来てしまった。自分を殺しに来たのだ。

「ど、ど、どうしよう……」

思わず口にしてしまう。

「落ち着いてください。矢が飛んできます。中へ」

部下の言葉にうなずくが、怖い。

「中に入って」

エクセリスが出てきて声を掛けてくれたが、うなずくだけで身体が動かない。

カリキュラは船の方を見た。

二十座の座席を備えたガレー船が三隻、ぐいぐいと距離を詰めてくる。間違いない、ゴルギント伯の私掠船だ。二十座ということは定員は四十名だから、合計百二十名——。

(や、やばい……百二十人はやばい……!)

殺される。

今度こそ殺される。

船内に入らなきゃ。

そう思うのだが、迫り来る三隻のガレー船を前に動くことができない。ガレー船の乗組員の顔が、どんどん迫ってくる。

金髪に碧色の目。

アグニカ人だ。

キルギア人でもヒュブリデ人でもない。

ガセルの港で自分が騒いだから、皆、自分を殺しに来たのだ。百二十人で自分を葬りに来たのだ。

でも、自分の船には二十五人ちょっとしかいない。

普通のメンバーじゃない？

それはわかっている。わかっていても、戦闘が専門外のカリキュラにはわからない。ただ数だけが恐怖とともに迫ってくる。

ゴルギント伯の私掠船は死神だ。ガレー船が、ガレー船の乗組員の顔が近づくごとに、死神がどんどん迫っている感じがしてしまう。自分の心臓が、死神の手につかまれそうになっていくように感じてしまう。緊張で息ができない。

思わずカリキュラは祈った。

（お姉ちゃん、助けて……）

願いは、ガゴンという鈍いいやな音に打ち消された。一隻のガレー船が、カリキュラの商船の舷側に、鉤つきのロープを引っ掛けた音だった。

ゴルギント伯の私掠船のメンバーは、カリキュラの商船の舷側に張りついたところだった。

殺戮の時は来れり。

商船側が早速防御に出た。板を楯にして、弓矢の射手が姿を見せたのだ。私掠船の者たちを射殺すつもりらしい。

リーダー——前回カリキュラ殺害に参加した私掠船の船長バルドは、獲物の商船を見上げた。前回し損ねたリベンジを果たす時が来た。

今回は三隻、百二十人。

万が一にも逃すことはない。今日こそ片づけて、伯に満足してもらわねばならない。

「楯！」

バルドの叫びに、漕ぎ手が持参した楯を構える。ガセルの商船が矢を放ってきた。矢がひゅんと音を立てて飛ぶ。ばらばら、と音がしたのは誰かの楯に当たったのだろう。

「射て！」

アグニカ人バルドの声に一斉に矢が飛んだ。早くも商船の甲板から板が消える。撤退したのだ。

（もうびびったか）

「上れ！」

号令を合図に、身軽な者がロープに飛び移った。まるで猿のようにするすると商船の舷側へと辿り着く。見事なものである。二番手も同じようにするすると上る。

（時間は掛からんかもな）

そう思った時だった。一番手の男が、いきなり舷側に背中を押しつけて、首を垂らしたのだ。

動かない。

（どうした？）

首には妙なものを生やしていた。

一本の矢だった。

（乗船したところを射る算段か！）

無駄なことをとバルドは思った。反対側にもガレー船が辿り着いているはずだ。

「怯むな、進め！　今度こそカリキュラを殺せ！」

バルドは叫んで自らもロープに足を掛けた。舷側に近づくにつれて、ぐえっ、ごぁっ、と呻き声が近づいてくる。舷側に次々と死体が寄り掛かる。

（凄腕を雇ったのか……？）

かもしれない。

（それでもこちらは百二十人いる！　まとめて血祭りにするまでだ！）

ついにバルドは舷側に辿り着いた。

ぎょっとした。

舷側に六人、首に矢を生やした部下たちが死体となって寄り掛かっていたのだ。そして船室の前には、場違いなほどエロい胸元と場違いなほどエロい太腿を見せた白装束の女が、弓を構えていた。

（女……）

バルドは考えるよりも早く楯を前に突き出して横に飛んでいた。

どすっ、と楯がふるえた。

女が射た矢が突き刺さったのだ。横っ飛びによけていなければ、射貫かれていたところだった。

「楯を構えよ！　凄腕の者だぞ！」

とバルドは叫んだ。次に舷側に辿り着いた者が、すぐに楯を前にして船に降り立つ。

バルドは船内を見回した。

船室の入り口から、ツインテールの女が覗いている。

「カリキュラはそこぞ！　討ち取れ！」

生きて船に辿り着いた者たちが剣を抜いて走り出した。白装束の女が弓矢を置いて剣を抜いた。どしん、どしんと進み出て斜め上から剣を一閃した。

一人目が血を噴いて倒れた。次に二人目の剣を撥ね上げて返す剣で叩き落とし、首筋から血を噴き上がらせる。

三人目は上から剣を振り下ろしたが、下から剣を撥ね上げられ、両手が宙に浮き上がって腹が無防備になったところを斬られた。

（つ、強い……！）

バルドは剣を構えた。並の剣さばきではない。

返り血を浴びて白装束をところどころ赤く染めた女は、まるで女の死神のように不敵な笑みを浮かべた。

「何人掛かってこようと同じことだぞ。我はピュリスの将軍メティス。おまえたちの血が欲しくてこの船に乗ってきた」

戦慄が走った。

ピュリスの名将メティス――。

カリキュラはとんでもない助っ人を呼んでいたのだ。

だが、バルドは怖じ気づかなかった。たとえメティスといえど、自分たちは百二十名。全員を斬り捨てられるはずがない。

「数は我らが上ぞ！　者ども、メティスを討って手柄を立てよ！　ゴルギント様もお喜びになられるぞ！」

高揚から思わず口走った。

「ほう、ゴルギントが喜ぶか」

とメティスが冷たく笑う。彼女の後ろから、

「今の言葉、おれも聞いたよ」

と青いマントの、からっと明るい笑顔の青年が姿を見せた。中肉中背だったが、荒くれ者からすれば場違いなほど小柄で、場違いなほど華奢で、戦闘力ゼロの体つきだった。

バルドはその青年を知らなかったが、青年が剣を持っていないこと、戦う力がないことは一目でわかった。

「矢で射よ！」

後ろからロープで上がってきた者が弓矢を構える。その瞬間、少年の後ろから二メートルの巨漢が姿を見せて前に立ちはだかったのだ。

巨漢は髭面であった。しかも、異形であった。背中に鉤爪のついた不気味な黒々とした翼を生やしていたのだ。

「貴様、ヒロト殿に矢を向けるか！　我が同胞を殺そうとするは、我が一族を殺すも同じ！このゼルディスが許しはせんぞ！」

くわっと黒い翼を広げた。

射手は弓矢を構えたまま凍りついた。バルドも凍りついた。

（そんな馬鹿な……）

脳裏を驚愕が走った。

ゴルギント伯の部屋で報告した時、執事はヴァンパイア族は関わってこないと明言していた。

なのに——なぜヴァンパイア族がいるのだ？　ヴァンパイア族はガセルに味方しないはずではなかったのか？

（待てよ）

ヴァンパイア族は今、ヒロトと口にしなかったか？

いやな予感がする。

（まさか、ヒュブリデの辺境伯……!?）

罠に掛かった！　とバルドは悟った。これは罠だ。絶対罠だ。辺境伯の罠だ。辺境伯は自分たちがカリキュラを襲撃するのを読んでいたのだ。

でも、なぜだ？

バルドは混乱していた。

確か執事は、ヒロトがメティスに平手打ちを食らって髪が落ちたと話していた。ヒロトとメティスの交渉は決裂したはずだ。なぜ二人がいっしょにいるのだ!?

わからぬ。

ヴァンパイア族がいっしょにいるのもわからぬ。

はっきりしているのは、相手側が読んでいたということ、そして自分たちが罠に嵌まったということだけだ。

もし目の前の少年があの辺境伯ならば――ヴァンパイア族といっしょにいることからしてその可能性は高いが――辺境伯はメティスとヴァンパイア族とともに乗り込んで、自分たちの襲撃を待っていたのだ。返り討ちにするために――。

（謀られた……！）

自分たちが乗り込んできた反対側の舷側で、ぎゃぁっと悲鳴が起きた。ひぃっ、化け物！と怯えた声が走る。

「どうした!」

顔を向けたバルドも、背筋が凍りついた。

剣を握っていたのは骸骨だったのだ。楯と剣を持った骸骨が甲板に姿を見せて、アグニカ兵に剣を振り回していたのだ。

(化け物……!)

腰が引けそうになって、すぐにゴルギント伯がレグルス共和国のカジノで骸骨に会ったと話していたことを思い出した。

(骸骨族か……!)

ということは、ヒュブリデの者だ。

(骸骨族など、恐るる——)

途中でバルドは再度固まった。

骸骨族の両隣には、異形の者が二人もいたのだ。一人は青い翼を背中に畳んで剣を振りまわしていた。一人は赤い翼を背中に畳んで、剣で斬りつけていた。

ヴァンパイア族は、ゼルディスだけではなかったのである。女もいたのだ。しかも、滅法腕っぷしが強かった。

反対側から乗船に成功したアグニカ人たちが、次々と小枝のように払われて血飛沫を上げている。

「わたしが客人として乗っている船に乗り込むとは、いい度胸じゃないか。落とし前はつけるんだろうな」

と赤い翼の女が言う。

「わたしは荒っぽいからね。覚悟しな」

と青い翼の女が言う。

（やられた……完全にやられた……！）

バルドは唇をわなわなとふるわせた。

完璧に罠だった。

なぜメティスに引っぱたかれたのにヒロトがメティスといるのかはわからない。アグニカやガセルには関わらないヴァンパイア族がなぜカリキュラの船にいるのかもわからない。だが、メティスもヴァンパイア族も、カリキュラに味方していた。考えうる限り、最悪の事態である。

「罠だ！　撤退せよ！」

バルドは叫んだ。

部下が舷側に走り、テルミナス河に飛び込んだ。次から次へと河に飛び込む。バルド自らも舷側を越えてテルミナス河に身を躍らせた。

一旦河の中に潜り込んで、水上に顔を出す。

「逃げよ！　メティスとヒロトだ！　ヴァンパイア族もおる！　罠だ！　我らを捕らえようとしておる！」

と叫んだ。

慌ててガレー船の乗組員が漕ぐ準備を始める。スピードならば、ガレー船が圧倒的に有利だ。

だが——敵には翼があった。

黒い影が頭上から次々と矢を射ち込んできたのだ。

（ヴァンパイア族か！）

バルドは弓矢を女のヴァンパイア族に向けた。

「たわけが！」

いきなり赤いヴァンパイア族の女が急降下して、バルドの頭を蹴った。意識が飛んだ。

6

カリキュラは、目の前の光景に口をぱくぱく開いていた。

信じられなかった。

相手は百二十名。

全員がカリキュラの商船に乗船できれば、圧倒的に優位だったはずだ。自分は間違いなく殺されていたに違いない。

だが、アグニカ兵は全員乗船できなかった。

一番目に乗船を始めた船も二番目に乗船を始めた船も、ロープを伝ってきた私掠船の乗組員たちはメティスとゲゼルキアとデスギルドの矢の餌食になった。無事上がった者は、今度はメティスたち三人の剣の餌食になった。

三人の攻撃をくぐり抜けた者たちは、今度はゼルディスの餌食になった。ゼルディスはヒロトの前で剣を振りまわし、片っ端からアグニカ人を斬り捨てた。エルフの騎士アルヴィも、ゼルディスとともにアグニカ人を斬りまくった。

三隻目のガレー船も乗船するつもりで迫っていたが、友軍が逃げはじめて慌てて反転した。甲板に残っていた私掠船の船員たちも、我先にとテルミナス河に飛び込んだ。

だが、それにヴァンパイア族が襲いかかった。ゼルディスもゲゼルキアもデスギルドも一人ずつ部下を連れていて、部下たちとともに上空から次々と矢を浴びせたのである。

アグニカ人も空中へ向かって矢を放つが、届かない。

だが、ヴァンパイア族は上からまるで雨のように矢を放ってくる。雨というより隕石である。しかも、射撃は正確だった。ヴァンパイア族は空中からの射撃には慣れていたのだ。

私掠船のアグニカ人たちは、次々と矢を食らってテルミナス河に沈んだ。

二隻のガレー船はなんとかヴァンパイア族の追撃を逃れたが、一隻は投降した。生き残っている乗組員は数人しかいなかった。

（嘘みたい……）

カリキュラは信じられなかった。

あの時——ドルゼル伯爵の屋敷でヒロトの部屋に呼び出された時、カリキュラがメティスから言われたのは、囮になれという一言だった。

ゴルギント伯を挑発しろ。必ず、ゴルギント伯はおまえを殺しに掛かる。我らが乗り込んで、私掠船めを討つ。ゴルギント伯の仕業でという証拠をつかんでゴルギント伯に突き出す。それゆえ囮になれ——。

その時点ではヒロトたちヒュブリデ人とメティスたちピュリス人たちだけが参加するはずだったのだが、メティスがヴァンパイア族を引きずり込んだ。

メティスがデスギルドと手合わせを行い、まず彼女を仲間に加えた。手合わせを見て興奮したゲゼルキアやゼルディスがその後の宴席に加わり、さらにゲゼルキアも作戦に参加。ヴァルキュリアもヒロトについて乗船すると言い出し、危険だとゼルディスが反対。デスギルドとゲゼルキアからヒロトが狙われるぞ、それでもいいのかと圧力を掛けられ、結局ゼルディスの陣営も参加を決めたのだ。メティスの決闘が——ヴァンパイア族との手合わせが——ヴァンパイア族の参加を呼び込んだのである。

（絶対夢だ……）

目の前の光景が、まだカリキュラには信じられなかった。

ゴルギント伯の私掠船といえば、自分にとっては死神だった。なのに、その死神がいとも簡単にやられて降伏してしまったのだ。

（お姉ちゃん、これ、夢だよね？）

カリキュラはほっぺたをつねってみた。

痛かった。

なのに、まだ夢の感覚が消えなかった。

投降した乗組員は、商船に引き上げられた。上半身裸にされて、両手両足を縛って甲板に転がされる。カリキュラは、その一人にあっと声を上げた。

以前自分を襲った男が一人、交じっていたのだ。バルドである。

「こいつ、前にわたしを襲ったやつ！」

とカリキュラは叫んだ。

「それはいい話だな」

とメティスが睨（にら）む。ヒロトは隣（となり）でからっとした表情を浮かべている。その後ろにはヴァルキュリアが、そしてゼルディスとゲゼルキアとデスギルドがいる。

「一つ聞きたいことがある。今回、カリキュラを殺せと命じたのは、ゴルギント伯だね？」

とヒロトが尋（たず）ねた。

バルドは答えなかった。口を割る気はないらしい。

「沈黙（ちんもく）しても無駄だよ。『メティスを討って手柄を立てよ！　ゴルギント様もお喜びになられるぞ！』って言ってる」

とヒロトがバルドに話しかける。

「我らは我らの独断で襲撃（しゅうげき）したまで。ゴルギント伯の命令は受けておらぬ」

とバルドがしらばっくれる。

「嘘つけ！　命令もらって来たくせに！」

とカリキュラは叫んだ。だが、バルドはどこ吹（ふ）く風である。アグニカ人はいつもこうなのだ。ぶん殴（なぐ）りたくなる。

「わたしに任せろ」

メティスが前に進み出た。

「わしを斬るつもりか？　斬りたければ斬れ！」

とバルドが威勢よく叫ぶ。

「では、遠慮なく斬るぞ。動くなよ」

メティスが剣を構えた。動から静に入ったように、雰囲気がぴたっと止まる。メティスは身動きしない。一言も発しない。

甲板を風が流れた。

斬るというのは出まかせか？　そうバルドが思った刹那、メティスは剣を振った。

一度だけではない。

二度、三度――否、何回も何回も剣を振っていく。カリキュラには一瞬、何をしているのかわからなかった。

脅し？

すれすれで猛スピードで剣を振っているだけ？　剣がバルドに当たっているのかどうかわからない。当たっていないように見えるが――。

「フン」

最後に一声放って、メティスは剣を振るのをやめた。何をしたのかは数秒後にわかった。男の顔に十本以上の血の筋が浮き上がったのだ。

剣の痕だった。

本当に皮膚一枚――ぎりぎり皮膚の表面をこする接触具合で、猛スピードで剣を振ったのだ。

カリキュラは仰天した。並の剣さばきではない。

恐怖は遅れてやってきた。

皮膚一枚のみを斬るようなとんでもない剣士を前にして、恐怖を覚えずにいられるものか。しかも、恐怖とともに鋭い痛みも襲ってくる。

「うぁっ……うぁぁぁぁぁっ!!」

バルドが、初めて怯えた叫び声を発した。強がった時の声からは想像できないほど、恐懼した声だった。

「ぐうっ……ぐぁあっ……！」

バルドは悶えた。恐怖と痛みの入り交じった声を洩らして、身体を前に折り曲げる。それでも恐怖と苦痛の呻き声は止まない。

「さて、もう一度斬ってみるか。今度は貴様の腹の方を斬るぞ。それとも、顔がよいか？」

バルドは首を横に振った。

「やめてくれ……！」

バルドの懇願も聴かず、メティスは剣を振った。顔の前で三度、剣を振る。遅れてまた額に赤い筋が三本走った。

「うわぁっ！　うわぁっ！　うわぁぁぁぁっ！」

バルドは後ろ手に縛られたまま、悲鳴を上げ後ろに倒れた。声が完全に怯えきっている。さすがに額を三度斬られるのは、いくらガレー船のバルドとはいえ我慢の限界だったのだ。

「次は足を斬るか」

「やめてくれっ!!」

バルドはメティスに嘆願した。だが、メティスは冷やかであった。

「ゴルギント伯に命じられたわけではないのであろう？　おまえはそうではないと言い張るのであろう？　ならば、斬るしかないではないか」

メティスが剣を振り上げた。

「言う、言うっ!!　ちゃんと言うっ!!」

とバルドが必死に叫ぶ。メティスがゆっくりと剣を下ろした。

「では、三つ聞こうか。シビュラを殺せと命じたのは誰だ？　前回、カリキュラを殺せと命じたのは誰だ？　そして今回、またしてもカリキュラを殺せと命じたのは誰だ？」

バルドは間を置いて、すっかり怯えて戦意を失った声で答えた。

「――ゴルギント伯」

第二十章　旋回

1

　ドルゼル伯爵の屋敷で、相一郎は伯爵とともにヴァンパイア族の男性から報告を受けたところだった。予定通りゴルギント伯の私掠船の乗組員を捕まえ、吐かせたらしい。

「わたしも現場にいたかった……」

　とはドルゼル伯爵の言葉である。メティスとヒロトとヴァンパイア族がたまたま乗り合わせていたところへたまたま襲撃が来た――という筋書きにするため、そしてゴルギント伯の態度を必要以上に硬化させないため、そして船の定員の関係で、ドルゼル伯爵は相一郎と同じく留守番となったのだ。

　カリキュラはガセル人なので、ガセル人のドルゼル伯爵も商船に同乗していると、ゴルギント伯とドルゼル伯爵のやりとりになってしまう。そうなってはだめなのだ。

（いよいよか）

と相一郎は思った。

（ヒロトはゴルギント伯に条件を呑ませるつもりだな）

素直に従う？

まさか。

あの男が素直に応じるはずがない。絶対撥ね除けるはずだ。ヒロトは国務卿として話をつけると言っていたが、無視されるに決まっている。それは打ち合わせの時にも力説した。

《あいつはぶっ叩くしかないんだ！　おまえ、おれをいじめてた馬鹿をやっつけた時のことを覚えてるだろ？　あの時、おまえ、刺身包丁でバンバン机を叩いたろ！　あいつ、思い切りびびって逃げたろ！　あれと同じだよ！　ゴルギントにも同じことをしないとだめなんだよ！》

キュレレは相一郎の隣で、片目を閉じてそ～っと本を開いていた。また、怖い挿絵の本である。見たらびびるのに、毎回キュレレは同じことをしている。

少しだけ頁を開いて、顔を覗かせる。

見えない。

もっと頁を開く。

平気かな。

さらに頁を開いた。

お花に群がる蜜蜂の絵が出てきて、キュレレがほっと目を細めた。

「姫様、そろそろだぜ」

と黒い翼のヴァンパイア族が部屋に入ってきた。キュレレは本を読んでほしそうな顔をしている。

「あとで読んであげるから」

と相一郎が約束する。

「約束」

とキュレレは相一郎と指きりげんまんをして立ち上がった。

2

サリカ港のゴルギント伯の屋敷に、昼寝の時間が訪れていた。ゴルギントは、深紅のソファに腰掛けて夢を見ていた。
数年前――伴を連れてレグルス共和国のカジノに遊びに出掛けた時のことだ。ゴルギントは埠頭でピュリスの騎士とすれ違った。隣には長い黒髪の爆乳の女がいた。

ピュリスの騎士はよそ見をしていた。閣下、と黒髪の女が注意したが、騎士は危うくゴルギントにぶつかりそうになった。

《無礼者めが！》

かっとなってゴルギントは剣を抜いた。その瞬間、隣にいた女が目にも留まらぬ速さで抜剣したのだ。

簡単にゴルギントの剣は撥ね返された。

《よくも閣下に！》

今もゴルギントに仕えている巨漢の護衛二人が剣を抜いた。だが、その時にはすでに黒髪の女は二人の間をすり抜けていた。

まるで踊りのステップを踏んでいるような歩き方だった。ゴルギントも思わず見とれてしまったほどだ。だが、すり抜けた時には、銀色の閃光が二人の護衛に向かって軌跡を放ち終えていた。抜いたばかりの二人の剣が、地面に落ちた。

仰天した。

圧倒的な強さだった。護衛も一歩たりとも動けなかった。剣を振ることすらできなかったのだ。

だが、このまま退くのは悔しかった。

女に負ける？

サリカ伯の自分が？

女に敗れることほど恥辱はない。名誉を穢されてたまるものか！

《おのれ！》

とゴルギントは襲いかかった。だが、それが間違いだった。

覚えているのは、女の剣がもの凄い唸りを上げて自分の眼前を右下から左上へと駆け抜けたことだけだ。

遅れて胸に鋭い痛みが走った。見ると、斬られていた。深くはないが、痛みが走った。思わず、呻いて胸を押さえた。反射的にしゃがみ込んだ。さらに痛みが走って、ゴルギントは苦痛の呻き声を上げた。

《殿！》

と部下が叫んだ。

《我が主君に無礼はいかがなものか。いきなり剣を抜くのがアグニカのやり方か？》

と女は低い声で睨んだ。

《よい、メティス》

と制して、ピュリスの騎士は歩きだした。メティスと呼ばれた黒髪の女もつづく。

《覚えておれ、女！　貴様は必ず殺してくれる！》

あの時、自分はもう父親の跡を継いでサリカ伯を襲ねていたのだ。王国でも三本の指に入る存在のつもりだった。

その自分が――女相手に何もできなかった。

遅れて恥辱が自分を赤面させた。か～っと顔が熱くなった。自分は女に恥を掻かされた、名誉を穢された――。

ゴルギントは目を覚ました。知っている部屋の壁と天井が自分を見つめていた。思わず服の前を開ける。

シャツの下から、メティスに負わされた傷が現れた。

あの時のことは、一度として忘れたことがない。あとで、あの女が将軍になったと知った。噂でメティスという女将軍の話を聞いた時、もしやあの女か……と思ったが、思った通りだった。

自分の胸に傷をつけた女。

自分に恥辱を味わわせた女。

自分の名誉を穢した女。

決して許せぬ女。

しかし、恐らく剣士としては敵わぬ女――。

恥辱は消えぬ。名誉を至上命題として生きる大貴族にとって、自分の名誉を穢されることは、恥であり屈辱であり不名誉であり、永年の恨みとなるのだ。それが大貴族なのである。

だが、もうすぐ雪辱の時がやってくる。

メティスは艦隊を率いてサリカを目指すはずだ。その時に、メティスを捕らえてくれる。殺害でもかまわぬ。いずれにせよ、自分の不名誉は雪辱され、名誉が高まることになる。代わりにメティスは大恥を掻き、名誉を失うことになる。

「閣下」

ノックにつづけて慌ただしい歩調で執事が部屋に飛び込んできた。

「謀られました……！」

「謀られた？」

ゴルギントは聞き返した。

「辺境伯めにやられました」

と手紙を差し出した。

（辺境伯がどうした？）

目を通した。思わずはっと目を見開いた。記されていたのはいくつもの名前だった。
ヒュブリデ国国務卿兼辺境伯ヒロト。
ピュリス国ユグルタ州総督メティス。
北方連合代表デスギルド。
ゲゼルキア連合代表ゲゼルキア。
サラブリア連合代表ゼルディス。
五名の連名の上に、手紙はこう認められていた。

《我ら五名とガセル国商人カリキュラ殿が乗る船に、貴殿の命令で貴殿麾下の私掠船三隻による攻撃がなされたことに対して、厳しく抗議申し上げる。テルミナス河上での平和は諸国によって守られるべきである。にもかかわらず一国の大貴族によりヒュブリデ国重臣、ピュリス国将軍、ヴァンパイア族将軍が危害を加えられんとしたことは、まことに許しがたき暴挙である。貴殿の命令であるという証言も我々は得ている。我らヒュブリデ人、ピュリス人、ヴァンパイア族の五名は貴殿に対し、即刻、サリカ港のヒュブリデ商館に来られ、謝罪と説明を果たすことを要求する。なお、代理は一切認めない》

（あいつか……！）

自分が持ちかけた賭(かけ)の勝負に乗らなかった、チンケな小僧(こぞう)の姿が浮(う)かぶ。

「おのれ小わっぱめが！」

思わずゴルギントは唸り声を上げた。か〜っと怒(いか)りが増幅(ぞうふく)する。

「偽物(にせもの)をつかまされる馬鹿がおるか！　ガセルの商船にメティスといっしょに乗るはずがなかろうが！　やつはメティスに殴られたのだぞ！」

と執事を叱(しか)りつける。

「本物でございます。逃(に)げ帰(かえ)ったガレー船の連中にも確認(かくにん)を取りました。確かにカリキュラの船にメティスとヴァンパイア族とヒロトが乗り込んでいたと。大勢の死者が出ております」

「ヴァンパイア族だと⁉」

思わず聞き返した。

「嘘を申すな！　あの連中はアグニカとガセルには関わらぬ！　ガセルに味方するはずがない！」

「ですが、ヴァンパイア族に斬られたと、一人ははっきりと申したそうです。『貴様、ヒロト殿に矢を向けるか！　我が同胞を殺そうとするは、我が一族を殺すも同じ！　このゼルディスが許しはせんぞ！』と」

昏がわなわなとふるえた。

そんな馬鹿な……という声がする。

ヴァンパイア族が味方するはずがないのだ。

絶対に。

ヴァンパイア族はアグニカにも味方しない代わりに、ガセルにも味方しない。

絶対に……。

だが……。

やられたという怒り、悔しさがさらに胸の中で倍加し、

（おのれ、メティスめ！　おのれ辺境伯め！）

思わず胸の中で叫んだ。

最悪のことが起きたとゴルギントは思った。ヒロトとメティス、それにヴァンパイア族の三者が組んでしまったのだ。一番望まないこと、そしてあるはずがないと信じていたことが起きてしまったのだ。

だが、なぜだ？　なぜヒロトはメティスとヴァンパイア族を味方につけた？　なぜなのだ？　ヒロトはメティスに平手打ちを喰らったのではなかったのか⁉

「ヴァンパイア族からも手紙を受け取っております」

と執事が差し出した。

「ヴァンパイア族からだと？」

ゴルギントは手紙を受け取った。内容はこうだった。

《我らサラブリア連合代表ゼルディス、ゲゼルキア連合代表ゲゼルキア、北方連合代表デスギルド、勇者の中の勇者、ヴァンパイア族の中のヴァンパイア族は貴殿の蛮行に対して抗議する。貴殿は我らが乗船する船に攻撃し、我が同胞、ヒュブリデ国国務卿ヒロトに危害を加えようとした。我が同胞を攻撃するは我がヴァンパイア族を攻撃するも同じである。我らは貴殿に対して報復を決意する。ただし、我らは慈悲深き存在。報復開始は今日の日暮れまで、サリカ港のヒュブリデの商館で待ってやる。代理は許さぬ。本日の日暮れまでに相応の詫びなき場合は、貴殿の屋敷も命も木っ端微塵に砕け散るものと思え》

ゴルギントの眉がぴくりと動いた。

（報復だと……!?）

やれるものならやってみろ、とはゴルギントは思わなかった。一万のピュリス軍は、テルミナス河を渡河中にほぼ全滅させられた。ピュリス王は、首都バビロスに刺客の首を放り込まれた。三千のマギア軍も、森の中を進行中、粉砕された。マギア王ウルセウスは、千人のヴァンパイア族に宮殿を囲まれた――。

やれるもんならやってみろと言えば、間違いなくやってしまうのがヴァンパイア族なのである。

相手が空を飛べないのなら、まだ何とかなる。だが、連中は空を飛んでくる。そして空から千人で囲むのだ。

「本物か？」

ゴルギントは尋ねた。

「手紙を届けたのは三人のヴァンパイア族です。黒い翼の者と赤い翼の者と青い翼の者です。おれたちの首領からの手紙だと――」

ゴルギントは唸り声を上げた。

最悪のことが起きたと思ったが、まだ最悪ではなかった。これこそ最悪であった。

「いかがなさいますか？」

「わしが商館なぞに行けると思うか！」

とゴルギントは吐き捨てた。自分はサリカ伯なのだ。大貴族なのだ。アグニカのナンバースリーなのだ。少なくとも五本指に入る存在なのだ。その自分がのこのこと敵の商館へ出掛けて詫びなどできるものか……！

「では、上空の者はいかがいたしましょう？」

と執事が尋ねる。

「上空？」

「ずっと舞っているのでございます」

（舞っている……？）

はっとした。慌てて外に飛び出す。

上を見て驚愕した。

屋敷の上空を、赤い翼のヴァンパイア族と黒い翼のヴァンパイア族と青い翼のヴァンパイア族が旋回していた。まるで攻撃の機会を窺うかのように――。

ヴァンパイア族はスズメバチだった。それも人間大のスズメバチだった。

《本日の日暮れまでに相応の詫びなき場合は、貴殿の屋敷も命も木っ端微塵に砕け散るものと思え》

手紙の文言が蘇ってゴルギントの脳髄を直撃した。

相手はヴァンパイア族。ヴァンパイア族を怒らせたらどうなるかは、ゴルギントも知っている。間違いなくウルセウス一世と同じ羽目に陥る。何よりもヴァンパイア族には、一万のピュリス軍を壊滅に追いやったちびの化け物がいるのだ。木っ端微塵に砕くとは、あの化け物が攻撃するということに違いない。自分が昔賭で大勝して恥を掻かせたヒュブリデの王族ハイドラン侯爵も、王都の別邸を破壊されている。

それでも突っぱねる？　大貴族の自分が詫びなどせぬ？

ヴァンパイア族は、ヒロトを殺害しようとしたヒュブリデの大貴族を血祭りに上げている。自分たちが同胞と認識した者たちを攻撃すると、自動的に報復に入るのだ。

船と船での戦いならば、負けるつもりはない。自分は無敗の男、ゴルギントだ。だが、相手は空の者だ。しかも、一万のピュリス軍をたった一人で壊滅させた者がヴァンパイア族にはいる——。

ゴルギントは思わず歯ぎしりした。

「手紙は突っ返しますか？」

執事の言葉に、

「ええい！　馬車を用意せよ！」

と叫んだ。すぐに執事が飛んで行く。ゴルギントはどこでもない宙を睨みつけた。

（辺境伯め！　阿漕な真似をしおって!!）

第二十一章　復讐の時

1

三角形のヒュブリデ商館の屋根の上に、垂れ目のちっこいツインテールの吸血鬼が座っていた。ふぁぁとあくびをしてみせる。

キュレレである。

「本」

隣を向いて、護衛の黒い翼の吸血鬼におねだりした。相手は同じゼルディス氏族の男である。

男の吸血鬼が早速朗読を始めた。しかし、演技力のない、下手糞な読み方であった。

「ええと……昔々、あるところに上半身だけの男と下半身だけの男がおりました。上半身の男と下半身の男は隣同士でした。ある日、下半身の男が上半身の男をからかって言いました。『おまえは女とセックスができぬな』。上半身の男も言い返しました。『おまえは女とキスができぬな』」

「棒読み」

とキュレレが容赦なく演技に突っ込む。黒い翼の男の吸血鬼は面目なさそうに頭を掻いた。

「いやあ、おれは演技派じゃないんで……。ってか、下半身の野郎、どうやってしゃべってんです？」

2

ヒロトは、サリカ港のヒュブリデの商館に無事到着を果たしたところだった。ヴァンパイア族たちを引き連れて商館へと行進するヒロトたち一行を、ゴルギント伯麾下の騎士たちは引いて見守った。

実は一団の中にメティスはいたのである。ミドラシュ教の巡礼者に扮して白いフードを目深にかぶってヒロトの隣を歩いていたのだ。

だが、誰も訊問はしなかった。メティスはヒロトのすぐ隣にいたし、何よりもヒロトとメティスの周囲には眼光鋭いヴァンパイア族が——ゼルディスやゲゼルキア、デスギルドたち数人が——固まっていたのだ。

ヴァンパイア族に手を出すな、出せば何が起きるかわからぬ——。

その不文律が効いていたのである。

しかも、ヒロトが港に到着した時には、ゴルギント伯の騎士たちも私掠船の乗組員が拘束されたことは知らなかった。

商館に入ると、ヒロトは一息ついた。これで、ヒュブリデの法の支配下に入った。ヒュブリデの商館の中ではヒュブリデの法が適用される。

ヒロトは迎えに現れたエルフの商人と早速挨拶を交わした。

「大変なことになりましたな」

とエルフの商人は言った。

「これからもっと大変なことになる。迷惑を掛ける」

「我々も覚悟はできております」

そう応えて、エルフは引き下がった。ヒロトは隣のゼルディスに顔を向けた。

「本当に助かりました」

「何を言うか。ヒロト殿の命が一番大事だ」

とゼルディスが言ってくれる。

今回、ゼルディスが主義を枉（ま）げて参加してくれたのはありがたかった。鬼（おに）に金棒である。

「キュレレは？」

「もうおるはずだ」

とゼルディスが答える。

ゲゼルキアとデスギルドがヒロトのそばに近づいてきた。

「商館とはこういうところか？」

と二人並んで館内を見回す。階段があって、その上に二階が設けられている。

「あの上には何がある？」

「普段（ふだん）は商人が休むんだ」

とヒロトは説明した。それから、改めて二人に向き直った。

「本当にありがとう」

「気にするな」

とゲゼルキアが答える。

「いい運動になったぞ」

とデスギルドが笑う。

エルフの商人がオセールの蜂蜜酒（ミード）を手に戻（もど）ってきた。グラスに注いで渡（わた）す。すぐにゲゼルキアとデスギルドが受け取って呷る。

「か～っ、美味い！」

とゲゼルキアが叫び、

「人間の酒は美味いなあ」

とデスギルドが感嘆する。エルフはゼルディスにも蜂蜜酒を渡した。ゼルディスも一瞬で呷る。

「うむ、よい味だ」

と満足そうである。

ミミアとソルシエールが商館の奥へ走るのが見えた。きっとお手伝いをするつもりなのだろう。

まだ戦いは残っている。むしろ、これからである。

「休むのは上でいいのか？」

とゲゼルキアが尋ねた。

「階段を――」

ゲゼルキアが羽ばたき、つづいてデスギルドも羽ばたいて、二階へ消えた。さすがヴァンパイア族である。

「便利なものだ」

とメティスがフードを外して近づいてきた。

「ヴァンパイア族がいると強いな。連中もさすがに訊問はしてこなかったな。わたしが潜入した時にはさんざん声を掛けられたぞ」

「色目使いすぎじゃないの？」

メティスが笑う。それから、顔を寄せてきた。

「ゴルギント伯は来ると思うか？」

「来ると思ってるでしょ？」

とヒロトは聞き返した。メティスが鼻で笑う。

「ゴルギント伯は来るよ。来てからが勝負だ」

果たしてゴルギント伯は屈伏するのか。プライドの高いゴルギント伯がヒュブリデの商館に出頭する時点でかなり屈伏に近いと言えるが、一筋縄ではいかない相手だ。

できれば、交渉で決着させたい。

だが――。

無理な時には、不確定なことが起きることになる。

「言っておくが、わたしは荒っぽいぞ」

とメティスが予告した。

「お手柔らかに」

3

メティスは普段の衣装に着替え、商館の二階でテーブルに着いて寛いでいた。といっても、剣は腰に佩いたままである。

ゲゼルキアとデスギルドは少しの間二階にいたのだが、飽きて一階に戻ってしまった。一階からはヒロトやゼルディスの話し声が聞こえてくる。

よくここまで来たなと思う。

サリカ港に潜入した時には、ヒュブリデの商館を遠くから眺めるだけだった。アグニカ人騎士の攻撃を警戒しながら、港を巡っていた。それが今は——。

すべてはヒロトから始まっている。

ピュリスの地、ユグルタ州で女装したヒロトから話を聞いた時には驚いた。

ゴルギント伯を騙して罠に掛ける。カリキュラを囮にして商船を襲わせ、返り討ちにする。そしてゴルギント伯をぶっ潰す。

《実際にはメティスとおれとが囮なんだ。カリキュラが騒(さわ)ぎ立てれば、ゴルギント伯は港に着く前にカリキュラを始末しようとする。でも、その船に二人の商人の見習いが乗り込んでいたとしたら？　それがたまたまメティスとおれだったとしたら？　アグニカもゴルギント伯も、ヒュブリデを敵に回したくはない。でも、ヒュブリデの国務卿を攻撃してしまった。ピュリスの将軍も攻撃してしまった。ヒュブリデの商館に来いと呼びつけられたら、もう行って詫びるしかなくなる》

すべてはあの悪巧(わるだく)みの話から始まったのだ。

自分が何を狙(ねら)っているかは、ヒロトもわかっている。自分もヒロトの腹の裡(うち)はわかっている。

できれば交渉で終わらせたい。

だが、それは甘(あま)いというものだ。あの男は面従腹背しかしない。

そういえば……と、いつぞや、デルギン殿の護衛でレグルス共和国のカジノに遊びに行った時のことをメティスは思い出した。あの時出会ったふんぞりかえった男も、あんな感じだった。護衛二人を瞬間的(しゅんかんてき)に斬ってやったにもかかわらず、また剣を抜(ぬ)いてきた。

（あいつと同じだ。馬鹿は生きていても直らぬ）

ヒロトにもわかっているはずなのだ。打ち合わせで話した時、ヒロトはこう言っていた。

《ゴルギント伯を潰さない限り、アグニカはヒュブリデにとってもピュリスにとっても、外交と平和上の危険な存在でありつづける。正攻法ではゴルギント伯を半永久的に黙らせることはできない》

馬鹿は叩くしかない。

ヒロトの言葉は空振りするだろう。説得はできず、ヒロトの交渉は失敗するだろう。

だが、それでよい。

自分が始末をすればそれでよい。

今回はうまい具合にヴァンパイア族を引き込めた。ヴァンパイア族のデスギルドが自分に興味を持っているのはわかっていた。自分と戦いたがっているのだということもわかっていた。

(ヒロトとの隠密作戦にヴァンパイア族を引き入れてやれば、面白くなる)

目論見は成功してデスギルドだけでなく、ゲゼルキアとゼルディスも引き入れることができた。

アグニカの馬鹿どもとの戦いは楽しかった。

イスミル殿下の無念を、怒りを晴らしている感じがして高揚した。だが、まだ序の口なのだ。自分が倒したい者はこれから現れることになる。

階段を上がる音に、メティスは顔を向けた。

カリキュラが、蜂蜜酒を注いだグラスをトレイに載せて、階段を上がってきた。もう高貴な香りが漂っている。ヒュブリデの蜂蜜酒に違いない。

「メティス様」

と恭しく差し出す。メティスは受け取った。

「本当にありがとうございます。メティス様がいらっしゃらなければ――」

「わたしの力ではない。ヴァンパイア族が連中を敗走させたのだ。それに、まだ終わってはおらぬ」

カリキュラが黙る。

「もう少し待つがよい。シビュラの仇は必ず取る」

下の方で騒ぎが聞こえた。大勢がやってきたような気配がある。メティスはこっそり上から覗いた。

4

エクセリスはヒロトのそばで落ち着かない時間を過ごしていた。ヒロトはソファに身体を預けている。ヴァルキュリアはいつものようにロケット乳を押しつけている。そばに父親がいてもおかまいなしだ。

嫉妬してしまう？

そんな場合ではなかった。

もうすぐ自分が賭勝負で惨めな思いをさせられた男、自分に恥辱を味わわせた男が来るのだ。

あの侮蔑の視線、侮辱の視線は忘れられない。

ゴルギント伯は来るのだろうか？

わからない。

ヒロトは来ると信じているようだが、もし使いを寄越したら？　その時にはどう手を打つつもりだろう？

わからない。

ゴルギント伯は自分を覚えているだろうか、とエクセリスは思った。また自分を侮蔑の目で見るのだろうか？

「メティスは？」

とヒロトが顔を向けた。

「まだ上。カリキュラが蜂蜜酒を持っていったわ」

答えてからエクセリスは声を潜めた。

「わたし、ここにいていいの？」

「いた方がいい。やられるところを見なきゃ」

ふいに騒ぎが聞こえた。エルフが出迎え、その向こうにごつい二人の騎士が見えた。さらにアグニカ人の騎士が数名姿を見せる。

護衛たちの後ろから現れたのは――。

5

ヒロトは一階に置かれたソファに腰掛けていた。隣にはヴァルキュリアが座って身体をくっつけている。

重要な時に邪魔？

真逆だった。

ゴルギント伯は、商館に入ってすぐにヒロトとヴァルキュリアを目にすることになる。ヒロトとヴァンパイア族とのつながりの強さを目にすることになる。目にして果たして強硬な態度を取りつづけることができるだろうか？

左右のソファには、ゼルディスとゲゼルキアとデスギルドが座っていた。ゴルギント伯はこの三人も目にすることになる。

突然、商館の入り口の方で物音が聞こえた。人が入ってくる音が聞こえた。

最初に姿を見せたのは、二名のアグニカ人の騎士だった。次に巨漢の騎士が二人、現れた。

まるででかい壁が出現したような感じだった。壁みたいな二人には見覚えがあった。レグルス共和国のカジノ・グラルドゥスで会った護衛だ。そしてその後ろから、左右色違いの派手な外衣を着た、ふてぶてしい顔つきの巨漢の男が歩いてきたのだ。

この世の王と法のような顔をした傲岸不遜な大貴族——サリカ伯ゴルギントだった。カジノ・グラルドゥスで会って以来である。

居丈高に腹を突き出し、自分こそ法と正義があると言わんばかりの、ふてぶてしい表情だった。自分以外の者はすべて下賤と見做し、見下してきたような顔つきだ。

礼儀知らずのぎょろ目が、ヒロトを、そしてヴァルキュリアを捉えた。表情には萎縮も驚愕もない。

（効果なしか）

ヴァルキュリアを見ても臆した様子はなかった。

次にゴルギント伯はゼルディスを、ゲゼルキアを、デスギルドを捉えた。やはり、目の表情に変化はない。

(効果なし)

豪胆ではあるらしい。

最後にゴルギント伯はエクセリスに気づいた。途端に嘲笑が目に浮かんだ。

「フン。賭に負けたやつがおる」

(馬鹿め！　嘲るやつがあるか！)

ヒロトは一気に自分を激昂モードにシフトチェンジしてトップギアで叫んだ。思い切り意図的に――。

「詫びに来たやつが言うことか！　ぶっ殺すぞ！」

「わしをぶっ殺せると思うのか！　この若造が！」

ゴルギント伯も大声で怒鳴り返す。だが、言い返した途端、

「何が若造か！　貴様、殺されたいのか！　それが詫びに来た者の態度か！」

とゼルディスが立ち上がって両翼を広げた。ゲゼルキアとデスギルドも、同調して立ち上がり、翼を広げた。ヴァンパイア族の威嚇の態度である。

ゴルギント伯は、どこでもヒロトに対してマウントを取ろうとする。そしてヒロトとヴァンパイア族との関係を、完全には理解していない。それをわかっていてヒロトが罵倒し、まんまと嵌まったのだ。

ゼルディスが娘に怒鳴り声を向けた。

「ヴァルキュリア、キュレレに告げてこい！　この馬鹿者の屋敷と艦隊を全部破壊しろとな！」

「今すぐ行ってきてやる！」

ヴァルキュリアが立ち上がる。

ブラフだと思う？

ただの振りだと思う？

その愚を、ゴルギント伯は犯さなかった。慌てて膝を突き、釈明に出た。

「どうか、ご寛大に。この通り、お詫び申し上げる。手下の者は船に怪しい積み荷がないか臨検――」

「貴様、このわしに向かって嘘をつくのか！　男が叫ぶのをわしは聞いておるぞ！　『怯むな、進め！　今度こそカリキュラを殺せ！』。それのどこが怪しい積み荷がないか調べるだ！　殺しに来たのではないか！」

とゼルディスが怒鳴る。もちろん、臆するゴルギント伯ではない。

「恐れながら罠を張ったのはそちらの国務卿。我らはヴァンパイア族がおらぬと思って極悪人を退治しようとしたまで。ヴァンパイア族がいると知っておれば、攻撃はしておらぬ」

言い返したゴルギント伯に、

「我が同胞を非難するか！」

とゼルディスがキレる。

「ぶっ殺すぞ！　ヒロトのせいにすんのかよ、このクズが！」

とヴァルキュリアも激怒する。北方連合代表のデスギルドも、あぁん？　とスケバンっぽい目を向けた。

「うちらが乗ってた船を攻撃したってことが問題だって言ってんだよ、このデブ！　三人の連合代表が乗っていた船を攻撃して、タダで済むと思ってんのか？　落とし前が言い訳かよ！　ぶっ殺すぞ、デブ！」

とアグニカの大貴族をデブ呼ばわりする。

「デスギルド、こんなデブに文句言ったたって仕方ないよ。さっさとぶっ殺そう。ゼルディス、キュレレを飛ばしなよ。ヴァンパイア族の力を見せつけてやんなよ。どうせこいつは謝る気なんかないんだからさ」

とゲゼルキアも恫喝に参加する。やはりデブ呼ばわりである。ヴァンパイア族にデブはいない。デブになること、それは満足に飛べないことを意味する。

ゴルギント伯は、少し唇を動かした。だが、反論はなかった。ヒロトがデブと言えば、即座にゴルギント伯は怒鳴り返していただろう。だが、ヴァンパイア族相手となると、さすがに言い返すわけにはいかない。

「リンドルスとは大違いだな。あの男は、アグニカのバカタレがうちの愛娘をブサイクだとこき下ろしおった時に、わしのところに来て床に額が着くほど頭を下げおったぞ」

とゼルディスもゲゼルキアたちに同調した。そして娘に顔を向けた。

「ヴァルキュリアよ。もうよい。キュレレに命令だ」

「お待ちくだされ！　この通り、お詫び申し上げる……！」

その直後、ゴルギント伯が驚愕の挙に出た。ヴァンパイア族に対して頭を下げたのだ。相一郎には無視の一撃をくれ、ヒロトには噛みつき、さんざん傲慢を振りまいてきた男が、頭を下げたのだ。

キュレレ様様だった。

ヒロトは思わず苦笑を覚えた。パワーゲームはヴァンパイア族は大得意である。おまけに三人が三人とも連合の代表——人間でいう大貴族のようなものである。やられる側からすると最悪であった。しかも、相手は人間には対処しようのない空からの攻撃力を持っているのだ。

（強え……）

三人のヴァンパイア族は黙っていた。じっとゴルギント伯を見下ろしている。

ゴルギント伯は、ずっと頭を下げたままだった。身体はふるえていた。恐らく屈辱ゆえにだろう。このように人に頭を下げたのは、ゴルギント伯の人生で初めてに違いない。

牙は折れた？

わからない。

ヒロトはエクセリスに顔を向けた。エクセリスがうなずいて口を開いた。

「先に申し上げておきます。商館の中では、商人の掟が適用されます。抜剣は御法度です。先に剣を抜かれぬ限り剣を抜くことは許されません。違反した者はヒュブリデの法で裁かれます。高度な危険があると見た場合は実力で排除します。たとえ大貴族であろうと例外は認められません。よろしいですね？」

「いちいち説明はいらんっ！」

とゴルギント伯が唸るように答える。

やかましい。そんなことは知っておる。わしを誰だと思っておるのか。

そんな感じの声だった。

（まだこいつの牙は折れていない）

ヒロトはそう確信した。恐らく牙が折れることは永遠にないのだろう。

ルメール伯爵の言葉が蘇る。

《貴殿は馬鹿者か？　ゴルギント伯は自分よりも強い者の言葉でなければ言うことなど聞かぬ》

伯爵は正しかった。それでも――ヒロトとしてはアプローチせざるをえない。

ヒロトは口を開いた。

「乗組員からすでに証言は得ています。シビュラに対して、そしてカリキュラに対して、殺害命令を下したことはすでにわかっています。貴殿はその代償を支払わねばなりません」

「やはりそう来たか」

とゴルギント伯は立ち上がった。

「詫びはするが、代償は払わぬ。でっちあげの証言など、顧慮するに足りぬ。そもそも交易裁判所の件はあくまでもわしの領地の問題だ。門外漢に口を挟まれる筋合いはない。わしはわしの考えで充分に裁判協定を遵守しておる。わしを罠に掛けて都合のいい約束をさせようという魂胆らしいが、そうはいかぬぞ。明礬石がどうなってもよいのか？」

下手なヤクザのように強請ってきた。目の奥がどす黒く光っている。

「それとも、虎の威を借る狐になるつもりか？」

と嘲るような目線を向けた。

ヴァンパイア族に膝を屈しても、おまえに屈するつもりはない。わしより上に立ったと思うな――。

そういう顔だった。

ヒロトはハイドラン侯爵の言葉を思い出した。

《一度軽んじられた以上、いかなる挽回もできぬ！　あの男に言うことを聴かせたいのなら――》

侯爵は正しかったのだ。

（やっぱり無理か）

ゴルギント伯は、ヴァンパイア族には膝を屈する。だが、相手がヒロトに切り替わった途端、反抗児となる。

説得の方法はヒロトにはない。

この男の牙は、言葉では折れない。理屈では折れない。自分より上の力と思わぬ者に対しては、常に自分が王であり法であるかのように振る舞う。つける薬はない。

となれば残る手段はただ一つ——。

悪人になれ。

罪人になれ。

（機会は与えた。法による説得ができればと思ったけど、無理だった）

ハイドラン侯爵は正しかったのだ。

ヒロトは相棒に対して思いを寄せた。

（あとは任せた）

6

ゴルギントは汚い目でヒロトを睨みつけていた。

（ふん、青臭いクソガキが。ろくに賭勝負もできぬガキが何を言うておる）

ヒュブリデの商館に来た時からわかっていた。ヒロトの目的は、結局裁判協定の遵守なのだ。自分の部下を罠に嵌めて、代償に協定の遵守を誓約させようという魂胆だったのだろう。

クソの命令に首を縦に振る自分ではない。

あのクソ協定を守る必要はない。ヴァンパイア族には金で詫(わ)びればいい。だが、それ以外の条件を受ける必要はない。

（わかったらとっとと帰れ）

ゴルギントはヒロトを嘲弄(ちょうろう)の視線で睨みつけた。このクソガキは自分をぎゃふんと言わせることができず、泣きっ面(つら)を掻(か)くことになるだろう。そして自分は裁判協定を破りつづける。ガセル王妃(おうひ)が文句を言おうと知ったことではない。文句を言ってくればよい。わしが粉砕して、声望を高めてくれる。

そう思った時だった。

「貴様は虎の威を借る狐ではなく、脂肪(しぼう)を着た狐だな」

ふいに右横の方から女の声がした。白い装束(しょうぞく)にこぼれそうなバストと魅力的(みりょくてき)な太腿(ふともも)を包み込(こ)んだ女が、いつの間にか姿を見せていた。

はっとした。

忘れもしない相手。

自分がまったく歯が立たなかった女。剣を抜くことすらできなかった女。自分に恥(はじ)を掻かせ、名誉(めいよ)を穢(けが)し、屈辱の傷をつけた女――。

その憎(にく)き女が、目の前に姿を現したのだ。

（メティス……！）

数年ぶりに再会した宿敵を、ゴルギントは怨嗟と憎悪の目で睨みつけた。メティスは涼しげにゴルギント伯の視線を跳ね返した。

メティスの少し後方に、不安げなカリキュラの姿が見えた。自分を罵った下等な生き物が隠れている。

（あの小わっぱめが……！）

カリキュラに対して憎悪と殺意が燃え上がった。だが、カリキュラに対して威嚇する前に、

「その顔、どこかで見た覚えがあるな」

とメティスが眉を寄せた。記憶を探っている様子である。

ゾクッとした。

思い出すな。

暴露するな。

胸元に手を突っ込まれるようないやな感覚が走る。胸の奥がゾワゾワする。いやな記憶を、恥辱の記憶を掘り起こされたくない。

「そうか……デルギン殿の護衛でグラルドゥスに寄った帰りに、わたしが斬った男か。ま

た胸に傷をつけられたくて来たのか？」

ゴルギントは、か〜〜〜っと顔面が熱くなった。自分でも、怒りと屈辱で顔が真っ赤になるのがわかった。顔は火の海である。

あの時の悔しさと恥辱の思いが蘇った。

女如きに一瞬で胸を斬られたこと。たまらず呻き声を上げてしゃがみ込んだこと。それでも痛くてさらに呻いたこと。

サリカ伯の自分が、手も足も出なかった。まるで子供扱いされた。あの屈辱――。

（おのれ、クソメティス……！）

ゴルギントはたっぷりの憎悪をぶつけて罵倒で返した。

「狐は貴様の方だ！　いつから卑怯な手を使うようになった！」

斬りかかりたい気持ちが爆発しそうになる。

斬る。

殺してやる。

胸の憎悪が吠える。できることなら、今すぐ剣を抜いて斬ってやりたい。

「よい手であろう？　貴様の真似をしたのだ」

とメティスが涼しげに、余裕たっぷりに答えてみせる。その笑みも、また憎らしい。できるなら、今目の前で斬り殺してあの時の復讐をしてやりたい。

このわしを馬鹿にするな。所詮(しょせん)、貴様は女だ。わしの方が上なのだ。そう言い張ってやりたい。

だが——できぬ。

自分もそれなりに剣の腕前(うでまえ)を上げたつもりではある。だが、それでもメティスに敵(かな)うのか？　あの速さに勝てるのか？

あの時の記憶が蘇る。

勝てる自信はない。隙(すき)があれば自分にもチャンスがあるが、メティスは隙を見せまい。見せぬからこそメティスなのだ。

（どうやって恨(うら)みを晴らしてくれるか……）

ゴルギントは考えた。

（商人の掟に逆らわせてやるか。おちょくって剣を抜かせてやろう）

ゴルギントは軽く嘲笑の笑みを浮(う)かべた。

「貴様のようなただの小娘(こむすめ)には、わしの真似(まね)は百年早いわ。聞いて呆(あき)れる」

「今のうちに呆れておけ。どのみち貴様は死ぬのだからな。飛んで火に入る夏の虫とは貴様のことだ」

そう言い放つと、メティスはいきなり無防備にゴルギントに背中を向けた。あまりにもゴルギントに近距離で――。

剣を抜けば、半歩踏み込まなくても届く距離だった。

剣で刺せ、わたしを殺せ。

まさにそう言わんばかりの距離であった。

ゴルギントは若干面食らった。いきなり隙が――願ってもない好機が到来したのだ。そしてゴルギントの腰には剣が提げられていた。

（斬るか……？）

一瞬考える。

相手は背中を向けている。剣にも手を掛けていない。

商人の掟は？

頭に浮かばなかった。自分は法だと考えている男に、法が浮かぶはずがないのである。

（今なら……）

考えているうちに、メティスが部下に命じた。

「バルドを連れてこい。この弱っちいヘッポコに見せつけてやれ。剣もまともに触れぬヘッポコにな」

（誰がヘッポコだ！）

業火のように憎悪と怒りの炎が燃え上がる。

「将軍、あまり近づくと危険ですぞ」

とピュリス兵が注意する。

「この豚に人を斬る力はない。ただのポンコツ剣士だ」

ゴルギントはぶちっとキレた。

（何が豚だ！　何がポンコツ剣士だ！　このわしを愚弄するにもほどがある!!　わしはサリカ伯ゴルギントぞ!!）

ポンコツ剣士と侮辱されて、ゴルギントの頭の中で血が爆発した。女に負けた悔しさが、恥を掻かされた恨みが、名誉を穢された恨みが、永年の憎悪と怨恨が吠えた。大貴族にとって、名誉は命と同じくらい大切なのだ。その名誉を穢された、女如きに穢されたのだ。迷いも何もなかった。ほとんど反射神経だった。血が唸った時には、ゴルギントは剣を抜いていた。抜剣と同時に剣を振り上げたのだ。

銀色の閃光がメティスに向かって走る。宿敵の身体を斜め上へと斬り上げ、致命的な傷を浴びせる——。

復讐果たせり。

渾身の一撃――。

――そうなるはずだった。だが、確信した瞬間、白い装束がくるりと舞ったかと思うと、右斜め上から首筋に剣が叩きつけられていた。

ガツンという音が身体の中で響いた。

聞いたことのない、致命的な、危険な音だった。

一瞬、意識が飛んだ。

（な……何が起きた……？）

カリキュラが、エクセリスが、息を呑むのがスローモーションで見えた。その手前で、メティスが艶っぽい笑みを不敵に浮かべていた。

してやったりの笑み。

待っていたぞと言わんばかりの笑み。

悪巧みの笑み――。

（誘っていた……？）

メティスの笑みはそうだと告げていた。

わざとおまえに隙を見せたのだ。おまえが斬りかかるようにな。おまえなら、罵倒して隙を見せれば必ず斬りかかると思っておったぞ。まんまと掛かりおって、愚か者めが。だからおまえはわたしに勝てぬのだ。だからあの時もわたしに斬られ、そして今再び斬られたのだ。シビュラの恨みを果たしてやったぞ。イスミル様に代わって誅殺してくれたぞ。

（おのれ、メティス……！）

ふいに身体の重心が消えた。視界が傾き、平衡感覚が消えた。遅れて響いたのは、自分が倒れる衝撃音だった。

抜剣したのはゴルギントの方が早かったはずだ。だが、自分が剣を斬り付けるよりも前に、メティスが自分の首に剣を叩きつけたのだ。

「閣下！」

と巨漢の護衛が叫ぶ。

メティスが嘲笑とともに口を開いた。

「やはり貴様はポンコツ剣士だな。言ったはずだぞ。商館には商人の掟が適用される。抜剣は御法度である。先に剣を抜かれて反撃する時のみ例外は適用される。貴様は商人の掟を犯したのだ。法を犯した者に剣を抜いても、罪にはならぬ」

声は聞こえていなかった。すでに脛骨は砕けていたのである。

ゴルギントは死んでいた。片手に剣を持ったまま、首を変な方向に向けて脂肪を床に押しつけて、無様に死んでいた。シビュラを殺し、カリキュラを殺そうとし、裁判協定を無

視し、ヒロトにも噛みついた男の、無様な最期であった。アグニカ王国でナンバースリーを自称する男は、一太刀もくれずにメティスの一撃で瞬殺されたのだ。無様な敗北であった。

「よくも閣下を……！」

巨漢の二人が剣を抜いた。その瞬間、メティスの身体が沈み込んだ。銀色の閃光が宙にXの字を描いた。遅れて鈍い音が響きわたった。

二人の巨漢は、呆然として宙を見上げていた。

唇がふるえている。

その唇から、ぷっと血が洩れた。大きな身体が傾ぎ、ゴルギントのそばに倒れた。一人立っていたのは、剣をクロスに振り払った後のメティスだった。

「馬鹿の護衛もまた馬鹿か」

とメティスが感想をつぶやいた。

「ひぃぃっ！　ひぃぃぃぃっ！」

と二人のアグニカ人の騎士が悲鳴を上げた。

7

ヒロトは驚くほど冷静に、冷酷に結末を見据えていた。

世界は不確定。

何が起きるかはわからない。

しかし、すぐ近くの未来となれば予想できる。

自分の言葉が通じない段階で、ヒロトはもう覚悟していた。ヒロトの言葉もロジックも通用しない。ハイドラン侯爵やルメール伯爵やラスムス伯爵が指摘したように、この男には最終的な武力行使しかないのだ。もうメティスに任せるしかない。そう決めていた。

そもそもメティスに聞かれた時からこの結末は覚悟していたのだ。

《ゴルギントはどうする？》

あの質問を向けられた時、メティスはゴルギント伯を殺すつもりだなとわかっていた。

《もちろん、我が国の法の下に入る。でも、何が起きるかはわからない。世界は不確定だから》

そうヒロトは答えた。あれは、最終的にはやむを得ないという答えだった。

何が起きるかはわからない。世界は不確定だから――。

でも、今世界は確定した。

　ゴルギント伯の行く末がわからない不確定の世界から、ゴルギント伯が死んだ世界に確定した。

　確定した以上、ぐずぐずしている場合ではない。今こそ、ヒュブリデ国の国務卿として宣言しなければならない。

　ヒロトは前に進み出た。

「三人は商人の掟を踏みにじったことによって処罰された！　何人も商人の掟に背くことは許されない！　もちろん、報復も許されない！」

「だ、黙れ！」

　とアグニカ人の騎士は叫び返した。

「いかなる場であろうと、我が主君を殺害した報いは受けさせる！　ピュリス人もヒュブリデ人も、覚悟するがよい！」

　普遍の法よりも、自分たちのローカルな、部族的なルールの方が上回ると無茶な宣言をしたのだ。

　恐喝にゼルディスが怒り叫んだ。

「我が同胞に危害を加えんとする者は、我がサラブリア連合が決して許さぬぞ！」

　返事はなかった。二人のアグニカ人騎士は、怯えながらヒュブリデの商館を飛び出した。

報復を呼びかけるために走り出ていったのだ。

恐らく半時間以内に、この商館はアグニカ人の騎士に――ゴルギント伯の手下たちに包囲され、侵入されることになるだろう。

「親父！」

とヴァルキュリアが父親のゼルディスに呼びかけた。

「わかっておる。すぐに知らせてこい」

8

外で待機していたゴルギント伯の騎士たちはいきり立った。

「まことか⁉」

と、ヒュブリデの商館から出てきたばかりの男に聞き返す。

「メティスが殺った！　ヒュブリデのヒロトもグルだ！　ヴァンパイア族もグルだ！」

と男は勝手な憶測を披露した。

非常事態、しかも激烈な感情が伴う時の非常事態のガセは、勝手に真実として一人歩きする。

「野郎！　ぶっ殺してやる！　閣下の仇討ちをしてくれる！」

騎士たちはヒュブリデの商館に向き直った。

全員血祭りにしてくれる。必ず主君の仇を討ってくれる……！

商館へ一歩踏み出した十人の騎士たちの意を挫いたのは、突然後ろのテルミナス河で響いた爆音だった。

振り返ったアグニカ人の騎士たちが見たのは、高さ十メートル以上に渡って走る水のカーテンだった。その先頭を猛スピードで飛ぶのは、ちびの吸血鬼だった。

ちびの吸血鬼は、いきなりテルミナス河から高く飛び上がった。ぐるりと回転して、騎士の方に接近する。

ゼルディスの次女にして最速のヴァンパイア族、キュレレだった。

（来やがるのか！）

剣を抜いた。

水青で染めた水色のひらひらのワンピースを着た垂れ目の童女の顔が見えた。三白眼の目が、騎士の顔を捉えた。

ゾッとした。

自分たちを狙っているのが、はっきりわかったのだ。

「く、来るなら、来やがれ！」

アグニカ人の騎士は叫んだ。

ヴァルキュリアやゼルディスたちなら、キュレレが最高速で飛んでいないのはわかっただろう。それでも、アグニカ人の騎士にとっては初体験だった。

来たと思った時には、もうキュレレは抜けていた。剣を振り下ろす暇なんてなかった。

ちびの吸血鬼は男たちを頭上から嘲笑うかのように、港の西側から東へと一瞬で抜けたのだ。

遅れて襲いかかったのは時速三十五メートルの突風だった。風速十五メートルを超えると、人は風に向かって歩けなくなる。二十メートルを超えると、どこかにつかまらないと転倒する。それを遥かに超える風速三十五メートル――。

鎧を着て剣を握った大の男たちは、ものの見事にひっくり返った。

「ぐわっ……！」

思わず二回転する。

港に軒を連ねる商館が、皆、不気味な震動音を立てた。

（な、なんだ……!?）

ちびの吸血鬼はすでに空へと舞い上がって旋回を始めていた。曇り空に悠々自適に弧を描いて、今度は東から西へ向かって突っ込んできた。

いつもは垂れ目の双眸が、再び三白眼に輝いた。三白眼は、騎士を睨みつけていた。

いやな噂が脳裏に浮かんだ。

一万のピュリス軍は、たった一人のちびの吸血鬼に壊滅させられた――。

（こやつか……⁉）

ちびの吸血鬼が低空で港に侵入した。瞬間的にアグニカ人騎士の頭上を飛び抜ける。その直後、ぐおおっと不気味な轟音が轟いてまたしても騎士は吹っ飛んだ。今度は自分たちと距離が離れていたのに、立っていられなかった。また一回転していた。

他の九人の騎士も、みんな転がっていた。

いや、九人だけではなかった。港に詰めていたアグニカ人の騎士が、ほぼ全員ひっくり返っていた。港にいた人たちも、同じように転倒している。

「悪魔だ！」

「逃げろ！」

「また来るぞ！」

恐怖の叫び声が起きた。港の者たちが、いち早く港から逃げようとして走り出す。人の群れに圧迫されて、十人の騎士たちは慌ててキルギアの商館の脇に逃れた。

港にいたアグニカ人の男女が、逃げている。皆、逃げている。

（あの化け物は――!?）

ちびの吸血鬼は再び旋回に入っていた。今度は南の方から高度を落としながら近づいてくる。向かう先に、緩やかな坂を上がったゴルギント伯の豪邸が見えた。

（まさか、閣下の屋敷を――！）

騎士の予感は当たっていた。ちびの吸血鬼は、港に侵入した時がまるで遊びに見えるほど、殺人的な速さで低空で屋敷へ向かって侵入したのだ。吸血鬼は、今度は手加減をしなかった。最高速で突っ込んだのである。

屋敷の百メートル前には、高さ四メートルの塀と門がある。そこには、かつて相一郎に無礼な態度を取った衛兵がいる。その衛兵の頭上二、三メートルを、とんでもない速さでキュレレが飛び抜けた。

大地が唸った。

空気が吠えた。

騎士は、門の一番上の石が、衛兵もろとも吹っ飛ぶのを目にした。吸血鬼はそのまま屋敷の頭上をかすめるように超高速で飛び去った。

ばりばりばりっと恐ろしい音がした。屋敷の屋根が飛び散り、屋敷に亀裂が走った。

（お屋敷が……！）

ちびの吸血鬼は屋敷の上を飛び抜けると、大きく弧を描いて北側から屋敷の上空を抜けた。またばりばりばりっと恐ろしい音が炸裂して、屋敷の屋根が吹っ飛んだ。

（あぁっ……!!　お屋敷が……!!）

「お屋敷が壊れたぞ！」

と仲間が悲痛な声を上げる。

間違いなく悪魔だった。ピュリス軍一万を壊滅させ、マギア軍を敗退させた悪魔だった。あの悪魔が、サリカを襲っているのだ。

また悲鳴が上がった。

「来るぞ！」

悪魔は屋敷を抜けると、そのまま港へ高速で突っ込んできた。一直線の道を低空で飛んで、テルミナス河へ抜ける。その先にゴルギント伯の軍船が二隻、航行していた。悪魔はマストをかすめるように一瞬で飛び抜けた。

また、ばりばりっと猛烈な音が響きわたった。空が咆哮する。とんでもない水のカーテンが艦隊に襲いかかり、アグニカの軍船を打った。

軍船が傾いだ。なんとか転覆を免れる。

だが、ちびの吸血鬼は今度は反対側から飛んできた。マストすれすれをもの凄い速度で突き抜ける。そのままゴルギント伯の屋敷のすぐ上空へと抜けた。

サリカ港の空が唸った。

テルミナス河上空の空が、唸った。

轟音と巨大な水のカーテンがアグニカの艦隊に襲いかかった。まるで見えない手で握られて振り回されたみたいに軍船が揺れた。

二隻のマストが折れ、今度こそ艦船が二隻とも倒れた。無敵を誇るゴルギント伯の艦隊が――二隻の軍船が、マストを折られてひっくり返ったのだ。

「我らが船が……！」

思わず呻き声が出た。

「あぁ……」

と隣で別のアグニカ人騎士も呻く。

「悪魔だ……」

と仲間のアグニカ人騎士まで言い出した。

一人でゴルギント伯の軍艦を沈める者が、天使のはずがなかった。

悪魔だった。

全員が呻くか沈黙していた。悪魔を倒せ！　悪魔を倒してやる！　なんて叫ぶ者は一人もいなかった。

相手は悪魔なのだ。自分の手に届かないところをこの世のものとは思えぬ破壊的なスピードで駆け抜けて、すべての者を転倒させ、すべてのものを破壊してしまう悪魔なのだ。

そんな悪魔を前にして、いったいに自分たちに何ができるというのか。

戦う気概、主君の敵を討つという気概は完全に消えていた。マストとともに、アグニカ人の騎士たちの心の牙も折れたのだ。

騎士たちは、南の空に大きな鳥の一群が近づいてくるのに気づいた。

鳥にしてはでかかった。

サリカ港にぐんぐん近づいている。しかも、青と赤と黒の一団である。

すぐにわかった。

ヴァンパイア族の一群だった。

化け物の一団がやってくる。悪魔の一団がやってくるのだ。

矢で射る？

屋敷を破壊し、軍船を二隻沈めた化け物の集団に、立ち向かうというのか？　それこそ、徒手で巨大な熊や虎に立ち向かうようなものだ。戦いの世界で生きれば生きるほど、立ち向かっても勝てない相手、どうにもならない相手ははっきりとわかるものである。

そのどうにもならない相手、勝ち目のない相手、戦えば死ぬ相手が、あのヴァンパイア族のちびだった。そのちびの親玉たちがやってきたのだ。いったいどうして武器を向けられよう？

青い翼のヴァンパイア族、赤い翼のヴァンパイア族、黒い翼のヴァンパイア族がどんどん近づいてきた。鳥ではないのは、もうはっきりとわかる。ヴァンパイア族たちはそのままヒュブリデの商館の屋根に舞い降りた。

その時になって商館の屋根に、二人の女と一人の巨漢――そして青年が姿を見せた。現れたのは、青いマントを羽織った青年だった。

アグニカ人騎士には、それが誰だかわかった。

今のヒュブリデ王国を動かすナンバーツー、レオニダス王の一番の腹心――。国務卿兼辺境伯ヒロトだった。

黒い翼のヴァンパイア族の男が、ほら貝を吹いた。重い音がサリカ港全体に響きわたる。

「アグニカ人の騎士ども、よく聞け～っ！　我が名はヒュブリデ国国務卿ヒロト！」

とヒロトは声を轟かせた。

「ゴルギント伯は商人の掟に背いた！　商館では何人も抜剣してはならぬという法に背い

て剣で斬りかかろうとした！　それゆえ罰せられた！　報復を誓い我が商館の住人に危害を加える者には、死の鉄槌が下される！　空を見るがよい！」

とヒロトは指差した。

アグニカの軍船を沈め、ゴルギント伯の屋敷を破壊した悪魔が、悠々と空を飛んでいた。だんだんと降下を始めている。

「報復をあきらめ、ゴルギント伯の居城に戻った者には攻撃はしない！　だが、刃向かう者は命なきものと思え！」

黙れ！　と言い返す者はいなかった。アグニカ人の間から一切声は上がらなかった。誰もが、悪魔の暴風に煽られてひっくり返されていた。そして、自分たちの頭領の屋敷が破壊され、ゴルギント伯の船がマストを折られて沈没するのを見ていた。あの悪魔のせいで戦う魂ごと身体を吹っ飛ばされていたのだ。戦う牙を折られたのである。

自分たちは無敗にして無敵。

河に出れば敵はなし――。

そう信じてきたが、信仰は終わった。自分たちは無敵ではなかったのである。もっと無敵の存在がいたのだ。

ヒロトの声が港に響きわたった。

「ゴルギント伯の遺体は全騎士が撤退後に渡す！　遺体を傷つけることはしない！　ヒュブリデ国国務卿としてそれは約束する！　ただし、我が商館の中の者に危害を加えようとする者は、この国務卿が断じて許さない！」

第二十二章　ムハラ

1

ドルゼル伯爵（はくしゃく）の大食堂に、ヴァンパイア族たちが集まっていた。ヒロトがゴルギント伯の遺体を引き渡した後、カリキュラの商船に乗ってドルゼル伯爵の屋敷に引き上げてきたのだ。

その間に、ドルゼル伯爵の部下はすばらしい仕事をなし遂（と）げていた。主君が成功するものとばかり考えて、ムハラの用意をしていたのである。カリキュラは、みんなにお礼がしたいとまたムハラを振（ふ）る舞うことにした。

ヴァンパイア族は美味（うま）いものが食えるとばかりに目を光らせていた。中でもキラ～ンと一番怪（あや）しい光を放っていたのは、長机の真ん中に陣取（じんど）っているキュレレであった。

「お待たせ～っ！」

とカリキュラがムハラを盛ったスープ皿を手に入ってきた。召使（めしつかい）たちも次々と赤いムハラを盛ったスープ皿を手に大食堂に入ってきた。

「待ってました〜っ！」

とヴァンパイア族からも歓声が上がる。

「きゅ〜〜っ！」

と叫んだのはキュレレである。

最高の気分だった。

ひみちゅだいしゅきとのたまって秘密を聞いたキュレレは、当初はただ話を聞いただけに終わっていた。

だが、メティスがゼルディスに直談判、自分はゴルギント伯を殺すつもりであること、殺した後、伯の部下が恐らくヒュブリデの商館に押し寄せること、ヒロトが危機に晒されることを告げたのだ。

そこで急遽、キュレレがゴルギント伯の手下を撃沈するために呼ばれたのである。

ゴルギント伯の屋敷をぶっ潰すこと。

港では商館を壊さないこと。

あとは好きにやってよいと父親に言われて好きにやった。特にゴルギント伯の屋敷については、相一郎の件で恨みがあったので思い切りぶっ壊した。さらに軍艦も二隻轟沈させた。沈没させたのはキュレレの気まぐれである。すべては相一郎の仇討ちだった。ゴルギント伯の屋敷の衛兵が相一郎に無礼を働いたことを、キュレレは決して忘れていなかったのである。武闘派と言われる所以である。

ぶっ壊すのは楽しかった。思い切り飛んですっきりした。そしたら、カリキュラがまたムハラをつくってくれたのだ。

「みんないっぱい食べてね！　本当にみんなありがとう！」

とカリキュラが涙まじりで叫ぶ。

「また助けてやるよ～！」

とヴァンパイア族が叫んだ。

（キュレレも助ける！）

そう誓って、キュレレは激辛の蟹にかぶりついた。

2

ヴァンパイア族へのお礼が終わると、カリキュラは部屋に戻った。燭台をサイドボードに置いて、ベッドに寝転がる。

まだ心臓が高鳴っている。興奮が収まらない。

すべてが終わったわけではないことはわかっている。自分の裁判も残っているし、難しい国同士の話し合いが残っているのもわかっている。

それでも――姉の仇を討つことができた。姉の命を奪った憎きゴルギント伯を、メティス将軍が返り討ちにしてくれたのだ。

ヒロトとメティスに部屋に呼ばれるまでは、ほとんどあきらめていた。お姉ちゃんの仇はもう討てないんだろうなと思っていた。

でも――討てた。

今でも、あの憎きゴルギント伯が倒れる瞬間のことは記憶に焼きついている。

大好きなお姉ちゃんを殺した男。

自分を殺そうとした男。

何度も不正な判決をさせた男。

その憎き男が、姉が最期に頼ろうとした人に斬られて絶命したのだ。仇討ちがなされた瞬間だった。

こんな時が来るなんて思わなかった。お姉ちゃんの仇を取れるなんて、思わなかった。

今でも、涙が出そうになってうるうるしてしまう。

カリキュラは、天国にいるはずの姉に向かって囁(ささや)いた。

(お姉ちゃん、ゴルギント死んだよ……! お姉ちゃんの仇、討てたよ……!)

第二十三章　空位

1

青い腰壁の部屋の奥に置かれたふかふかの深紅のソファで、ガセル王妃イスミルとガセル王パシャン二世は、ほぼ同時に声を上げた。

「それは本当？」

と腰を浮き上がらせんばかりに驚愕して聞き返したのは、イスミル王妃である。

「確かにゴルギント伯は死んだのだな？」

と声をふるわせながら念を押したのは、夫のパシャン二世である。

尖った爪先にピチピチの白と黒のショース、そしてこれまた上半身にぴったりのシャツの上からジャケットみたいな上着を羽織ったガセル人の使者は、恭しくうなずいて肯定してみせた。

「商人の掟を破ったとのことで、メティス将軍が手を下されたのでございます」

「ああ、メティス！　あなた、メティスが――！」

　とイスミル王妃は少女のように歓喜の声を弾ませて夫に顔を向け、夫の両手を握った。

「どうやらヒュブリデの国務卿の差配があったようでございます。筋書きを考えたのは国務卿とか」

「辺境伯の？」

　とパシャン二世が尋ねる。

「カリキュラを囮にゴルギント伯に罠を仕掛けたようでございます。ゴルギント伯の手の者がカリキュラの船に襲いかかったところ、待ち受けていたメティスとヴァンパイア族が撃破」

「ヴァンパイア族⁉　ヴァンパイア族もいっしょだったのですか⁉」

　とイスミル王妃が驚く。

「さようでございます、妃殿下。国務卿もいっしょに乗り合わせていて、証人になったようでございます。メティス将軍は敵船長を捕らえてゴルギント伯の命令であることを吐かせ、国務卿とヴァンパイア族とともにサリカ港のヒュブリデの商館へ急行。ゴルギント伯を呼びつけたのでございます。ゴルギント伯は申すも憚られる暴言を吐いたようでございますが、そこへメティス将軍が現れて挑発。背を向けた拍子にゴルギント伯が剣で斬りかかり、メティス将軍が一撃で殺害」

「ああ、メティス……！　やっぱりメティス……!!」

感無量でイスミル王妃が両手を合わせる。目は少しうるうるしている。ずっとゴルギント伯のことで激怒し、悶々としてきたのだ。

パシャン二世が愛妻に顔を向けて、少し意地悪そうに口許を歪めた。

「イスミルよ、そなたはヒロトは頼りにならぬと失望しておったな」

妻が恨めしそうに夫を見る。

「だって――」

「見切るのが早かったようだな。そなたはヒロトに礼を言わねばなるまい」

2

ゴルギント伯死亡の報せは、ヒュブリデ王国のエンペリア王宮にも衝撃をもたらしていた。

「ゴルギントが死んだ!?」

王の執務室で甲高い声を上げたのは、さらさらの金髪ヘアに胸元を開いた白いシャツを着た男、ヒュブリデ王レオニダス一世だった。

財務長官フェルキナも、思わずラケル姫と顔を見合わせた。到着したばかりのヴァンパイア族の男は、憎きサリカ伯が死んだと告げたのだ。

「なぜ死んだのだ⁉」

と宰相パノプティコスが聞き返す。

「それが結構長い話があってだな……」

とヴァンパイア族は一部始終を語って聞かせた。

（罠を仕掛けたわけね）

思わずフェルキナは笑みをこぼしてしまった。

ヒロトの役割は、ピュリス将軍メティスと共同での艦隊派遣を実現することだった。その話をするために一旦サラブリアへ戻ったはずだが――。どうやら面白い道草を食っていたらしい。

「逸脱ではないのか？　国務卿の任務はサリカ港へ行くことではない」

と宰相パノプティコスが早くも突っ込む。

「やかましい！　アホが死んでどこが悪い！　あいつの使者は、おれに対して『できることとできぬことを弁えろ』と吐かしやがったのだ！　おれが武力行使ができぬと馬鹿にしやがったのだ！　一国の王を罵りやがったのだぞ!?　クソギントをぶっ叩いて何が悪い！」

とレオニダス王が甲高い声を放って開き直る。クソギントとはもちろんゴルギントのことである。

「しかし――」

「結構なことではありませんか。あの男は、いても我が国のためにもアグニカのためにもならなかった者です。きっと精霊様の罰が下ったのです」

と宰相にかぶせる形で冷たく突き放したのは、精霊教会副大司教のシルフェリスだった。

フェルキナは噴きそうになった。

（言うのね）

ゴルギント伯に対していい印象を持っていなかったのは確かだが、それにしても精霊教会のほぼトップでありながら冷酷なことを言う。

しかし、真実である。真実はいつも冷たいものだ。

「しかし、任務逸脱には――」

すがる宰相に、

「おれがかまわんと言っておるのだ、バカタレ！」

とレオニダス王が暴言で退けにかかる。

「ですが、陛下――」

ヒロトへの非難を向けようとする宰相に、ヴァンパイア族の男が割って入った。

「ガセルのドルゼル伯爵ンところでヴァンパイア族が集まってムハラを食うことになってて、たまたまメティスを誘ったら来ることになって、それでカリキュラの船に乗り込んでどれだけ危ねえのか見てみるかってことになったら、たまたまゴルギント伯の糞どもが来やがって、それで呼びつけたらやつがいきなり剣を抜いたんだ。商人の掟って言うんだろ？殺されても仕方ねえって言ってたぜ」

フェルキナは笑いが漏れそうになった。絶対嘘ね、と笑みを噛み殺した。たまたまなわけがない。

恐らく初めにゴルギント伯を罠に嵌める計画があった。

ヒロトは計画にメティスを巻き込むためにムハラの食事会を考え、ゼルディスとゲゼルキアとデスギルドを招待し、最後にメティスも誘った。その際、計画を話したのだろう。

メティスは直接ゴルギント伯を殺すチャンスだとばかりに話に乗った。そしてほぼ全員がカリキュラの船に乗る形でゴルギント伯の私掠船が襲撃するのを待ち伏せ、撃退、拘束した。そしてゴルギント伯をヒュブリデの商館に呼び寄せた。

さしものゴルギント伯も、ヴァンパイア族の連合の代表が三人もいるとあっては参上せざるをえなかったのだろう。あるいは――ヒロトのことだ、きっとヴァンパイア族に脅させたのだろう。屋敷を破壊するとでも手紙に書いたのかもしれない。

ハイドラン侯爵の別邸が破壊されたのは、ゴルギント伯も知っていたはずだ。やむなくゴルギント伯はヒュブリデの商館に参上した。

ヒロトは当初、穏便に済ませようと裁判協定の遵守を迫ったのだろうが、ゴルギント伯は拒絶。そこで何らかの形でメティスがゴルギント伯に先に剣を抜かせ、返り討ちにしたのだろう。

「明礬石で報復されるのではないですかな？　明らかに罠に――」

と不安そうに言い出した書記長官に、

「商人の掟を破った者にまだ譲歩せよ、配慮せよと申されるのか⁉」

と鋭い声を向けたのは大長老ユニヴェステルだった。目つきが険しい。明らかに怒っている。

「しかし、これは一種の騙し討ち――」

「抜剣させたのは騙し討ちではない」

とユニヴェステルは、まるで蝿叩きで蝿を叩くようにぴしゃりと片づけた。書記長官は潰された昆虫みたいに押し黙った。

「よいか、商人の掟を踏みにじったのはゴルギント伯なのだ。ピュリスの者でも我が国の者でもない。ゴルギント伯だ。ゴルギント伯は、犯してはならぬ普遍の法を踏みにじったのだ。そこを忘れても勘違いしてもならぬ」

と大長老が厳しい口調でつづける。大長老をキレさせたのは、ゴルギント伯が商人の掟を破ったことだった。

「商人の掟を破った者を無罪放免にするなど、それこそテルミナス河沿岸の者として絶対にしてはならぬことだ。一度許せば、テルミナス河の商業の安全は脅かされることになる。傷害と殺戮に満ちていた大昔の時代に逆戻りすることになる。掟を破った者は罰せられねばならんのだ。ましてや危険が迫ると判断された場合には、実力で排除せねばならぬ。それはすべての商人が、そして港を治める者が、皆了解して署名していることだ。ゴルギント伯も例外ではない。サリカ港を治める者自ら商人の掟を破って先に抜剣するなど、言語道断だ。ゴルギント伯の自業自得の死を理由にアグニカが我が国を非難するのならば、我が国は何をもってしてもアグニカに間違いを思い知らさねばならぬ」

常になく強い調子でユニヴェステルが言い切る。

何をもってしても——つまり、武力行使をもってしてもという意味である。

「もし明礬石で脅してきたら、その時はガセルとピュリスと組んで侵攻してやると脅し返してやれ。いつまでも明礬石のことで動けぬと思わせるな」

とレオニダス一世も強い口調で言い返した。

書記長官は反論しなかった。宰相パノプティコスも反論しなかった。本人的には、本人が進めたかったゴルギント伯との秘密協定をゴルギント伯の死という形で潰されて憮然たるものはあったに違いないが、怒りは見せなかった。

（本当はもっと早くに、最初にこうしておかなければならなかったのよ）

フェルキナはそう思った。

いささか結論に辿り着くのが遅かった。でも、遅かったとはいえ正しい結論に達したのは、最悪のことではない。

ただ――大法官だけは懸念を表明することを忘れなかった。

「ゴルギント伯が死んだとして、後釜はどうなるのだ？　サリカ伯は空位になるぞ。女王側は絶好の機会と捉えるのではないか？　少なくともリンドルス侯爵なら、自分か自分の息の掛かった者を後釜に据えようとするに違いあるまい」

「グドルーン女伯は阻止すると思います」

とラケル姫がすかさず付言する。フェルキナは少し不安を覚えた。

（サリカ伯をめぐって、少し荒れるかもしれない……）

3

アグニカ王国の巨漢の重臣、リンドルス侯爵はすでに馬上の人となっていた。向かうはサリカ——王国最大にして最重要の港である。女王の命で、自分が話をまとめてくることになったのだ。

サリカからの急報を受けて、アストリカ女王は狼狽していた。ゴルギント伯が商人の掟を破ってピュリス将軍メティスに殺害されたのだ。部下たちはヒュブリデの商館を襲撃しようとしたらしいが、ヴァンパイア族がゴルギント伯の屋敷と軍艦を破壊。騒乱は不発に終わったらしい。

（ピュリスを撃滅したあのヴァンパイア族だ……！）

リンドルスはピンと来た。

間違いない。

絶対敵に回してはならぬ者だ。なぜガセルに味方したのかはわからないが、なんとか懐柔しなければならない。

《やはり、吸血鬼は信用ならぬか……》

とアグニカの宰相ロクロイは不信感を見せていたが、そういう場合ではない。

ゴルギント伯がヒュブリデの商館で商人の掟を破ったのは事実なのだ。抜剣して殺害しようとすれば、殺害されても文句は言えない。リンドルスも商人の掟については署名している。

何よりも、ヒュブリデの商館にいるヒロトに対して攻撃を仕掛けようとすること自体が愚かなのだ。我が国の国防の楯にはヴァンパイア族が絶対不可欠なのに、ヴァンパイア族に対して喧嘩を仕掛けてどうするのか。ヒロトとヴァンパイア族がいる商館に対して襲撃を企ててどうするのか。

（愚かな……）

リンドルスは罵りたくなった。

なんと愚かな。愚者の塊め。主君が愚かなら、仕える者もやはり愚かだ。

ヒロトはすでにガセル王国に引き上げているようだが、とにかく早くヒロトに会わねばならぬとリンドルスは思った。ヴァンパイア族との関係も修復せねばならぬ。

明礬石をちらつかせる？

それこそ愚策というものだ。今回、ヒロトはガセルとピュリスといっしょに行動している。さらに三カ国を団結させることをしてどうするのか。

片づけねばならぬ問題がいくつもある。

ガセルとの問題。

ピュリスとの問題。

ヒュブリデとの問題。

ヴァンパイア族との問題。

さらに空位になったサリカ伯の問題――。

最後についてはチャンスではないか？　と思う。ゴルギント伯はグドルーン伯側の人物だった。アストリカ女王側の人物ではなかった。かつての敵であった。

今、サリカ伯は空位となった。自分の息の掛かった人物がサリカ伯に就任すれば、国内最大の港を女王側の人間が握ることになる。女王の勢力が広がり、グドルーン伯の勢力が縮まることになる。アグニカは真の統一へと進み、国内の安定も増すだろう。

（とにかくヒロト殿との話をまとめて、サリカ伯は――）

4

かつてアストリカ女王と王位を争った大貴族インゲ伯グドルーンは、すでに船に乗り込んでいた。

まだ空は明るいが、一時間もしないうちに西にオレンジ色が広がりはじめるだろう。その後待っているのは、紫、さらに暗黒に近い紺色の世界である。夜闇は数時間後に迫っている。

第一報を聞いた時には、思わず聞き返した。

《ヒロトとメティスがいたのか？》

そう聞き返した。ヴァンパイア族もいたと聞かされて、思わず天を仰いだ。

ああ。

ヒロトだ。

絶対にヒロトだ。ヒロトがメティスとヴァンパイア族をまとめ上げたのだ。

そう思った。事実は、ヒロトが説得したのはメティスだけであり、ヴァンパイア族を巻き込んだのはメティスであったが、そうグドルーンは解釈した。

ふつふつと怒りが、無念とともに込み上げた。

（だから言うたではないか……！）

グドルーンは虚空を睨みつけた。この結末を予想していたわけではないが、可能性は予感していた。それゆえサリカの屋敷まで出向いて、ゴルギント伯に最大級の警告を発したのだ。

ゴルギント伯は、メティスとヒロトの関係は悪化していると自信たっぷりに断言していた。メティスがヒロトからの手紙を破り捨てた、両者の共闘はありえない、二人が束になって掛かってくることはない。そう言い放っていた。

だが、現実ではヒュブリデとピュリスの両エースが共闘して襲いかかってきた。ゴルギント伯がありえないと断言したタッグが実現してしまったのだ。そのタッグにヴァンパイア族が絡み、考えうる限り最悪のトリプルタッグが成立した。ヒロトとメティスはヴァンパイア族たちといっしょに仲良く同じガセルの商船に乗り込んでゴルギント伯の私兵を蹴散らし、さらに仲良くヒュブリデの商館に辿り着いて、ゴルギント伯に止めを刺したのだ。

《メティスもヒロトも甘く見るな。ヒロトは必ずおまえを潰しにかかるぞ》

自分が予言した通りになった。

《貴様、死ぬぞ》

そして死んだ。

まさかヒュブリデの商館で、しかもメティスによって殺されるとは思わなかった。状況を聞くと、ゴルギント伯は商館で先に抜剣し、メティスに返り討ちに遭ったらしい。

（愚かな……）

商人の掟は、ゴルギント伯もわかっていたはずだ。テルミナス河とともに過ごす者ならば、誰でも知っている。

王も大貴族も遵う、絶対的な法——。

なぜメティスに剣を抜いたのか。ピュリス一と言われるメティスに、なぜ抜剣したのか。

何か挑発をされたのか。されたとしても抜剣してよいものではない。

ゴルギント伯とは、最近は意見の不一致が目立っていた。それでも、長い間、自分を支持してくれていたことに変わりはない。本気で自分を女王にしようとしてくれていた。自分に引導を渡したのもまたゴルギント伯だが、それでもともに戦ってきた相手ではある。

悔しい？

もちろん悔しかった。

失いたくはなかった。だからこそサリカまで出向いて警告したのだ。

だが、ゴルギント伯は死んだ。

メティスによって死んだ。グドルーン的に言うなら、ヒロトとメティスとヴァンパイア族によって死んだ。

報復する？

執事にも尋ねられた。

《弔い合戦をいたしますか？》

グドルーンは怒鳴りつけた。

《愚か者！　ヴァンパイア族を敵に回すぞ！　敵に回して我が国に勝利があるか！》

ヒロトは今回、最強の布陣を敷いている。ピュリスとガセル、そしてヴァンパイア族とタッグを組んでいる。最悪のトリプルタッグである。

それに対して戦を挑む？

無謀すぎる。

明礬石を楯にする？

逆効果だ。ヒュブリデは今でこそ貴族が戦争に伴う課税に反対しているが、アグニカが明礬石の輸出禁止をちらつかせれば、それこそピュリスとガセルと三カ国で組んで攻撃してくるだろう。それにヴァンパイア族が加わらないとは、現時点では断定できない。むしろ、加わるのではないかと考えてしまう。

とにかく早く事態を解決せねばならない。ヒュブリデとガセルとピュリスが望んでいることははっきりしている。

裁判協定の遵守。

サリカ伯の後継者にはそれをきっちり守らせると約束せねばならない。賠償も必要となるだろう。ヴァンパイア族への贈り物も必要だろう。すでに船にはたっぷり詰め込んである。

メティスに会うことになるのだろうか、とグドルーンは思った。

自分と同じ女剣士。

ピュリスで最強と謳われる剣術の達人。

一度手合わせをしてみたいと思っているが、今はそういう場合ではない。今回の目的は後始末である。

（リンドルスも来るつもりか……？）

ふと不安が胸を掠めた。

機を見るに敏な男だ。サリカ伯をリンドルス侯爵側の者にしようとしてくるかもしれない。狙うのはグドルーン側の勢力を削ぐこと――。

（そうはさせるか。リンドルスの思うようにはさせぬぞ）

5

蝋燭が何本も燭台を飾って、寝室を照らしていた。緑色の毛布を掛けたベッドと同色のソファが明かりの中に浮かび上がっている。一本の蝋燭に比べれば、かなり明るい。

ベッドに座って考え事をしているのは、ヒロトだった。

ゴルギント伯を倒して憂いはなくなった？

否。

世界は一喜一憂の連続だ。一喜一憂の反復で世界と人生はできあがっている。

ゴルギント伯は死んだ。これで裁判協定を無視しつづける男、ガセルとの火種を増やしつづける男は消えた。

だが、ゴルギント伯の部下は？

サリカ伯は現在空位である。ゴルギント伯の部下がサリカ伯に就任すれば、また裁判協定を無視する可能性がある。部下たちはヒロトたちに反感を懐いているはずなのだ。

ヒュブリデにとって大切なのは、明礬石を安定して確保することである。そのためには、裁判協定が遵守されること、そしてアグニカ王国が政治的に安定することが欠かせない。数カ月前にアグニカ王国を旅した時に、女王側とグドルーン女伯側との対立を肌で感じた。

女王側——特にリンドルス侯爵は、女王側の勢力拡大を狙っている。

グドルーン女伯側は、リンドルス侯爵を警戒している。そして今もなお玉座を狙っている。

誰がサリカ伯に就任するか。

もしリンドルス侯爵側の人物が就任すれば、女王側の勢力は拡大する。サリカはゴルギント伯――つまり、グドルーン女伯の勢力側だっただけに、敵勢力が統治することになれば、グドルーン女伯は反発する。

黙って臥薪嘗胆を耐え忍ぶ？

グドルーン女伯はそういうタイプの人間ではない。必ず反旗を翻し、内戦を引き起こすだろう。ヒュブリデにとっては最悪のシナリオである。内戦になれば明礬石の安定的供給は望めなくなる。

グドルーン女伯の部下が就任すれば？　果たしてゴルギント伯の手下を抑え込めるのか、未知数が発生する。

グドルーン女伯ならば、恐らく手下を抑え込めるだろう。政治的安定は一番実現される。問題は女王側――リンドルス侯爵の反応だ。侯爵はグドルーンの支配が広がるとして拒絶するだろう。

どうやって説得するのか。

ノックの音が鳴った。

白いピンタックのブラウスの前を豊満なバストでふくらませて、眼鏡のソルシエールが入ってきたところだった。

「お連れしました」

後ろにはメティスとドルゼル伯爵がいる。

「話があると聞いたが」

とメティスが切り出した。

「次にどの服で女装するか相談しようと思って」

とヒロトはアホな冗談を披露した。

「殺すぞ」

とすかさずメティスが突っ込む。ドルゼル伯爵も笑う。ヒロトは苦笑して、真面目に切り出した。

「たぶん、リンドルス侯爵とグドルーン女伯がここに来ると思う。その前に、アグニカに対してどんな条件を要求するのか、決めておきたい」

第二十四章　事後

1

ガセル王国ドルゼル伯爵邸――。

体重百三十キロの巨漢が屋敷の門をくぐって、馬を下りた。

アグニカ王国の重臣、リンドルス侯爵である。出迎えたのはエルフの騎士、アルヴィだった。

「ヒロト殿は？」

と早速リンドルスは尋ねた。

「今日はお会いになれません」

とアルヴィは答えた。

「明日は会えるのか？」

「ヒロト殿は公平を期すためにお二人いっしょにお会いしたいとのことです」

アルヴィの返事に、

「お二人？　グドルーンか？」

とリンドルスは聞き返した。

「先日、こちらに向かっているとお手紙をいただきました」

とアルヴィが説明する。

「待たせるのはいかがかと思うが」

とリンドルスは揺(ゆ)さぶってみた。

「先にお会いして、その後にグドルーン伯にお会いすることで不利益が発生したとすれば、それはいつどのようにしていただけるので？」

リンドルスは唸(うな)った。きっと今の台詞(せりふ)は、ヒロトから伝えられていたに違いない。

「グドルーンより後回しはないのだな？　二人いっしょなのだな？」

「それは固くお約束します」

その返事で、リンドルスは退く以外なかった。

ヘマをやらかしたのはアグニカ側なのである。いつ会うかを決める権利は、ヒロト側が持っている。

（待つしかないようだな）

2

グドルーンが到着したのは夕方のことだった。港に着いたところで、昨日の昼にアグニカ人の使節が来たと知らされた。

すぐにわかった。

リンドルス侯爵だ。

話を聞けば、巨漢だったという。どう考えてもリンドルス侯爵だった。自分より機先を制したのだ。

（くそ、やられた……！）

なぜもっと早く出られなかったのかと悔しさが込み上げる。贈答品を用意しなければすぐにも出発できたのだが、贈り物は絶対必要である。

西の空がオレンジ色に染まる中、薔薇の香りを漂わせながらグドルーンはドルゼル伯爵の屋敷に到着した。迎えに出たのはアルヴィだった。

「もうヒロトはリンドルスに会ったのか？」

グドルーンはストレートに不安と疑問をぶつけた。

「いえ、まだお会いになっていません。侯爵と閣下のお二人とごいっしょに会われるというお話です」

とアルヴィが答える。

「まだ会っていない？」

「はい」

「先に来たのではないのか？」

「ヒロト様はお二人に差をつけたくないというお気持ちでいらっしゃいます」

とアルヴィが説明する。

あの男らしい、とグドルーンは少し安心した。そういう部分があるから、あの男に説得されたのだ。

客室に案内されてから、しばらくして眼鏡の娘が呼びに来た。彼女の後ろについて、宝箱を持った巨漢の護衛とともに廊下を進む。

「こちらです」

娘がノックをして、

「グドルーン伯をお連れしました」

と呼びかけた。扉を開けて、中へ促す。

広い応接間だった。

クリーム色の内装である。三人掛けの緑色ソファが一つ、そして一人掛けのソファが五つある。そして一人掛けのソファにはすでに巨漢が座っていた。

リンドルス侯爵だった。そばには重そうな箱と護衛の騎士がいる。

「おったのか」

とグドルーンは軽くからかった。

「奇遇だな」

とリンドルス侯爵がとぼける。

「狸め」

とグドルーンも返す。恐らくリンドルス侯爵は自分よりも少し前に部屋に通されたのだろう。

ヒロトの姿はなかった。メティスの姿もドルゼル伯爵の姿もない。

（さて、どれくらい待たせるつもりか）

奥の扉がいきなり開いた。

入ってきたのは、青いマントを羽織ったヒロトだった。後ろには六人のヴァンパイア族がいた。女が二人と男が四人である。

後ろの三人は護衛だろう。一目で先頭の三人は普通の者ではないとわかった。皆、格闘をさせれば強そうな身体をしている。歩く時にまったく体幹がブレていない。

グドルーンとリンドルス侯爵は一斉に立ち上がった。

「紹介するよ、サラブリア連合代表のゼルディス殿、ゲゼルキア連合代表のゲゼルキア殿、北方連合代表のデスギルド殿だよ」

とヒロトは三人を紹介してみせた。そして今度はヴァンパイア族に、

「アグニカ王国の柱、リンドルス侯爵とアグニカ王国一の華にして牙、インゲ伯グドルーン殿だよ」

と紹介して、全員に着席を促した。

「まずこのたびのことについてはお詫びさせていただきたい」

とリンドルス侯爵が先手を取った。

「ヴァンパイア族の方々に対する非礼は意図せざるもの。されど、たとえ不本意とはいえ、失礼申し上げたことに変わりはない。我が女王も心を痛めていらっしゃる。こちらは女王のお気持ちとして受け取っていただきたい」

侯爵の部下が三箱の木箱を恭しく差し出した。連合代表の部下が木箱を開ける。中にはヒュブリデの金貨が詰まっていた。

リンドルス侯爵は自ら立ち上がって本を手にゼルディスに歩み寄った。

「ご無沙汰しております、ゼルディス殿。こちらは姫君に――」

と本を差し出す。

物語の本である。キュレレが物語が好きなのをわかった上での贈り物だ。ゼルディスは自ら本を受け取った。ヴァルキュリアへの一件で詫びに出向いた時に、ゼルディスとは会っている。

「リンドルス殿のお気持ちはしかと受け取った。ゴルギントの馬鹿には言いたいことが山ほどあるが、もう死んでおる。女王に言いたいことは特段ない」

とゼルディスが敵意を引っ込める。つまり、手打ちにしたということである。

ゲゼルキアとデスギルドは黙っている。不満があるからではなく、特に問題がないから無言でいるようだ。

ヒロトがグドルーンに顔を向けた。今度は自分の番である。グドルーンは口を開いた。

「ゴルギントはボクの知らぬ者じゃない。ボクとは決して他人の間柄ではなかった。それだけに、彼が無礼を働いたのは非常に残念だ。インゲ伯としてお詫び申し上げる」

とグドルーンは詫びの言葉を口にした。

三人の表情は変わらない。

グドルーンは背後の護衛に顔を向けた。二人が三つの宝箱を持って三人の代表に近づく。

「ボクからのお詫びとして受け取っていただきたい」

護衛が宝箱を開いた。途端に二人の女がぱっと目を開いて、口を半開きにした。わずかに漏れたのはため息だったのか。

詰まっていたのは、真珠のネックレスだったのだ。この世界では天然の真珠しかない。養殖の真珠はなく、真珠は幸運によってしか手に入れることができない。王族や大貴族しか持っていないような代物である。

ゲゼルキアとデスギルドは、ソファから立ち上がって自ら真珠を手にした。

「たくさんあるな」

と言ったのはゲゼルキアの方である。

「これで、この間もらえなかった者たちにもやれるね」

とデスギルドが声を弾ませる。

「グドルーン殿のお気持ち、しかといただいた。女たちも喜ぶであろう」

とゼルディスが政治的な言い回しで答える。

「おまえ、気に入ったよ。いいものをくれるね」

とフランクに言い放ったのはゲゼルキアである。

「おまえ、いいところあるよ」

と上から目線なのはデスギルドである。

「二人はとても率直な物言いをされるんだ。率直である分、それだけ感激されているってことだよ」

とすかさずヒロトが説明する。つまり、よい反応として喜んでいいということだ。ヒロトが説明してくれないと、なんだこの生意気な女たちは、になってしまう。

ヴァンパイア族のことは、正直グドルーンにはまだわからない。ヒロトはもうかなりわかっている様子である。

ヒロトが口を開いた。

「自分としては、ヴァンパイア族の方々へのお詫びをお願い申し上げることはない。ただ、今後無礼なきようにお願いしたい」

とヒロトが締めた。

ヴァンパイア族への詫びは済んだのだ。第一段階は終了である。

「じゃあ、行こうか」

とヒロトが立ち上がった。護衛のヴァンパイア族が金貨の木箱と真珠の宝箱を持って立ち上がる。七人は奥の扉から部屋を出ていった。

リンドルス侯爵がちらっと視線を向けた。グドルーンも視線を返す。

「味な真似をされるものだな」

と侯爵が言う。

「ボクはセンスがいいからね」

とグドルーンは返した。

お詫びはこれでおしまい？

まさか。

肝心のことが――第二段階が残っている。そちらが本丸だ。

再び奥の扉が開いた。先頭はヒロトだった。なぜか、隣にはヴァルキュリアがいる。

（なぜヴァンパイア族が――）

思ったところで固まった。ヒロトのすぐ後ろにいたのは――。

グドルーンは息を呑んだ。

太腿深くに入った白いスリット。豊かなヒップと細くくびれたウエスト。こぼれそうなバスト。そして黒髪と切れ長の双眸――。

美貌に見とれたのではない。

剣すら構えていないのに漂う覇気、強烈なオーラに、女の正体を感じ取ったのだ。

グドルーンがいつか手合わせをしたいと願っていたピュリスの将軍、メティスだった。

3

「紹介するね。舟相撲（ふねずもう）の名手にしてピュリス最高の剣士にして名将、メティス殿」

とヒロトが紹介する。

「舟相撲は余計だ」

とメティスが突っ込（こ）む。

「ちなみにおれはメティスと舟相撲しまくって連敗中」

とヒロトがさらに余計なことを言う。

誰も笑わない。

「ヒロト、すべったぞ」

とすかさずヴァルキュリアが突っ込む。ヒロトが苦笑する。

メティスがちらりとグドルーンに目をやった。

軽く目を向けただけで、突き刺さりそうな、冷徹な視線だった。

強いとグドルーンは思った。

この女は果てしなく強い。

思い切りドキドキした。

手合わせをしたい。無性に手合わせをしたくてたまらない。

「こちらがキルヒア伯リンドルス侯、こちらがインゲ伯グドルーン殿」

とヒロトがグドルーンたちを紹介する。

（これがメティスか……）

興奮しながら、グドルーンは何度も視線をやった。見るたびに、メティスが冷たい視線をわずかに動かす。

「何だ？　わたしに言いたいことでもあるのか？」

とメティスが挑発する。

癇に触った？

答えようとすると、

「それとも、わたしと勝負したいのか？」

息を呑んだ。

はいといえば、戦うことになるのか？

何事も決断は十秒以内に行わなければならない。特にこの手の決断は速断でなければならない。

だが、いいのか？

メティスと戦っていいのか？　何か条件を持ち出されないか？

だが、手合わせをしたい。

「ボクは強いよ？」

とグドルーンは返した。

「ほう」

とメティスが涼しげな声で返す。痺れる声の調子だった。その声調だけでも、強いのがわかる。

「ピュリスの将軍の剣というものを知りたいね」

とグドルーンは踏み込んだ。

「え？」

とヒロトが凍る。

「一太刀なら相手になってやる。一太刀だけだ。剣を用意せよ」

とメティスが後ろの部下に命じた。

「メティス、いいの……？」

とヒロトが珍しくテンパっている。ヒロトがこんなに動転するのを見るのは初めてである。

「その方が面白かろう？」

とメティスが答える。

（決まりだ）

ついにピュリス最高の女剣士と勝負することになったのだ。一太刀なので、一度しか剣は振れぬが、それでも名誉ある手合わせである。

グドルーンは自分の護衛に顔を向けた。

「剣を」

4

応接間の真ん中で、グドルーンは剣を手にメティスと向かい合っていた。

メティスは左腕を垂らし、右腕で剣を握って右腕も垂らしている。手にはほとんど力が入っていないように見えるが、そんなことはない。

無駄な力が入っていないだけだ。自然体で剣を握っているのがわかる。その自然体の構えからも、強いのがわかる。

グドルーンは両手で剣を握った。

メティスは涼しげな視線でグドルーンを見ている。

睨んでいるわけでもない。

侮っているわけでもない。

ただ、冷やかで涼しげなのだ。そしてグドルーンは——動けない。

（隙がない……）

斬り込むところが見えないのだ。どこから太刀をくれればいいのかわからないのである。

「どうした？　来ぬのか？」

とメティスが軽く挑発する。

「来ぬのなら、こうした方がよいか？」

メティスがいきなり横を向いた。

グドルーンはその瞬間、剣を振り上げて踏み込んだ。一瞬、隙が生じたのだ。

手加減はしなかった。

途中でスピードを緩めるということもしなかった。本気で頭をかち割りに行ったのだ。

自分でも速さには自信があった。

だが――。

踏み込んだ瞬間、まるでスローモーションを見ているようにメティスの身体が回転し、片手でグドルーンの太刀を撥ね上げたのである。

両手の奥で火花が散った。

(ぐっ!!)

「一太刀だ」

メティスの言葉に、二人の剣は離れ、宙へと向いたところで止まった。

メティスは冷やかな、涼しげな視線のままだった。

グドルーンは、口を半開きにしていた。表情に出ないようにしていたが、果たしてうまくいったのかどうか。

平静を装っていたが、正直、手が痺れていた。わずか一太刀だったが、とてつもない打撃力だったのである。剣を弾き返されただけで、手首が、腕の筋肉が、激しく硬直した。剣が飛びそうになった。

子供の頃、師匠の剣を受けて手が痺れて剣を離してしまったことがある。その時と同じ感覚だった。

「よい剣をお持ちだな」

とメティスが口を開いた。

「ボクはうるさいからね」

と虚勢を張って答えるので精一杯だった。

内心は焦っていた。予想以上に、メティスの剣は強かったのだ。

（これではゴルギントはひとたまりもない）

とグドルーンは密かに嘆じた。ゴルギントも愚かな勝負を挑んだものだ。自分がヒュブリデの商館で抜剣していたとしても、間違いなく軽い怪我では済まなかっただろう。ゴルギントならば――。

「見事ですな」

と嘆息を洩らしたのはリンドルス侯爵である。わずか一太刀の勝負だったが、場は静かにざわめいていた。その中、メティスはきっと振り向いて、響きわたる声でいきなり言い放った。

「ヒロトともドルゼル伯爵とも相談したが、我らが要求するのは次の四つだ！

一つ。シビュラとカリキュラへの相応の賠償が直ちになされること！

二つ。サリカ港において裁判協定が守られること！

三つ。女王とゴルギント伯から、ピュリスとヒュブリデへの賠償が行われること！

四つ。サリカ伯は、アグニカの内乱を誘発せず、ゴルギント伯の手下を抑え込み、裁判協定を遵守する者であること！」

鮮やかな切り返しだった。

グドルーンの剣を返して、すぐに今度は言葉の剣で一気にアグニカの二人に攻め入ったのだ。

「いかが返答なされる？」

とメティスが迫る。

まるでヒロトが乗り移ったような見事な踏み込みだった。きっと筋書きはヒロトが書いたのだろう。条件は全員で詰めていたに違いない。

「一つ目と二つ目についてはお約束いたしましょう。三つ目についても女王にお話をいたしましょう。四つ目については――」

とリンドルス侯爵が最後の条件に対して渋る。グドルーンはもちろんＯＫだが、リンドルス侯爵からすれば呑みたくない条件だろう。

「貴殿の麾下の者では、逆に内乱が誘発されるぞ。ゴルギント伯はグドルーン殿の仲間だった。必ず諍いが生じるぞ」

とメティスが返す。

「我が国のことでございますゆえ――」

決めるのは我が国でございます。内政不干渉を原則にそう切り返そうとしたリンドルス侯爵に対して、

「これだけ他国に迷惑を掛けておいて、まだ貴殿の国のことだと申されるつもりか？　それで納得するメティスではないぞ」

とメティスが返す。

今日の役者はヒロトではない。メティスである。

（さて、どうする？　リンドルスは呑まぬぞ）

グドルーンが注視する中、ついに本家が口を開いた。

「リンドルス侯爵のご判断によっては、女王に対する賠償請求は棄却していい。メティス将軍も同じ考えでいる」

とヒロトがついに発言したのだ。本家登場である。

（どう説得するつもりだ？）

グドルーンはヒロトに目をやった。ヒロトが、いきなりですます調に口調を変更して、トークスピードを落としてきた。

「侯爵とは今まで何度もお会いして、友誼を感じています。だからこそ、今は踏み込まず

に譲歩をいただきたいのです。ヒュブリデが望むのは、サリカ港において裁判協定が遵守されること、そしてアグニカに内戦がなく明礬石を通してアグニカとヒュブリデが互恵的な関係をつづけることです」

「それは理解しております。ですが――」

「自分の仲間が統治していたところが、自分の仲間ではない者が統治することになった時、反発を覚えずにいられますか？　それがさらに大きな対立につづかないと断言できますか？」

グドルーンは目を細めた。

ヒロトは自分と女王のことを言っているのだ。

ゴルギント伯はグドルーンの仲間だった。女王側ではなく、自分側の者だった。自分側の者が治めていたサリカを、女王側の者が治めれば必ず反発が起き、内乱が起きるとヒロトは言っているのだ。

「自分と対立側の者が新しい主君になった時、かつての主君の死に対して抑えきれぬ気持ちを持つ者が、果たして反感を持たずにいられると思いますか？　それが大きな衝突と決定的な対立につながらないと言えますか？」

とヒロトが畳みかける。

ヒロトは、女王側の人間がサリカ伯になった時、ゴルギント伯の手下が反発して大きな衝突に発展し、内戦へとつながると言っているのだ。

なおもヒロトがつづける。

「かつての主君が忠誠を誓っていた者の部下が、新しい主君になった場合は？　かつての主君が忠誠を誓っていた者ではなく、その部下の場合です。やはりどこかで反発が起き、諍いへとつながるのではありませんか？」

ヒロトが言っているのは、グドルーンの部下がサリカ伯になっても、問題は解決しないということである。

さらにヒロトがつづける。

「でも、かつての主君が忠誠を誓っていた者が、新しい主君になった場合は？　衝突と対立が一番起きづらいのは、その場合ではありませんか？」

つまり、グドルーンがサリカ伯に就任するのが一番ゴルギント伯の手下を抑え込めて、国内の安定を実現できると言っているのだ。

リンドルス侯爵は黙っていた。反論する隙間がなくて、心の中で唸っているのだろう。

「今、アグニカは国内で衝突も対立も分裂もしている時ではありません。リンドルス殿は、衝突を望みますか？　対立を望みますか？　分裂を望みますか？」

とヒロトが畳みかける。

「望まないのならば、ピュリスもヒュブリデも女王に対する賠償請求はいたしません。ゴルギント伯の資産からの賠償のみ求めます」

リンドルス侯爵が唸った。

見事であった。

ヒロトは、今アグニカは女王とグドルーンとの対立を起こしている場合ではないと言っているのだ。口にしてはいないが、対立を起こして内戦に入れば、つけ込まれると言いたいのだろう。

「ボクはメティス将軍とヒロトの案でかまわないぞ」

ここぞとばかりにグドルーンは言い放った。

さて、リンドルスはどうする？

自分に対して反発する？

（まだ唸るのか？　唸れば、おまえは無能だぞ）

リンドルス侯爵が宙を見て、それから息をついた。

5

その夜には、もうリンドルスはドルゼル伯爵の屋敷を出ていた。一旦、船まで戻って泊まることになる。

まさか、ヒロトがグドルーン伯を推してくるとは思わなかった。

サリカ伯の叙任は国内の問題。

他国が口にすることではない。

原則的にはそうなのだが、サリカ伯の挙動をめぐって、ガセルとピュリスとヒュブリデの三カ国が掻き乱されてきたのもまた事実なのだ。

しかも、提案はヒロト単独のものではなかった。ガセル国ドルゼル伯爵、ピュリス国メティス将軍の三カ国の三人の合意の上でのものだった。恐らくヒロトが事前に合意にこぎ着けておいたのだろう。

立場が弱いアグニカとしては、女王への賠償請求の取り消しということで承認するしかなかった。

国内の勢力図を塗り替えるという企図は、今回は失敗してしまった。ヒロトの前に頓挫した。だが、あきらめてはいない。

女王の統治が安定するためには、勢力図は塗り替えなければならない。その機会はいずれ訪れるに違いない。

6

グドルーンは満足の気分で馬上の人となっていた。向かうは港の自分の船である。

まさかヒロトが自分をサリカ伯に推すとは思ってもみなかった。完全に予想外だった。

だが、ヒロトの説明を聞けば、非常に納得のできるものだった。

女王側の者がサリカ伯に就任すれば、もちろん自分は黙ってはいない。看過するほど、自分は暢気でもなければお人好しでもない。

それがヒロトにはわかっていたようだ。具体的な地名や具体的な人名は出さなかったが、ヒロトはアグニカの未来とその危機を予言していた。

リンドルス侯爵はずいぶん葛藤があったようだが、最終的には合意した。勢力図を書き換えられなくて、今は悔しい思いをしているだろう。

グドルーンは満足だった。

ただ、心の底から安心というわけにはいかなかった。

ゴルギント伯は、結果的にアグニカにとって最悪の可能性を招いてしまった。たとえ一時的なものであれ、ヒュブリデとガセルとピュリスとヴァンパイア族が結びつく瞬間をつくってしまったのだ。

再び結びつきが形成されないとは誰(だれ)も断言できまい。いざという時に三カ国はまとまりやすくなったと見ていい。

ヒュブリデには、貴族会議の反対決議がある？

あってもゴルギント伯を葬(ほうむ)れること、しかもヴァンパイア族を動員できることを、ヒロトは示してみせたのだ。

グドルーンは、母国アグニカの舵取(かじと)りが難しくなったことを思わずにはいられなかった。

終章　姉

1

ヒュブリデの船が爽やかな風の吹くテルミナス河を東へと滑るように走っていた。すでにアグニカとガセルの間を抜けて、船はヒュブリデとピュリスの間に入っている。そろそろサラブリア港だ。

甲板に出てきたのは、青いマントの青年――ヒロトだった。ようやく任務を終えて、皆と帰京する途中だった。

往路は、ずっと隠密の作戦だった。おおっぴらに甲板に出ることはなかったし、ずっと船室に閉じこもっていた。ドルゼル伯爵の屋敷まではミドラシュ教の巡礼者に扮して船室にこもっていたし、サリカに向かう時も船室にこもって私掠船の襲撃を待っていた。正体がバレてはまずかったのだ。

でも、今はそうではない。久々の解放感である。

実は出発前に少しうれしいことがあった。ガセル王妃イスミルがお礼を言うためにやってきたのだ。

メティスは即座に、イスミル王妃の前に跪坐していた。王妃はかまわず、自分も両膝を突いてメティスを抱き締めていた。王妃という非常に高貴な立場の者の行動からすると、異例の感謝である。

《おまえがあの憎き者を討ってくれたと聞きました。おまえは我が恩人です。我が宝、我が命です》

《ご恩をお返ししただけです》

とメティスが返す。

メティスを将軍に取り立てたのは、ガセル王妃になる前、まだイーシュ王の妹だった時代のイスミル王妃だった。そのことをメティスはずっと感謝しつづけていたのである。

イスミル王妃は抱擁を解くと、今度はヒロトに身体を向けた。ヒロトは跪坐しようとしたが、その前に王妃はヒロトの許に駆け寄ってヒロトの両手を両手で包み込んでいた。

《そなたには謝らなければなりません。ヒュブリデは腰抜けで頼りにならぬと思っていました。でも、そなたがメティスを説得してくれたと聞いています。そなたなしではゴルギントを葬ることはできなかったでしょう。ガセル王とガセルの商人たちに代わって礼を申

します》

《ムハラを食べに来るように誘ってくださったドルゼル伯爵と勇敢なるヴァンパイア族のおかげです》

とヒロトは答えた。イスミル王妃はヴァンパイア族たちに顔を向け、ゼルディスに、ゲゼルキアに、そしてデスギルドに、そして他のヴァンパイア族たち一人一人の手を握って感謝の言葉を述べた。その後を王妃の護衛の騎士がついていって、一人一人にエメラルドのペンダントを渡した。

それからイスミル王妃は、ドルゼル伯爵の両手を両手で包んだ。

《よくぞヒロトを誘いました。おまえは我が支えです》

最後に、イスミル王妃はカリキュラの前で立ち止まった。会うのは初めてだったが、三色のブレスレットと翡翠の髪飾りでわかったらしい。

イスミル王妃はいきなりカリキュラを抱き締めた。

《かわいそうに……》

カリキュラは号泣していた。ただの一商人が母国の王妃から抱擁を受けるなど、めったにあることではない。王妃は王妃としてできる最大の慰労を行ったのだ。

その日の晩餐会はもちろんムハラになった。再びヴァンパイア族とメティスとドルゼル伯爵とヒロトたちがいっしょのテーブルでムハラを頬張った。ヴァンパイア族が、初めてガセル王妃と会食したのである。

翌日、イスミル王妃は王宮へと戻っていったが、ヒロトにとってはよい再会となった。ガセルとのパイプも改めて深く築きなおすことができた。ほっとした瞬間だった。

といっても、心の引っ掛かりが何もないわけではない。ゴルギント伯については、残念だったという気持ちが残っている。伯が改心して、裁判協定を遵守する世界線があるのなら、その世界線を見たかった。

でも、その世界線はなかった。ない世界線だった。

人間的に質が違いすぎる者、共通の人間性ベースではない者、同じ人間性をベースに考えることができない者が、この世にはいるのである。そしてそういう者は法を守らない。勝手に法を書き換えようとする。そういう者が権力者についていて自国に対してあからさまに不利益を向けてきた時、力で排除（はいじょ）する以外道はなくなる。

高い人間性と高い道徳性の二十一世紀に生きていて、その人道的な世界からやってきた人間からすれば、統治者を消すというのは人を殺しただけということになってしまうのかもしれない。

だが、メティスからすれば何を言っているのだ、甘（あま）っちょろいガキめということになるだろう。法を遵守する統治者を武力で私的に裁くことは、それこそ野蛮と不正義の極みだが、正義も法も踏みにじる統治者に対しては、結局原始的なレベルのもの、すなわち武力以外できることがないのだ。

「今日は女装しておらんのだな」

声を掛けてきたのは、メティスだった。すっかり笑顔である。でも、この笑顔とももうすぐお別れだ。

「なにげに気に入ってんでしょ？」

「馬鹿を申すな。言っておくが、まったく似合っておらん。おまえは普通に男でいる方がいい」

ヒロトは笑った。

「相一郎にもキモいって言われたんだよ」

「いい目の友達を持ったな」

メティスの指摘にまた笑う。再び屈託のない会話ができるようになったことがうれしい。手紙を破り捨てられたのが嘘みたいである。

風が気持ちよかった。この時間がもうすぐ終わってしまうのが寂しい。

「わたしが殺すと思っていたか？」

ふいにメティスが尋ねてきた。

「殺すつもりなのはわかってた。でも、一撃でとは思ってなかった」

「わたしを侮りすぎだな」

とメティスが笑う。

確かに。

メティスは強かった。それはグドルーンとの対戦でも確認した。世の中にはトップアスリートのように桁違いの者がいるのである。

「おまえのおかげでゴルギントを仕留めることができた。でなければ、殿下にもシビュラにも顔向けできぬところであった」

ヒロトは微笑んでみせた。メティスに言われると、少し救われたような気分になる。

今回の件では、かなりメティスに救われた。ヴァンパイア族を引き込んだのもメティスである。メティスが引き込んでくれていなかったら、ゴルギント伯の問題は片づいていなかっただろう。

「手紙を捨てたことは許せ」

とメティスが武人らしい言い方で詫びてきた。

「舟相撲の件で貸しにしておく」

とヒロトは冗談で答えた。くすっとメティスが笑う。その笑いが意味するところは、舟相撲では手加減せぬぞ、である。

「今度、誕生日に女装して駆けつけるよ」

「キモいからやめよ。また平手打ちを喰らわせるぞ」

とメティスが笑う。

ほら貝が鳴り響いた。景色が開けて、ユグルタの港が見えていた。一旦、船は先にユグルタ港に到着する。

船室からぞろぞろとピュリス兵が出てきた。下船の準備である。

メティスとの時間は終わりだ。ふいに寂しくなる。もうこんなに長い間いっしょにいる時間はないかもしれない。

「おまえと組むのは楽しかったぞ。またいっしょに戦いたいものだな」

ヒロトはうなずいた。

「また戦おう」

いきなりメティスはヒロトを抱き締めた。いきなりの抱擁だった。ぎゅうっと胸が反発してヒロトを押し返す。メティスがヒロトに囁いた。

「本当に感謝している」

半時間後、タラップが下ろされ、メティスは部下のピュリス兵とともに船を下りていった。

港にはすでに迎えの馬が用意されていた。これからテルシェベル城に帰るのだろう。ついさきほどまで隣にいたメティスはもう遠くだ。

メティスが馬に跨がった。甲板のヒロトに顔を向け、叫んだ。

「一度我が城に遊びに来い！」

ヒロトは叫び返した。

「絶対行くよ！」

ヒロトの返事を聞くと、メティスは手を振って馬とともに去っていった。

2

テルミナス河を下る旅は、別れの旅になった。ヒロトはまずサラブリア州でゼルディスと別れた。抱擁で味わう身体は、やはり温かかった。

「ヒロト殿といっしょに行けてよかった」

「ごいっしょできてよかった」

とヒロトも応えた。ゴルギント伯の私兵がヒロトを見つけて弓矢を向けた時、ゼルディスがいなければどうなっていたか。あの時、いち早く自分の前に進み出て防いでくれたことは忘れられない。

ゼルディスはサラブリア港でキュレレをだっこして、相一郎とともにヒロトを見送ってくれた。

ハガル州ではゲゼルキアと別れた。ゲゼルキアといっしょの時間を過ごすのは、ともに温泉に出掛けて以来だった。あの時は食って飲んでの連続だったが、今回は勇敢な姿を見ることができた。ヒロトとメティスとデスギルドの酒宴にゲゼルキアが乱入した時には勘弁してくれと思ったが、かえってあの乱入こそが道を開いたのだ。

「楽しかったぞ」

とゲゼルキアは微笑んでいた。

「おれも楽しかった」

「また遊びに来てやるからな」

そう言い残すと、ムチムチの爆乳をヒロトに押しつけて、ゲゼルキアは馬で去っていった。

シギル州のラド港では、デスギルドと別れた。今思えば、デスギルドがメティスに興味を覚えて自分と手合わせをしろと言い出してくれたのが、ヴァンパイア族の連合の三人の代表が参加という前代未聞の事態を引き寄せたのだと思う。デスギルドがゴルギント伯を豚呼ばわりしたのも忘れられない。

「おまえに会うと、いいことがいっぱいあるな」

とデスギルドは笑っていた。彼女とも、これだけ長くいっしょにいたのは初めてである。

「おれ、宝を呼ぶ男なのかな」

とふざける。

「かもしれんな」

とデスギルドが笑う。それから、ヒロトをぎゅっと抱き締めた。弾けそうな凄い爆乳が、ヒロトの身体を圧迫する。飛ばされそうなほど、凄い爆乳のボリュームと乳圧である。

「またいつでも呼べ。力になってやる」

そう言うと、デスギルドは仲間たちと馬に跨がった。金貨は飛んでは運べない。これから自分たちの集落まで馬で行くのだ。

デスギルドたちと別れると、ヒロトは馬車へ向かった。これから王都まで馬車で進むことになる。

（別れはやっぱり寂しいな）

少しセンチメンタルになる。

これから王都だ。きっと宰相にはとっちめられるのだろう。大法官と書記長官も何か言ってくるだろう。大長老はどうかわからない。フェルキナ伯爵とラケル姫は自分の肩を持ってくれるだろう。

ヒロトはヴァルキュリアといっしょに馬車に乗り込んだ。だが、乗車前に中の人間を確かめておくべきだった。

車内で待ち伏せていた男に、ヒロトはわっと声を上げた。胸元の開いた白いシャツに黒いショースを穿いたさらさらの金髪ヘアの男が、先に乗車していたのだ。男はきっとヒロトを睨んだ。

「遅いぞ。死刑だ」

ヒュブリデ王国国王レオニダス一世だった。遥か北の王都エンペリアにいるはずなのに、密かに南下してわざわざラド港まで迎えに来ていたのである。

「陛下、何やってんですか⁉」

と思わずヒロトは尋ねた。

「阿呆！　メティスを口説いてくるとうそぶいて、アグニカまで旅しおって。おれは、巡礼者に化けるとも商人見習いになるとも聞いとらんぞ」

「陛下もなります？」

「阿呆！」

とレオニダス一世が甲高い声を響かせる。

「結構面白かったぞ。ムハラもめちゃめちゃ美味かったぞ。メティスがめちゃめちゃ強かったぞ。グドルーンと対戦したんだぞ」

とヴァルキュリアがフランクにレオニダス一世に話しかける。

「何、その話は聞いとらんぞ」

「そりゃそうだよ。まだヒロトも手紙書いてないはずだし」

とヴァルキュリアが返す。

「おい、全部話せ。ムハラに誘うところから全部話せ」

とレオニダス王はヒロトに命令した。

「では、女装から」

「女装？　何だ、それは？」

「それはですね……」

とヒロトは長い話を語りはじめた。

その夜——宿泊したヒロトは久しぶりにヴァルキュリアと身体を交えた。暗がりの中で、ヒロトに跨がったヴァルキュリアの肢体は美しかった。

ヒロトの上で恋人の肉体が何度も弾んだ。ヴァルキュリアのロケットオッパイが、夜の暗がりの中で悩ましいバウンドを繰り返した。ヒロトも呻きながら、ヴァルキュリアの乳房をつかんで果てた。ヴァルキュリアも身体をふるわせてヒロトのものを受け入れた。

ああ、おれ、帰って来たんだなとヒロトは感じた。

自分の国へ。

やっと帰って来たんだ。生の国へ——。

何気なく視線を斜めにやったヒロトはぎょっとした。

（覗き……！）

半透明の女がいたのだ。

身長は百七十センチほど、漆黒のロングヘアで、浅黒い肌の女だった。知性を感じさせるエメラルドグリーンの双眸で、清麗と表現するのが一番の美女だった。

左手首に、赤・青・黄色のブレスレットを着けていた。

はっとした。

夢の中で会ったことがある。カリキュラが襲われたと知る前に、夢で会ったことがある。

「シビュラ？」

「え？」

とヴァルキュリアが振り返る。ヴァルキュリアもはっとした。

美女が頭を下げる。美女の唇が動いた。

《妹を助けてくれてありがとう……》

声は聞こえなかった。なのに、頭の中に言葉が響いた。

「シビュラだね？」

半透明の美女はもう一度頭を下げて、暗闇の中へ消えていった。

3

すでにメティスはテルシェベル城に戻って、寝る準備を進めていた。

今度の遠征は、よい旅となった。ヒロトのおかげでゴルギント伯を討つことができた。ようやくシビュラに報いてやれた気分である。目的は完全に果たせた。

今ではヒロトには申し訳なかったと思う。相手が恩人イスミル殿下がかわいがっていたシビュラということで、普段になく感情的になっていたのだろう。

やはりヒロトはヒロトだった。かけがえのない相手、ヒュブリデで一番の友人だった。今でも、ヒロトの女装姿を思い出すと笑ってしまう。女装して殴られたのはゴルギント伯を油断させるためだと後になってわかったが、一国のナンバーツーともあろう者が女装するなどありえない。でも、それをやってしまうのがヒロトなのだ。

いい男だなと思う。ヒロトは舟相撲も弱いし、剣も扱えないが、いい男だなと思う。次こそは、舟相撲で引き分けてやってもいいのかもしれない。

メティスは蝋燭の炎を吹き消した。ベッドに潜ろうとして、ぼんやりと浮かび上がった者が自分を見ていることに気づいた。

ベッドから一メートルほど離れて立っていたのは、半透明の女だった。浅黒い肌で漆黒のロングヘアを垂らして、自分を見つめている。左手首に、赤・青・黄色のブレスレットを着けていた。

一目でわかった。

「シビュラ……！」

シビュラの幽霊は、メティスに対して深々と頭を下げた。

そうか。

礼を言いに来てくれたのか。律儀なところが、死んでもシビュラらしい。

「ヒロトには会ったか？」

シビュラはうなずいた。

そうか。ヒロトにも礼を言ったのか。

「我が手で仇は討ったぞ。やつはもうおらぬ。裁判協定は守られるぞ」

シビュラは再び深々とお礼をして、すーっと消えていった。

4

夜は、遥か西のガセル王国にも訪れていた。

ようやくもろもろを片づけたカリキュラは、寝る準備を進めているところだった。燭台を持って、自分の寝室に入る。燭台をサイドボードに置いて、翡翠の髪飾りを外す。

心は穏やかに満たされていた。

サリカ伯はインゲ伯グドルーンが兼任することになった。就任して最初にグドルーンが行ったのは、カリキュラの呼び出しだった。

正直びびった。

また殺される？　逮捕される？　牢獄に入れられる？

でも、ドルゼル伯爵が付き添ってくれた。

裁判にはグドルーン伯も立ち会った。自分の申請書を破いた裁判官はいなくなっていた。代わりに別の裁判官がいた。

カリキュラが申請書を再提出すると、すぐに受理されて訴えは認められた。その後、姉の申請分についても、改めて裁判を実行してくれた。

裁決は望んだ通りになった。カリキュラは姉シビュラの分と自分の分の賠償金を渡された。

まさか……という感じだった。自分の分だけだと思っていたのに、姉が突っぱねられた申請についても、再審をしてくれた。ドルゼル伯爵曰く、四カ国の取り決め通りだという。

ああ。

絶対ヒロト様だ。

そう思った。きっと国同士の難しい話の中に、自分とお姉ちゃんのことを盛り込んでくれたんだ。

裁判所を出ると涙が出てきた。

やっとお姉ちゃんの申請が認められたんだと思って、涙が出てきた。ゴルギント伯の壁は高くて分厚くて、あまりにきつくて死にそうになったけど、最終的には全部望んでいたものは得られた。

自分は幸せ者だと思った。

ドルゼル伯爵にも助けられて、ヒュブリデのヒロト様にも助けられて、ピュリスのメティス将軍にも助けられて、最後にはイスミル王妃に優しい言葉を掛けてもらえて――。

いっぱいいろんな人に助けられている。

死ぬような目、悔しい目に遭ったけど、その分――ううん、その倍以上、助けられている。

（これでやっと安心して商売ができる）

明日からは再び商売に復帰することになっている。ゴルギント伯はもういなくなった。まだちょっぴり怖いけど、前を向かなきゃいけないと思う。

人の顔は、前についている。だから、きっと前を向くためにあるのだ。

カリキュラは手首の三色のブレスレットに手を掛けた。まず赤色のブレスレットを外す。次に黄色を外して、最後に青色のものを外そうとして風を感じた。

（風……？）

変な風だった。窓のないベッドの方から、いきなりふわっと妙な風が起きたのだ。

何だろう。

特に考え込むこともなく顔を向けたカリキュラは、その場で凍りついた。

浅黒い肌の、漆黒のロングヘアの女性が、ベージュの長衣を纏って立っていたのだ。左手首に、赤・青・黄色の数珠状のブレスレットを着けていた。

（嘘……）

カリキュラは言葉を失った。

そんなはずがない。

そんなはずがないのだ。自分が見ているのは幻なのだ。

でも——目に見えているのは——。

ロングヘアの女性が顔を向けた。

カリキュラの大好きなエメラルドグリーンの双眸が、カリキュラを捉えた。

「お姉ちゃん……」

目の前に現れたのは、姉シビュラだったのだ。

何度か、気配を感じたことはある。いきなりブレスレットが落ちて、お姉ちゃんがいるのかなと思ったことがある。

でも、見えたことはなかった。それが——シビュラが生きていた時と同じ笑みを見せて

いたのだ。

「お姉ちゃん……！」

カリキュラは姉に抱きついた。

でも、やっぱり姉は霊だった。抱きついた手は空を切って、カリキュラはベッドに突っ伏した。

でも――その後の感触は錯覚ではなかった。風のようなものが、ふわっ、ふわっと頭を撫でたのだ。まるで手でカリキュラの髪の毛を撫でるように――。

「お姉ちゃん……！」

涙が一気にあふれてきた。

会いたかった。

ずっと会いたかった。

大好きな姉に会いたかった。その姉が――幽霊だけれども、自分の前に姿を見せてくれたのだ。

「お姉ちゃんっ……」

カリキュラは顔を上げた。幽霊の姉の顔はすぐ目の前だ。

姉が死ぬことになる日。行ってくるねと挨拶されたのに返事しなかったことが思い出された。

「お姉ちゃん、ごめんね……行ってらっしゃい言えなくてごめんね……」

謝ってる最中にグジャグジャの涙声になった。幽霊の姉が首を横に振る。

「ごめんね……本当にごめんね……」

泣きながら謝る。

姉が首を横に振る。そして、何か言う。

唇が動く。

あ。

り。

が。

と。

う。

はっきりとわかった。姉がありがとうと言っているのだ。きっとお礼を言うために、姉は姿を見せてくれたのだ。

「ちゃんと仇取ったから……ゴルギント伯、死んだから……ヒロト様がお膳立てをして、メティス様が仇討ってくれたから……お姉ちゃんの申請分もちゃんと通ったから……」

泣きながら言う。

知ってるよとばかりに姉がうなずく。

が・ん・ば・っ・て。

姉の唇が動き、ふいに輪郭が透明度を高めた。姿が薄れていく。

「お姉ちゃんっ……！」

カリキュラは叫んだ。半透明の両手でカリキュラの両方の頬を包み、もう一度カリキュラの大好きな優しい微笑みを残して、シビュラは去っていった。

あとがき

急性声帯炎。

みなさん、聞いたことがありますか？　声帯が炎症を起こして声が嗄れてしまうことを言います。

声を使う役者ではないのに、思い切り患ってました。外は寒くなってきていたのに、薄着のパジャマで寝てたんですよね。それがたぶん発端で、その後、打ち合わせであまり水を飲めないまま数時間しゃべりつづけて、発症。

池袋の耳鼻咽喉科で鼻から直径三ミリの喉頭ファイバー（胃カメラみたいなやつ）を突っ込んで診てもらったら、声帯は真っ白。重度の急性声帯炎でした。でも、そこの治療薬では一向に治らず。『巨乳ファンタジーバースト』の収録でも声は使えず、筆談でした。でも、スタジオで声優御用達の病院を紹介していただいて（ほんと感謝！）、いい病院に行って、ステロイド剤を使うと早く治るけど、ぼくの場合は使えないので小柴胡湯加桔梗石膏という漢方を使ってゆっくり声帯の炎症を取っていこう、ってことになりました。

最初の一週間は、ほんと無声でした。声を出そうとしても出ないんです。発声しようとしても発声できない。聞き取りづらいけど、なんとか声が出せる状態になったのは二週目。ただ、声帯を使うと治りが悪くなるので、基本、声を出さない無声生活。

二週間無声生活をつづけて、ようやく生活レベルで使える状態に戻りました。二週間も声が出ないって、ほんときついです。病院でも筆談だし。スーパーマーケットでもビニール袋が要不要を告げることすらできないし。最初の二日間は、むかついた時に声を出せなくてストレスが溜まりました。そうか、それでみんなXとかで毒を吐くんだなあって……。

というわけで、ようやくゴルギント篇、別名サリカ篇、終幕です。

長かった！

ゴルギント篇のプロットを立てたのは、いったいいつだったんだろう？　二〇二二年……？

ようやく書き切ったぞって感じです。結果的には、久々の年三冊となりました。本当に長かった。確か、三巻合計九百頁以上だったかな？　これぞ本格ファンタジー（嘘）。

ゴルギントの物語は思った以上にボリュームを要求するものでした。

二十四巻にしても、リライトを始める段階では三百ページ未満だったんです。それが、挿絵を除いて原稿だけで四二〇頁オーバー。

一四五頁から一六五頁、一七五ページから一九〇頁。二四〇ページから二六六頁、二七五頁から二八五頁、三六〇ページから結末までは、かなり加筆しました。結果、一二〇ページ以上の加筆修正となりました。

いや、ほんと長かった。

ゴルギント、なかなか憎たらしい男でした。早く始末して読者をすっきりさせたいと思いながら書いていました。読んだ後にすっきりを感じていただけるとうれしいなと思っています。

ところで、先日『精神外傷と回復』という名著を読みました。トラウマを研究する人には絶対外せない専門書だそうです。

戦争での外傷的経験などを喰らった時、孤立無援感が刻み込まれるらしいんですね。自分は孤立無援で、誰も助けてくれない、誰も味方がいないという感覚が心の深くにぐさっと突き刺さってしまうんだそうです。

人が赤ん坊として生まれた時、世界は非常に不透明で不安定な空間です。でも、母親という常に自分をケアしてくれる人がいることによって、この世界は安心なんだ、この世界には守ってくれるんだという安心感を持つことができる。それが世界への関わりのスタートで、一生変わらないらしいんですね。でも、外傷的経験は、世界への関わりのベースを破壊しちゃうんですね。

だから、外傷の治療ではグループワークみたいなものが出てくる。戦争の場合だと、いっしょに戦った仲間と引き離すと症状が悪化するそうです。いっしょだと悪化しない。だから、戦友会みたいなところでみんなで集まって、語るんですね。そこでは誰も自分たちを傷つけないし、みんなが守ってくれる。

大いに唸らされました。ゴルギント伯は、ある意味、ガセルの人たちに外傷を与える悪魔みたいな存在だったのかもしれません。

それでは謝辞を。ごばん先生、いつもステキなイラストをありがとうございます！　編集Aさん、今回もありがとうございました！　校正さんにも感謝を！

では、最後にお決まりの文句を！

じ～～～～～～～～～～～～～～く・ぼいん!!

鏡裕之

https://twitter.com/boin_master

HJ文庫 https://firecross.jp/
1134

高１ですが異世界で城主はじめました24

2024年1月1日　初版発行

著者――鏡 裕之

発行者―松下大介
発行所―株式会社ホビージャパン

〒151-0053
東京都渋谷区代々木2-15-8
電話　03(5304)7604（編集）
　　　03(5304)9112（営業）

印刷所――大日本印刷株式会社

装丁――木村デザイン・ラボ／株式会社エストール

Printed in Japan

ISBN978-4-7986-3383-1　C0193

ファンレター、作品のご感想
お待ちしております

〒151－0053　東京都渋谷区代々木2－15－8
(株)ホビージャパン HJ文庫編集部 気付
鏡 裕之 先生／ごばん 先生

アンケートは
Web上にて
受け付けております

https://questant.jp/q/hjbunko

● 一部対応していない端末があります。
● サイトへのアクセスにかかる通信費はご負担ください。
● 中学生以下の方は、保護者の了承を得てからご回答ください。
● ご回答頂けた方の中から抽選で毎月10名様に、
HJ文庫オリジナルグッズをお贈りいたします。

大事な人の「胸」を守り抜け!

魔女にタッチ!

著者／鏡裕之　イラスト／くりから

魔女界から今年の「揉み男」に選ばれてしまった豊條宗人。魔女はその男にある一定回数だけ胸を揉まれないと、貧乳になってしまうとあって、魔女たちから羞恥心たっぷりに迫られる！　そしてその魔女とは、血のつながらない姉の真由香と、憧れの生徒会長静姫の二人だったのだ！

シリーズ既刊好評発売中

魔女にタッチ！
魔女にタッチ！ 2

最新巻　魔女にタッチ！ 3

HJ文庫毎月1日発売　発行：株式会社ホビージャパン